Princesa

DE POLVO

Y SANGRE

Título: Princesa de polvo y sangre

Diseño de cubierta: Luce G. Monzant
Maquetación: RachelRP
Corrección: Nia Rincón

Los personajes, eventos y sucesos presentados en esta obra son ficticios. Cualquier semejanza con personas vivas o desaparecidas es pura coincidencia.

ISBN: 9798328884259
Puedes encontrarme en:

Territorio Quiroga

Territorio Pazo

Territorio Novoa

GALICIA Y SUS DUEÑOS

PRÓLOGO

El pasillo central del instituto está atestado de alumnos que gritan y charlan los unos con los otros. Mientras camino entre ellos, siento sus miradas clavadas en mí. Unos me temen, otros me envidian. No sé quién fue el primero que me apodó Princesa. En ese momento ni siquiera sabía por qué susurraban eso a mis espaldas. Fue en el colegio de primaria, con tan solo diez años de edad, cuando descubrí el significado de ese mote.

Me llaman princesa porque soy hija del rey, el rey del narcotráfico en este lado del mundo. ¿Sabéis que Galicia es el proveedor de cocaína más grande de Europa? Bueno, pues mi padre y sus socios se encargan de que así sea.

Los Novoa, los Quiroga y los Pazo. Tres familias, clanes, por llamarlos de algún modo, esparcidos por toda la comunidad autónoma y que controlan toda la mercancía que entra y sale del país. Mi padre es el líder y jefe de los Novoa. Su territorio abarca todas las Rías Baixas, desde la frontera de Portugal hasta Muros. A partir de ahí es territorio de los Pazo hasta La Coruña. Los Quiroga tienen la zona más pequeña, hasta Ribadeo, lindando con tierras asturianas por la provincia de Lugo, pero no por eso son menos poderosos. Al contrario, de los tres clanes, los Quiroga son conocidos por ser los más violentos y despiadados.

Cada familia tiene distinta manera de trabajar. Mi padre cree en la confianza y en mantener contentos a sus empleados, más que en la violencia. Es un buen hombre, sobre todo con su gente.

Vivimos en Meiral de Gredos, una ciudad de menos de veinticinco mil habitantes, y el ochenta por ciento de la población trabaja directa o indirectamente para los Novoa. Sé que parece mucho, pero son datos reales. Mi familia es dueña de la gran mayoría de bateas[1] que hay en las rías y ofrece muchos puestos de trabajo. Además, es la tapadera perfecta para todo el dinero que mi padre gana con el narcotráfico.

—¡Vero! —mi mejor amigo viene corriendo hacia mí con su sonrisa habitual. Nos conocemos de toda la vida. Su padre trabaja estrechamente con el mío—. ¿Te llevo a casa? —pregunta poniendo cara de niño bueno.

Esa es otra, está colgadito de mí, pero nuestra amistad es demasiado importante para él como para dar un paso en falso. Para ser sincera, no sabría qué decirle si alguna vez se atreve a hacerlo. Yo solo lo veo como un amigo o un hermano.

—Claro —contesto—. Dime que te has acordado de traer un casco para mí.

—La duda ofende. Yo siempre pienso en ti, Princesa.

«Vale, momento incómodo». Me encantaría que Juan se olvidara de una vez de ese encaprichamiento que tiene por mí, pero por el momento, lo único que puedo hacer es ignorar su comentario.

Caminamos juntos hacia el exterior del instituto y allí nos encontramos con nuestro grupo de amigos. La mayoría son hijos de trabajadores de mi padre, para no variar.

1.- Estructuras de madera flotantes que se utilizan para la cría de mejillón.

—Verónica —Ana, una de las chicas, me sujeta por el brazo y tira de mí—. Tu hermano ha venido a buscarte.

Miro hacia donde me indica y sonrío de oreja a oreja. Gael me observa sentado sobre su motocicleta negra de gran cilindrada y cuando se quita el casco, un coro de suspiros se escuchan a mi alrededor.

Sí, es el hombre más guapo que la mayoría de nosotras ha visto jamás. Pelo negro, ojos oscuros de mirada penetrante y barba de un par de días cubriendo su mandíbula. Las marcadas facciones de su rostro junto con su sonrisa ladeada, le da un aire malote y peligroso que no deja a nadie indiferente. Los que no babean por él, le tienen miedo.

—Dile a tu hermano que venga más a menudo. Necesito renovar mis sueños húmedos con él —susurra Susana uniéndose a nosotras en el babeo oficial por Gael.

—No es mi hermano —la corrijo enderezándome.

Lo mío es el colmo de la mala suerte. El chico que considero como un hermano, está enamorado de mí, sin embargo, por el que llevo loca desde que tengo uso de razón, es mi hermano. Obviamente no soy tan pervertida como para estar colgada por alguien de mi misma sangre. Gael es mi hermano adoptivo. Su madre los dejó a su padre y a él cuando era pequeño, desde entonces se mudaron a mi casa. Su padre era el conductor de confianza del mío, cuando falleció en un accidente, papá acogió a Gael y le dio su apellido. Se convirtió en mi protector y hermano mayor y, al cumplir la mayoría de edad, también en la mano derecha de mi padre en sus negocios.

Veo como me hace señas con la mano para que me acerque, así que me despido de mis amigos, incluido Juanillo, que como siempre que aparece Gael, se pone de un pésimo humor, y camino hacia el hombre de mis sueños con la mochila colgada del hombro.

—Hola, Princesa —saluda con su sonrisa ladeada—. ¿Te llevo a casa?

—¿Qué haces aquí? Iba a ir con Juanillo.

Mira por encima del hombro hacia el lugar donde probablemente mis amigos nos estén observando y frunce el ceño.

—Ya tendrás ocasión de ir con Junior en su *scooter* otro día —palmea el manillar de la moto con una sonrisa engreída—. Hoy montas en esta belleza.

—¿Me dejas conducir? —pregunto poniendo mi mejor sonrisa de niña buena, con caída de ojos incluida.

—Claro, cuando seas mayor de edad.

—Vamos, no seas aburrido —me quejo—. Solo una vuelta. Pronto cumpliré los dieciocho.

—En catorce meses y seis días —contesta mirándome fijamente a los ojos.

—¿Llevas la cuenta? ¿Por qué? —pregunto confundida.

La forma en la que ha dicho esa última frase, como si estuviese esperando que ese día llegara, me deja completamente descolocada. No es posible que Gael esté interesado en mí, ¿verdad? Eso sería algo completamente irreal. Él solo me ve como su hermana pequeña a la que cuidar y proteger. Además, papá nunca lo permitiría. Nos llevamos ocho años de diferencia. A su lado solo soy una cría.

—Deja de hacer preguntas estúpidas y sube. Te invito a un helado —zanja la conversación poniendo el motor en marcha.

—No tengo doce años para que me invites a un helado —subo tras él y me sujeto a su cintura.

Su cazadora de cuero cruje entre mis dedos cuando la aprieto, pero a pesar de la dureza de la prenda, puedo notar sus duros abdominales bajo la ropa.

—Eres una pesada, ¿sabes? Vamos a comer un helado porque a mí me apetece un jodido helado —se gira hacia atrás a medias y me tiende un casco—. ¿Algo que objetar?

—Lo quiero de chocolate y…

—Nata, y cubierto con virutas de chocolate blanco —termina por mí.

—Eso, ahora arranca de una vez.

—A sus órdenes, Princesa —una sonrisa deslumbrante tira de sus labios justo antes de bajar la visera de su casco e incorporarse a la carretera.

Nos detenemos en uno de los puestos del parque central de la ciudad para comprar los helados y volvemos a la carretera. Sin que Gael tenga que decir nada, sé perfectamente hacia dónde nos dirigimos. En un alto de la montaña, hay un mirador abandonado desde el que se puede ver gran parte de la ría. Sé que él adora ese sitio, desde ahí puede controlar una buena parte de las bateas con unos prismáticos, pero también sube ahí para pensar y buscar la paz que a veces necesita.

Bajamos de la moto y nos sentamos sobre una piedra mirando hacia el mar mientras disfrutamos de nuestros respectivos helados. A pesar de que esta no es la primera vez que estoy aquí, me quedo alucinada con el maravilloso paisaje que se presenta ante mí.

—Me encanta este lugar —susurro abrazándome las rodillas.

—Lo sé, a mí también —me mira de reojo y sonríe de manera pilla—. ¿Ves el horizonte? —asiento—. Todo lo que te alcanza la vista algún día será tuyo.

—¿En serio estás citando al *Rey León*? —pregunto soltando una carcajada. Gael empieza a reír también—. Eres un imbécil —golpeo su hombro partiéndome de risa.

—Lo siento. No he podido evitarlo.

—¿Por qué me has traído aquí, Gael?

—¿Necesito un motivo para querer pasar algo de tiempo con mi hermana pequeña? —inquiere alzando una ceja en mi dirección.

Otra vez eso de hermana. Definitivamente, tengo que dejar de soñar con pajaritos y mariposas. Gael nunca me verá del mismo modo que yo lo miro a él, y ya es hora de que me lo grabe a fuego en la cabeza.

—No, pero es extraño. ¿Ocurre algo?

—Nada que no pueda solucionar, Princesa. No te preocupes por eso.

—Pero tú sí lo estás —busco su mano y le doy un apretón sintiendo como mi cuerpo se estremece de inmediato. «Tengo que parar esto ya mismo y sacármelo de la cabeza»—. ¿Es por algún tema de trabajo?

—Vero, no me pasa nada. En serio, no le des más vueltas. Mejor cuéntame cómo te va a ti. Últimamente casi no hablamos.

—Porque andas muy ocupado con tu nueva chica —murmuro apartando mi mano.

—¿Elisa? No es mi chica, solo es alguien que… Bueno, ya sabes.

—¿Alguien que te estás follando? —ahora soy yo la que alza una ceja en su dirección. Su reacción no tiene desperdicio. Le he dejado completamente descolocado—. Vamos, Gael. Ya no soy una niña. Voy a cumplir los diecisiete en un par de meses. Créeme, me conozco la historia de la abejita y el polen.

—Espero que no la conozcas tan bien —sisea frunciendo el ceño.

—Mi vida sexual no es algo que te incumba, muchacho.

—¿Muchacho? —sus ojos se abren como platos—. ¿Vida sexual? ¡¿Pero qué coño dices?! No habrás hecho ninguna tontería, ¿verdad?

—Ahora hablas como mi padre —farfullo.

—Eres muy joven para… ¡Joder, ¿por qué estamos hablando de esto?! —se pasa la mano por el pelo en un gesto de frustración y aprieta la mandíbula con fuerza—. Escúchame bien, Verónica. Eres muy joven y los chicos de tu edad solo buscan una cosa.

—¿Que es…? —cruzo mis dedos apoyando mi barbilla en ellos—. Déjame adivinar. Vas a decir que solo quieren meterse entre mis piernas, ¿es eso?

—¡Exactamente! —exclama.

—¿Y dónde está el problema? ¿Has pensado que quizás yo quiera que se metan entre ellas?

—¡¿Qué?! —se levanta de golpe lanzando los restos de su helado al suelo y empieza a caminar de un lado a otro como un león enjaulado. La verdad es que resulta cómico verle perder los nervios de esta forma. Básicamente porque le estoy tomando el pelo. No hay ningún chico que haya llamado mi atención hasta ahora como para que quiera acostarme con él. Bueno, uno sí, pero es él, así que no cuenta. Tras respirar hondo varias veces, parece recuperar la compostura. Se acerca a mí arrodillándose en el suelo y me mira directamente a los ojos—. Vero, yo no soy nadie para decirte lo que tienes que hacer, pero ten cuidado, Princesa. Eres demasiado buena para que un capullo se aproveche de ti.

—Ahora me estás llamando idiota —frunzo el ceño—. Crees que soy el tipo de chica ingenua que se deja seducir por cualquier ligón de barrio.

—¡Yo no he dicho eso, joder! —al ver que estoy intentando no reír, su mirada se estrecha y frunce el ceño—. ¿Me estás tomando el pelo?

—Un poquito —contesto sin poder seguir contenerme por más tiempo.

Empiezo a reír a carcajadas y él resopla empujándome con fuerza para tirarme de la roca. Caigo de culo y sigo riendo tirada en el suelo.

—Un día de estos vas a conseguir cabrearme de verdad, niña —me amenaza, pero hay cierto matiz de diversión en su tono de voz.

—Ayúdame a levantarme, idiota —digo estirando mi brazo cuando consigo recuperarme del ataque de risa.

Su mano se cierra sobre la mía, pero antes de que pueda tirar de mí, soy yo la que lo arrastro hacia el suelo. Vuelvo a reír y él niega con la cabeza tumbándose boca arriba.

—Estás completamente loca —señala con una sonrisa en los labios.

—Cierto, pero así me quieres.

Su brazo rodea mis hombros y tira de mí hacia su cuerpo. Solo cuando mi cabeza está apoyada en su pecho y mi brazo rodeando su cintura, respira profundo.

—Sí, yo te quiero con todas tus locuras —susurra y besa mi pelo.

Nos quedamos en silencio un buen rato, cada uno perdido en sus propios pensamientos. Yo no puedo dejar de imaginar cómo sería mi vida si fuese una persona normal y corriente, si mi padre no fuese quien es y no trabajara en lo que trabaja.

—¿Alguna vez has pensado en cambiar de vida? —pregunto de sopetón—. No sé, irte a otro lugar, con otra gente. ¿Se te ha pasado alguna vez por la cabeza?

Noto el movimiento de su pecho cuando aspira una gran bocanada de aire, y tras unos segundos, cuando creo que ya no va a contestar, escucho su voz.

—Todos los días, Princesa. Me encantaría largarme de esta ciudad, incluso del país. Sé que podría encontrar un trabajo normal y vivir tranquilo el resto de mis días.

—¿No te gusta tu trabajo? Imagino que la cría de mejillón debe ser una tarea muy dura —bromeo ganándome un pellizco en la cintura que me hace dar un respingo.

—No te hagas la tonta. Ya sabes que no me refiero a ese trabajo —suspira de nuevo y sus dedos empiezan a moverse a lo largo de mi brazo en una leve caricia—. A veces tengo que hacer cosas que no me gustan, cosas que me convierten en una persona que no quiero ser.

—¿Por qué no lo dejas?

—No es tan fácil. Le debo todo a tu padre. Él me dio una casa, comida, su apellido… No puedo abandonarlo sin más.

—Gael, papá te adora. Te quiere como a su propio hijo. Estoy segura de que si le dices cómo te sientes, él mismo te aconsejará que te marches.

—Tu padre es un buen hombre, Princesa, pero también tiene muchas responsabilidades. Él se debe a su pueblo, a su gente, y yo soy demasiado importante para el negocio como para dejarme ir sin más. Sé que me quiere. Yo también le quiero como a un padre, pero entre mi felicidad y el bienestar de su gente, no me elegiría a mí.

—Eso no puedes saberlo si no lo intentas —el silencio vuelve a caer sobre nosotros durante unos minutos—. ¿Dónde irías? —pregunto para, de alguna forma, llenar ese silencio—. Cuéntame qué harías si pudieras marcharte.

—No sé, supongo que algún sitio alejado. Quizás una isla con pocos habitantes —me giro hacia él apoyando mis brazos en su pecho y lo veo observar el cielo con una sonrisa—. Podría abrir un taller mecánico. Se me dan bien los motores y me gusta trabajar con las manos.

—¿Me llevarías contigo? —pregunto sin pensar. Sus ojos se clavan en los míos y suspira de nuevo—. Piénsalo, una isla, tú y yo. No suena mal, ¿verdad?

—Vero, no deberías decir esas cosas —comenta frunciendo el ceño—. Eres mi hermana pequeña y tus palabras pueden ser malinterpretadas.

No sé si es la forma en la que me mira o el tacto de su mano en la piel desnuda de mi brazo la que me da coraje para acercar mi rostro al suyo hasta que solo unos centímetros separan nuestros labios.

—Gael, no soy tu hermana —susurro contra su boca.

—Tu padre me mataría —contesta en el mismo tono que yo. Puedo ver como su mirada pasa rápidamente de mis ojos a mis labios y vuelve a ascender de inmediato. Quiere besarme, estoy segura. Levanto mi mano para tocar su cara, pero en ese momento cierra los ojos y se echa hacia atrás soltando un resoplido de frustración—. Deberíamos irnos ya —dice poniéndose en pie de un salto.

Lo sigo hasta la moto moviéndome de manera automática. Un hervidero de pensamientos inunda mi cabeza. «¿De verdad ha estado a punto de besarme?». «¿Es posible que se sienta atraído por mí?».

Subo a la moto y lo abrazo por la cintura. Gael no vuelve a abrir la boca hasta que llegamos a casa. Aparca en uno de los garajes de la enorme casa de campo de los Novoa y tras quitarse el casco, se gira hacia mí. No hay rastro de su sonrisa habitual. Más bien parece bastante preocupado.

—Gael, ¿te pasa algo? —pregunto extrañada.

Niega con la cabeza e intenta sonreír, pero solo le sale una mueca extraña. Lo noto nervioso y eso no es común en él.

—Todo está bien. Entra en casa, yo iré en un rato —contesta acariciando mi mejilla de manera cariñosa—. Hasta hoy no me había dado cuenta de lo mucho que has crecido.

—Pues me ves todos los días —señalo en broma.

—Sí, quizá sea el momento de cambiar eso —susurra, creo que para sí mismo. Vuelve a mirarme y me indica con un gesto de su cabeza que me vaya—. Si tu padre pregunta por mí, dile que voy enseguida.

—Vale, te quiero —me despido. No es algo nuevo, siempre se lo he dicho. Aunque para todo el mundo solo sea una demostración de cariño entre hermanos.

—Lo sé, y yo a ti. Pórtate bien y no te metas en líos.

—Eso no puedo prometerlo —contesto saliendo del garaje.

Entro en casa y voy directamente hacia el despacho de mi padre que está en la planta baja. Esta vivienda tiene más habitaciones de lo que cualquiera necesita, pero una de las estancias más grandes es sin duda el despacho. En ese lugar es donde papá pasa la mayor parte del día.

Custodiando la puerta está Juan, el padre de mi amigo Juanillo. Es algo así como un guardaespaldas. Al verme llegar, me sonríe de manera cariñosa y abre la puerta para mí.

—Entra, cielo. No está muy ocupado ahora mismo.

—Gracias —susurro guiñándole un ojo antes de atravesar la puerta.

Papá está sentado frente a su escritorio inmerso en un mar de papeles, pero cuando me ve llegar, deja todo como está y sonríe mirándome con sus ojos grises brillantes, igualitos a los míos.

Todo el mundo que nos conoce, dice que somos como dos gotas de agua. El mismo color de pelo castaño, piel clara y ojos grises. Además, también compartimos carácter, muy amigable para las buenas, pero no quieras vernos cabreados de verdad.

—Hola, Princesa —me saluda alejándose un poco de la mesa. Tras darle un beso en la mejilla, tomo asiento encima de su escritorio justo frente a él—. ¿Juanillo te ha traído del instituto?

—No, vino a recogerme Gael —su ceño se frunce al instante y me mira fijamente—. ¿Qué pasa? ¿Por qué has puesto esa cara?

—Nada, eso solo que… —sacude la cabeza y vuelve a sonreír—. Últimamente tu hermano está algo raro. ¿A ti no te lo parece?

«Sí, tan raro que estoy segura al noventa y nueve por ciento que estuvo a punto de besarme hace un rato». Pienso, pero obviamente no lo digo en voz alta.

—Yo lo he visto como siempre. ¿Ha ocurrido algo para que pienses eso?

—No, no me hagas caso. Supongo que tendrá que ver con esa chica con la que está saliendo —comenta.

Cualquiera podría pensar que el comentario de mi padre es casual, pero yo lo conozco lo suficiente para saber que está intentando medir mi reacción para saber qué pienso al respecto. Lo sé, porque eso sería algo que yo haría. En eso también nos parecemos.

—¿Elisa? —me peino la melena hacia atrás con los dedos y me encojo de hombros como si no me afectara el hecho de estar hablando de la zorra con la que el chico de mis sueños se acuesta—. Me ha hablado de ella, pero no la conozco mucho. No creo que tengas que preocuparte por eso. Ya sabes cómo es Gael, cada semana tiene una chica nueva.

—Cierto, aunque va a llegar el día en que una mujer le robe el corazón y entonces sí tendrá un problema de verdad —afirma sonriendo.

—¿Eso fue lo que te pasó a ti con mamá?

—Más o menos. Tu madre era una cabezota y no paró hasta que me tuvo comiendo de su mano.

Sonrío de oreja a oreja y agarro su mano. Me encantaría haber conocido a mi madre, pero ella murió en el parto cuando yo nací, así que tengo que conformarme con un puñado de fotos y lo que papá cuenta sobre ella.

—Creo que ya sé de quién he heredado la terquedad —comento.

—Sí, totalmente —suspira profundo y da una pequeña palmadita en el dorso de mi mano—. ¿Qué tal en el instituto? ¿Te fue bien en el examen?

—Sí, de sobresaliente.

—Esa es mi chica. ¿Tienes trabajos que hacer?

—Un par, pero nada complicado. Voy a hacerlos ya, así me los quito de encima y puedo disfrutar del fin de semana. Por cierto, de eso mismo quería hablarte, papi.

—Cuando usas ese tono de voz tan cariñoso, no puedo evitar echarme a temblar. ¿Qué has hecho ahora?

—No he hecho nada, pero quiero hacerlo. Ya sabes, eso de mejor pido permiso y no perdón.

—Ya, ese no es tu estilo. Más bien todo lo contrario —señala frunciendo el ceño.

—Tómalo como una prueba de mi madurez —replico sonriendo de manera pilla.

—Vale, ahora me tienes intrigado. ¿Qué es eso que vas a pedirme?

—Mañana por la noche hay una fiesta en la playa y…

—Y quieres ir —deduce.

—Sí, todos mis amigos van a estar ahí. Porfa, papi —intento poner mi cara de niña buena, esa que siempre me funciona para salirme con la mía, y una vez más, surte el efecto deseado—. Juanillo también viene.

Eso último es lo que necesitaba para convencerle del todo. Mi padre confía mucho en Juan y en su hijo. Para él son como de la familia.

—Está bien, pero no vuelvas tarde, y por favor, intenta no beber demasiado. Si tienes algún problema, me llamas a mí o a Gael de inmediato, ¿entendido?

—Entendido —afirmo con mi mejor sonrisa.

—Ahora, lárgate. Ya te has salido con la tuya y yo tengo que seguir trabajando.

—Vale —beso su mejilla y me sonríe de oreja a oreja—. Te quiero, adiós.

Salgo del despacho y recojo la mochila del suelo bajo la mirada atenta de Juan.

—Estás muy contenta, Vero. ¿Ya te has salido con la tuya de nuevo? —inquiere en tono burlón.

—Sí, mañana por la noche me voy a una fiesta en la playa y tu hijo se viene conmigo.

—¿Mi hijo? No me ha comentado nada —señala confuso.

—Ya, eso es porque aún no lo sabe. En realidad, hasta hace unos minutos ni siquiera había una fiesta, pero ahora ya la hay. La voy a organizar yo.

—Eres imposible, niña —dice riendo a carcajadas—. Pobre hombre el que tenga que aguantarte —me despido de él y subo a mi habitación rápidamente.

El resto de la tarde, me encargo de enviar mensajes a todos mis amigos informándoles dónde y cuándo será la fiesta. Hay una pequeña playa, es solo una cala de arena a la que solemos ir de vez en cuando. Una gran hoguera, alcohol, y se convierte en el escenario perfecto para una fiesta nocturna de primavera.

No vuelvo a ver a Gael el resto del día, con los preparativos de la fiesta y mis trabajos del instituto ni siquiera bajo a cenar. En el desayuno y almuerzo del sábado él no está presente. No he podido dejar de pensar en lo que ocurrió entre nosotros en el mirador, o más bien, en lo que casi ocurre. Y después en el garaje… La forma en la que dio a entender que quería alejarse de mí, me dejó bastante preocupada.

Para la fiesta decido ponerme unos vaqueros ajustados, una camiseta holgada dejando un hombro al descubierto y mi cazadora de cuero, ya que probablemente refresque bastante al entrar la noche. No me molesto en ponerme unos zapatos bonitos. Al fin y al cabo, en cuanto llegue a la playa me los voy a quitar, por lo que tiro de deportivas, que además son mucho más cómodas. También me recojo la melena lisa en una cola de caballo para que no me moleste. Fuego, alcohol y pelo suelto, no pegan demasiado y prefiero evitar accidentes.

Estoy saliendo de casa cuando siento como alguien tira de mi brazo con fuerza. Me revuelvo para darle un puñetazo a quien sea que esté forzándome, pero me quedo a medio camino al ver a Gael.

—¡¿Estás loco?! ¡Podría haberte roto la nariz de un puñetazo! —exclamo respirando de manera agitada. No exagero. Desde niña he tenido varios profesores de artes marciales y clases en las que me enseñaron a usar todo tipo de armas blancas y de fuego. Mi padre, siendo quien es, siempre ha querido que yo sepa protegerme a mí misma—. ¿A qué viene este tirón? —pregunto ya más calmada.

—Te tienes que venir conmigo —contesta tirando de mi mano. Parece muy nervioso y preocupado.

—¿De qué coño hablas, Gael? ¿Qué está pasando?

—Te lo explicaré todo después. Ahora tenemos que irnos.

—Voy a una fiesta —intento tirar de mi brazo, pero él sigue arrastrándome hacia donde está aparcada su moto—. Gael, ¡¿qué coño haces?! —no me responde, solo se sube a la moto y me tiende un casco—. No voy a montar hasta que me explique qué está pasando —afirmo cruzándome de brazos.

—Princesa, por favor. Tenemos que irnos antes de que sea demasiado tarde.

—Demasiado tarde, ¡¿para qué?!

Escuchamos el sonido de un motor acercándose y Gael maldice en alto golpeando con el puño sobre el depósito de gasolina de la moto. No entiendo qué ocurre, pero lo que sí sé es que es algo grave. Nunca antes lo había visto tan nervioso.

—Sube rápido, Vero. Aún estamos a tiempo —al ver que dudo, sujeta mi cara con ambas manos y clava sus ojos en los míos—. Una isla, tú y yo. Confía en mí, Princesa.

Asiento sin siquiera darme cuenta y estoy a punto de subir a la moto cuando vemos como un todoterreno se acerca a la entrada de la casa a toda velocidad dejando a su paso una nube de humo y polvo. Los jardines de la propiedad son inmensos. Hay casi un kilómetro de distancia desde el límite el portalón que cerca la casa hasta la entrada, así que el coche tiene que haber venido muy, muy rápido para llegar hasta nosotros en tan poco tiempo.

—¿Quién es? —pregunto en un susurro viendo como el todoterreno se detiene a escasos metros de donde estamos.

—Problemas —contesta y cierra los ojos con fuerza. Resopla y apaga el motor de la motocicleta bajándose con rapidez. Entonces saca una pistola y la engancha en mi espalda a la cinturilla de mi pantalón vaquero. Tira de mi chaqueta para ocultarla y vuelve a sujetar mi rostro entre sus manos—. Quédate detrás de mí y no digas nada. Yo me encargo de esto, ¿vale? —asiento de inmediato y se gira hacia el hombre que se dirige a nosotros con la cara desencajada de furia.

Le reconozco. Es Antón Pazo, el jefe del clan Pazo. He estado en su casa varias veces, en un pueblo llamado Camariñas. Cuando era niña jugaba con su hijo Roi, que tiene tan solo un año más que yo, mientras nuestros padres hablaban de negocios.

—¡Hijo de puta! ¡Has sido tú! —brama Antón señalando a Gael con la mano.

—No sé de qué me hablas, Pazo. Tranquilízate, ¿quieres? —la pose de Gael es aparentemente tranquila, pero cualquiera puede ver la amenaza velada que hay en sus ojos. Es un Novoa y los Novoa no se amilanan ante nadie, mucho menos en su propio territorio—. Ten en cuenta dónde estás antes de hacer o decir alguna estupidez —amenaza apretando los puños a ambos lados de su cuerpo.

—¡Me importa una mierda! —Antón Pazo saca un arma de su cintura y apunta a Gael directamente a la cabeza.

«¡¿Qué demonios está pasando aquí?!». Mi corazón late a mil por hora y siento como el sudor de mis manos va en aumento. Va a matarlo, lo sé. Puedo ver en la mirada de Antón que busca sangre, la sangre de Gael, y no se va a conformar con nada más que eso.

—¿Vienes a amenazarme a mi territorio, Pazo? ¿Crees que esto va a salir bien? —Gael no se inmuta por el arma que lo está apuntando, pero su tono de voz no augura nada bueno. Yo lo sé, y su enemigo también.

—¿Tu territorio? ¡Tú no eres un Novoa! ¡¿Qué va a pensar Xacinto cuando sepa que tiene a un traidor en su propia casa?! ¡Te dio su apellido, te abrió las puertas de su casa, y tú lo has vendido! ¡Nos has vendido a todos!

Veo como su dedo se mueve sobre el gatillo. Está a punto de disparar, y Gael también lo sabe, ya que se pone frente a mí cubriéndome con su cuerpo y simplemente cierra los ojos esperando su destino.

No sé ni cómo lo hago, pero alcanzo la pistola que está a mi espalda, y lo siguiente que escucho es el sonido del disparo. Al principio no sé quién de los dos ha disparado. Si ha sido él, Gael está muerto. Intento respirar profundo para tranquilizarme y me atrevo a mirarlo, Antón está tirando en el suelo sobre un charco de sangre que rodea su cabeza.

—Lo he matado —susurro mirando a Gael.

—Tranquila, Princesa —dice él quitándome la pistola de la mano. No sé si estoy en *shock* o es que simplemente toda esta situación me supera, pero soy incapaz de dejar de temblar—. Mírame, has hecho lo que tenías que hacer. Me has salvado la vida —escuchamos unas sirenas a lo lejos y Gael vuelve a maldecir—. Joder, es demasiado tarde.

Al instante, Juanillo llega hasta nosotros corriendo y se queda mudo al ver a un hombre muerto frente a la puerta de la casa.

—¡¿Qué coño ha pasado?! ¡Está llegando la Policía! —informa Juanillo siendo bastante obvio, ya que las sirenas de los coches patrulla cada vez se escuchan más cerca.

—Sácala de aquí —ordena Gael—. Coge mi moto y salid por la parte trasera de la finca.

—No, tú también vienes —digo aferrándome a su brazo.

—No hay tiempo, Princesa. Alguien tiene que quedarse para entretenerlos y que no os sigan —sus manos vuelven a cubrir mis mejillas y sonríe mirándome a los ojos—. Todo estará bien, te lo prometo. Vete.

—No, por favor —suplico.

Antes de que pueda darme cuenta, sus labios se pegan a los míos y me besa, un beso húmedo y apasionado que me deja completamente atontada.

—¡Llévatela, Juan! —repite justo después de romper nuestro beso. Intento aferrarme a su mano, pero mi amigo tira de mí con fuerza y tengo que soltarle—. Te quiero, no te metas en líos —susurra sonriendo tristemente y con los ojos cargados de lágrimas.

Intento resistirme, pero Juanillo me sube a la moto y sale disparado provocando que tenga que agarrarme con fuerza a su cuerpo para no caerme. Recorre a toda velocidad la finca, y salimos de la propiedad por la parte trasera escuchando a lo lejos el sonido de las sirenas mezclado con el de los disparos.

LEALTAD

10 años después

Juanillo entra en mi despacho con rostro serio y hace un gesto con la cabeza para que Damián, uno de mis guardaespaldas, salga de la estancia.

—¿Qué ocurre? —pregunto intrigada por su forma de actuar.

—Tenemos un problema. El Francés acaba de llamarme.

—¿Qué le pasa? Hablé hace un momento con Quiroga. La mercancía ha llegado sin problemas a su destino.

—Sí, pero no llegó completa.

Eso llama mi atención. Me levanto de un salto de la silla que antaño perteneció a mi padre y camino hacia él.

—¿Cuánto? —inquiero frunciendo el ceño.

—Dos kilos, y creo que no es la primera vez que ocurre.

—¡¿Qué?! ¿Por qué no dijiste nada antes?

—Creí que se trataba de un error. Ya sabes que el Portugués suele ser bastante mañoso. Pero parece ser que no exageraba. Alguien está metiendo la mano en la mercancía.

—¿Tienes idea de quién puede haber sido? —pregunto frotándome la frente con los dedos.

Odio cuando algo así pasa. Por suerte es poco frecuente. Mi gente es leal. Confío en ellos, por eso me duele tanto cuando pasan estas cosas.

—Yo personalmente estuve en la descarga y también cuando cargaron los camiones. La mercancía fue entregada en la frontera a los hombres del Francés. Él asegura que fue su gente de confianza la que lo recibió, y que la fuga está en nuestra casa y no en la suya.

—¿Quiénes fueron los camioneros?

—Serafín y José.

—¡Mierda! —golpeo la mesa de madera con el puño y resoplo. Esos hombres trabajaron para mi padre antes de que todo se fuera a la mierda. Son hombres fieles y trabajadores. ¿Por qué tenían que hacer algo así?—. ¿Dónde están?

—En el muelle. Acaban de llegar. No han ido a casa aún, así que, si han sido ellos, la droga seguirá en el camión. Solo hay que saber en cuál de ellos está y tendrás a tu traidor.

—Avisa a uno de los chicos que esté en el muelle. Dile que revise los dos camiones sin que ninguno de ellos se dé cuenta, y que sobre todo no les deje salir de la nave. Yo voy para allá.

—Si quieres puedo encargarme yo, Vero —propone.

—No, esto es cosa mía —contesto poniéndome la chaqueta.

Salimos de la casa y nos montamos en el coche a toda prisa. Juanillo conduce mientras yo miro por la ventanilla pensando en lo que voy a tener que hacer. El frío metal del arma que llevo a la espalda me recuerda que esta es la peor parte de mi trabajo. Pero yo decidí asumir esas consecuencias el día que reuní a los cabezas de familia de los tres clanes para que juntos volviéramos a poner en marcha el negocio de nuestros padres. Eso fue hace tres años, y desde entonces me ha tocado hacer cosas que no me han gustado nada, pero las he hecho, porque si dejo que se me vaya de las manos, todos acabaremos exactamente como terminaron nuestros antecesores, muertos o en la cárcel.

Llegamos al muelle y entramos en una de las naves que usamos para seleccionar y cargar en camiones el mejillón que producimos. Ese fue uno de los legados de mi padre, las bateas de cría, que vuelven a funcionar a pleno rendimiento creando miles de puestos de trabajo.

Nada más entrar, compruebo que solo están presentes algunos trabajadores de confianza y los dos camioneros sospechosos de robar la mercancía. Todo lo que pase aquí dentro, será estrictamente confidencial. Juanillo no necesita más que una mirada hacia el trabajador al que encargó investigar para saber cuál de los dos es el ladrón, y me lo hace saber.

Con la certeza de saber cuál es el culpable de los dos, camino hacia ellos poniendo mi mejor sonrisa.

—José, Serafín, ¿cómo ha ido el viaje? —pregunto en tono casual.

Los dos se miran de reojo, extrañados por mi presencia y por estar rodeados de cuatro de mis hombres de confianza, sin contar a Juan, que se queda un par de pasos por detrás de mí.

—Eh… Todo bien, señorita Novoa —contesta Serafín.

—Sin ningún contratiempo —confirma su compañero.

—Me alegra escuchar eso, señores —me siento junto a una de las mesas de selección de mejillón y coloco mi arma sobre su superficie metálica. Automáticamente, los dos hombres la miran asustados. José es el mayor de los dos, con más de sesenta años, frente a los cincuenta y pocos de Serafín—. Vosotros trabajasteis para mi padre en su momento, y cuando yo me hice cargo del negocio, quisisteis hacerlo conmigo, ¿cierto? —los dos asienten sin perder de vista la pistola—. El día que os contraté, igual que a todo aquél que trabaja para mí, os hice una promesa. ¿Cuál fue, Serafín?

—Prometió que… Eh… Nunca más tendríamos que preocuparnos por el dinero. Que usted cuidaría de nosotros y de nuestras familias y no permitiría que jamás nos faltara nada.

—Y creo que he cumplido con esa promesa, ¿o no? —miro hacia mis hombres y les señalo con la mano—. Chicos, si alguno de vosotros cree que estoy mintiendo, es libre de decirlo —todos asienten afirmativamente. Me levanto recogiendo el arma y camino hasta quedar frente a frente con Serafín—. El año pasado, cuando tu mujer estuvo enferma de cáncer, me pediste dinero para llevarla a Madrid. ¿Te lo negué? —sacude la cabeza, negando de forma rotunda—. Te presté todo el dinero que me pediste, y cuando intentaste devolvérmelo no lo acepté. ¿Es cierto eso? —asiente de nuevo—. También le di trabajo a tu hijo en las bateas, un trabajo legal como tú me pediste, ¿verdad?

—Sí, nunca nos ha negado nada.

Suspiro y miro a mi alrededor, todos guardan silencio esperando a que explique a qué viene todo esto.

—Damián —señalo a mi guardaespaldas. Él y Cesar, su compañero, nos han seguido hasta aquí en otro coche—. ¿Qué es lo único que yo pido a cambio de todo eso?

—Lealtad —contesta de inmediato.

—Exactamente, lealtad, Serafín. Lo único que quiero y necesito, es poder confiar en mi gente. Te aseguro que moriría por cualquiera de vosotros. No os pido que hagáis tanto por mí, solo que me seáis leales, y dentro de esa lealtad, está el no robarme en la puta cara.

—No, yo no… —lo hago callar alzando la mano y me acerco más a él mirándole fijamente a los ojos—. No decir la verdad también es una falta de lealtad, así que, si vas a mentir, mejor quédate callado —me alejo unos pasos y los miro a ambos de hito en hito—. La mercancía que entregasteis anoche en la frontera de Francia no iba completa, y sé que esta no es la primera vez que algo así ocurre. Uno de vosotros dos me está robando, y ahora mismo voy a saber quién es. Voy a daros la oportunidad de confesar, si no lo hacéis, actuaré en consecuencia. Tenéis diez segundos. César, empieza a contar.

—Diez, nueve, ocho, siete… —se miran entre ellos y eso me dice lo que necesitaba saber. Ambos están metidos en esto. Sé que uno me ha robado, pero no sé si el otro simplemente lo sabe y está encubriendo a su amigo o también va a beneficiarse de la situación— seis, cinco, cuatro, tres, dos, uno…

—¡Le dije que no lo hiciera! —exclama Serafín señalando a su compañero—. Le juro que yo no tuve nada que ver en esto. Nunca se me ocurriría robarle, de verdad.

Miro a José, que agacha la mirada y niega con la cabeza. La mercancía estaba en su camión y él lo sabe. No tiene cómo negar la evidencia.

—Serafín, de verdad que valoro mucho la lealtad que sientes hacia tu amigo, y entiendo que no lo delataras hasta ahora, pero esa lealtad deberías tenerla hacia mí —levanto mi arma y él se encoge pensando que voy a apuntarle con ella, sin embargo, lo que hago es colocarla en su mano y alzar su brazo para que encañone a su compañero—. Mátalo —ordeno.

—No, por favor —suplica José juntando sus manos frente a la cara.

—Yo no… Por favor, es mi amigo. No me obligue a hacer esto —pide Serafín.

—¿Quieres demostrarme tu lealtad? Eso es lo que tienes que hacer. Yo confiaba en ti, y has perdido esa confianza. La única forma de que te deje con vida es que hagas algo por lo que podrías perder tu libertad. De esa forma me aseguro de que nunca vas a traicionarme. Tú decides, Serafín, puedes salir de aquí con las manos manchadas de sangre o enrollado en una bolsa de plástico al igual que tu amigo.

—Por favor, haré lo que sea —sigue suplicando José.

Lo ignoro y no aparto mi mirada de la de Serafín.

—Esta vez nadie va a contar hacia atrás, lo haces ya o… —antes de que pueda terminar la frase, aprieta el gatillo y el cuerpo de José cae desplomado con un agujero de bala en la frente.

Le quito la pistola de la mano sin tan siquiera echar un vistazo al cadáver y aprieto su hombro mientras él se derrumba empezando a llorar.

—Si alguna vez vuelves a traicionarme, el que estará ahí tirado serás tú, y como me entere de que hablas con quien no debes, no solo irás a la cárcel por asesinato, me aseguraré de que tu hijo también te acompañe. ¿Lo has entendido? —asiente sollozando—. Bien, ahora vete a casa y piensa en lo que significa la palabra lealtad.

Me doy media vuelta guardando la pistola de nuevo a mi espalda y camino de forma apresurada hacia la salida de la nave mientras escucho las pisadas de Juan a mi espalda. Entro en el coche y me acomodo frente al volante. Enseguida escucho a mi querido amigo tocar con los nudillos en el cristal de la ventanilla, la abro y suspiro cerrando los ojos.

—Has tenido que hacerlo, Vero. Sabes que no había otra forma. Cruzaron la línea y eso trae consecuencias.

—Lo sé, pero conocía a esos dos hombres desde que era una niña. Joder, trabajaban para mi padre, y tú y yo fuimos al colegio con los hijos de José.

—Vero, no hay justificación para lo que hizo. Tú siempre has estado ahí para él, para todos tus empleados, especialmente los que se juegan el cuello por ti. Si necesitaba dinero, solo tenía que decirlo. Él sabía lo que estaba haciendo y no era la primera vez. Sabes perfectamente que la confianza lo es todo en nuestro trabajo. Ahora te ha robado, pero dentro de dos días podría hablar con la Policía y mandarnos a todos a la cárcel. Tú solo proteges a tu gente y a ti misma.

—Lo sé —Resoplo y me paso la mano por el pelo echándolo hacia atrás—. Encárgate de limpiarlo todo y habla con la familia. Asegúrate de que guardan silencio y que tengan suficiente dinero como para vivir sin problemas el resto de sus vidas.

—Eso está hecho. ¿Estás bien?

—Sí, me voy a casa. Necesito una copa con urgencia.

—Prepara una para mí. Estaré allí en un rato, ¿vale? —asiento y arranco el motor. Juan se aparta del coche y veo como entra de nuevo en la nave.

Ese chico es mi ángel de la guarda. Cuando volví de Londres, hace tres años, con la idea de continuar el negocio de mi padre, él fue el primero en apoyarme. Al principio fue difícil. Por suerte la casa familiar estaba a mi nombre y la Policía no pudo incautarla, pero sí se quedaron con todo el dinero de mi padre, o casi todo. Mi viejo fue lo suficientemente listo como para dejar unos cuantos bidones de dinero enterrados en lugares que solo yo conocía. Con ese capital pude poner en funcionamiento el negocio del mejillón, comprar cría, nuevas depuradoras... Las bateas también estaban a mi nombre, igual que el resto de las infraestructuras necesarias para seguir con el negocio legal, por decirlo de alguna manera. Lo otro... Solo después de llevar casi un año trabajando con la empresa de mejillón, fue que conseguí reunir al resto de los clanes. Roi Pazo fue el primero en aceptar mi propuesta, y a continuación lo hizo Sergio Quiroga. De esa forma, las tres familias gallegas, volvimos a hacernos cargo de proveer a gran parte de Europa con polvo blanco de la mejor calidad.

Al llegar a casa voy directa hacia el despacho y me sirvo una copa de aguardiente de hierbas. Me siento frente al escritorio y echo la cabeza hacia atrás cerrando los ojos con fuerza. En momentos como este me viene a la cabeza lo que me dijo Gael la última vez que estuvimos en el mirador hace diez años, antes de que todo mi mundo se derrumbara. *"A veces tengo que hacer cosas que no me gustan, cosas que me convierten en una persona que no quiero ser"*. Ahora entiendo sus palabras, pero al contrario de él, yo he optado por esta vida. Fue mi elección, y sabía cuáles eran las consecuencias del camino que estaba siguiendo.

Gael, no me permito pensar en él muy a menudo. Su traición fue lo que desembocó todas las desgracias que ocurrieron. La muerte y encarcelamiento de muchas personas, entre ellos mi padre, el padre de Juanillo, y de gran parte de mis hombres de confianza. No he vuelto a verle desde ese día. Durante años quise saber dónde estaba para pedirle explicaciones, pero si ni los Pazo ni los Quiroga han sido capaces de encontrarlo, yo tampoco lo haré nunca. Lo más probable es que esté escondido en un agujero como el gusano que es. Sabe que el día que saque la cabeza de su escondite, será su último día entre los vivos. Tiene cuentas pendientes con demasiada gente peligrosa.

—Vero, ¿estás bien? —la voz de Juan me saca de mis oscuros pensamientos y lo miro sorprendida. Ni siquiera lo escuché llegar.

—Sí —carraspeo para aclarar mi voz y le doy un trago largo a mi bebida—. ¿Has hecho lo que te he pedido?

—Sí, todo está arreglado. ¿Dónde está mi copa?

—Sírvetela tú mismo. No soy tu criada —bromeo.

Juan ríe y va hacia el mueble bar para ponerse una copa similar a la mía.

—Pronto vas a tener que hacerles una visita a Rivera y al comandante Mosquera. ¿Has vuelto a hablar con El Colombiano?

—Sí, todo va como lo planeamos. He quedado en una semana con Pazo para que me dé noticias de los nuevos barcos. Lo de Rivera no me preocupa. Las elecciones están a la vuelta de la esquina y sabe que yo puedo asegurarle su puesto como alcalde. Mosquera… Le voy a enviar un regalito a su mujer. Estoy segura de que eso facilitará su colaboración en nuestra causa.

—¿Hay algo o a alguien que no tengas controlado? —pregunta sonriendo.

—Espero que no, pero ya sabes que no me gusta bajar la guardia —llaman a la puerta del despacho y Damián asoma la cabeza. Su gesto no augura nada bueno—. ¿Qué pasa? —inquiero extrañada

—Verónica, aquí hay alguien que quiere verte.

—¿Quién es?

—Es... Es tu hermano... Gael —antes de que consiga reaccionar, Gael entra en el despacho con su sonrisa ladeada y la pose chulesca que le define.

MISERICORDIA

Siempre he intentado imaginar cómo me sentiría si algún día volviera a verlo. ¿Me cabrearía? ¿Sentiría pena por él? ¿Anhelo quizás? Lo que nunca pensé fue que me quedaría completamente paralizada, sin poder dejar de mirar esos ojos oscuros de los que un día estuve completamente enamorada.

Sigue estando igual de guapo que la última vez que lo vi. Sus casi treinta y cinco años le sientan de maravilla. No parece haber estado escondido en ningún agujero, su piel morena por el sol refleja todo lo contario.

—Hola, Princesa —saluda sin apartar su mirada de la mía.

—¡¿Qué coño haces tú aquí?! —sisea Juan dando un paso amenazante hacia él.

—Junior, me alegro de verte. Me alegra saber que te han salido pelos en los huevos. ¿Cómo te va? ¿Sigues siendo el perrito faldero de Verónica?

Mi amigo está a punto de abalanzarse sobre él cuando intervengo.

—¡Juan, no! —se detiene de inmediato, pero sigue mirando a Gael con muerte velada en sus ojos.

—No hace falta que contestes a mi pregunta —señala Gael en tono burlón.

—Tienes agallas al presentarte en mi casa como si nada hubiese pasado —comento colocando los codos sobre el escritorio y entrelazando mis dedos—. ¿No aprecias tu vida?

—Sí, bastante, la verdad, pero aprecio más la tuya. ¿Podemos hablar? —le echa un vistazo a Juan y alza una ceja—. Esperaré a que saques al perro fuera.

Me quedo en silencio unos segundos planteándome si debería pegarle un tiro ya mismo y acabar con esta gilipollez, pero la curiosidad me puede. Tengo muchas preguntas, y solo él puede contestarlas.

—Juan, déjanos solos, por favor —ordeno.

—Vero, no sabes… —le lanzo una mirada reprobatoria y él se calla al instante—. Estaré fuera. Si me necesitas solo llámame —informa en tono seco y se marcha del despacho.

—Vale, ya estamos solos. Ahora explícame qué demonios haces en mi casa.

—Si no te importa, voy a servirme una copa. Estoy sediento —se acerca al mueble bar y abre la mini nevera que hay en su interior—. ¿No tienes cerveza? Tu padre siempre tenía alguna por aquí.

—Gael, la paciencia nunca ha sido una de mis virtudes y ahora mismo tú te estás jugando un tiro en la cabeza, de modo que te aconsejo que vayas al grano de una vez y me digas qué coño haces aquí —se gira hacia mí y vuelve a sonreír de manera burlona mientras se sirve una copa de licor de café. Cuando termina, camina hacia mí y se me queda mirando desde el otro lado de la mesa esbozando una sonrisa engreída y petulante—. ¿Se puede saber de qué te ríes?

—De ti, Princesa. Me amenazas con pegarme un tiro, pero me pregunto si de verdad serías capaz de hacerlo.

Me echo hacia atrás en el sillón y saco una cajetilla de tabaco de uno de los cajones del escritorio. También saco una pistola, pero esta la dejo bajo la mesa, apoyada en la bandeja que suele utilizarse para colocar el teclado del ordenador. Tras coger un cigarrillo, me lo pongo en los labios y lo enciendo sin dejar de mirarle.

—Puedes ponerme a prueba o decirme de una vez qué es lo que haces aquí —murmuro tras dar un calada y soltar una bocanada de humo.

—¿Desde cuándo fumas? —pregunta frunciendo el ceño.

—Gael, no voy a volver a repetirlo.

—Vale, tranquila. Solo quiero charlar contigo un rato —se sienta en uno de los sillones que hay frente a mi mesa y se cruza de piernas bebiendo de su copa como si estuviese en su propia casa.

—¿Charlar? ¿Vienes a contarme cómo traicionaste a tu propia familia? Creo que deberías hablar con los Pazo o con los Quiroga. O mejor... Charla con las mujeres y los hijos de todos los hombres que perdieron la vida el día que tú decidiste delatarlos, con aquellos que aún hoy siguen visitando a sus familiares en las cárceles.

Su sonrisa se esfuma y con ella también su pose chulesca y arrogante. Se pasa la mano por el pelo como cada vez que algo le pone nervioso o lo frustra, y deja la copa sobre la mesa.

—De eso era justo de lo que quería hablarte. Necesito protección. Si los Pazo o los Quiroga saben que estoy aquí, me matarán. Tienes que protegerme.

Río a carcajadas y vuelvo a darle otra calada a mi cigarrillo.

—Tiene gracia. Yo estaba pensando justo ahora en cómo les sentaría a ellos que sea yo quien te mate. No creo que les guste demasiado la idea. Ellos te torturarían primero.

—Deja de amenazarme, Verónica. Si me quisieras muerto, ya estaría tumbado sobre un charco de sangre.

Hago una mueca de asco y tras darle una última calada, apago el cigarro en el cenicero que hay sobre mi mesa.

—Me gusta esa alfombra —señalo hacia el suelo, justo a su espalda y él vuelve a sonreír.

Veo cómo se levanta y camina lentamente rodeando el escritorio hasta que llega a mi lado de la mesa. Me echo hacia atrás en la silla, y estiro mi mano para alcanzar la pistola, el movimiento provoca que sus ojos se estrechen con desconfianza.

—¿Vas a usar esa arma contra mí, Princesa? —pregunta y se sienta al borde de la mesa, justo frente a mí. Demasiado cerca.

—Es posible —contesto sin titubear.

—No lo harás, ¿y sabes por qué? —me encojo de hombros—. Porque tienes muchas preguntas y yo soy el único que puede darte las respuestas que buscas.

—Yo no tengo preguntas, Gael. Sinceramente, no hay nada que tú puedas decirme que yo ya no sepa.

—Mientes. Quieres saber qué fue lo que sucedió hace diez años, y eso es lo único que te impide deshacerte de mí. Eso y espero que también los sentimientos que yo hago aflorar en ti.

—Vale, sobre eso último… Estás como una puta cabra. Y sobre lo que pasó hace diez años… No necesito que me des explicaciones. Sé lo que ocurrió. Los vendiste a todos. Querías vivir otra vida y sabías que eso no sería posible, así que buscaste una salida, aunque por el camino destrozaras las de demasiadas personas.

—No fue así, Vero —suspira y se me queda mirando unos segundos sin siquiera pestañear. Entonces veo como mueve su mano hacia mí y acaricia mi rostro con suavidad—. Joder, qué guapa estás —susurra.

—Vale —me aparto de su contacto echándome hacia atrás—. No sé a qué demonios estás jugando, pero ya me has cansado.

—¡Maldita sea, me encantaría poder contártelo todo!

—¡Pues hazlo!

—¡No puedo, joder! —se levanta y vuelve a pasarse la mano por el pelo antes de comenzar a moverse de un lado a otro de la habitación—. Hagamos un trato, yo te doy respuestas, y tú me ofreces protección, aquí en casa.

—¿En casa? Hablas como si este fuese tu hogar y dejó de serlo hace mucho tiempo. Esta era la casa de mi padre —me levanto hirviendo de furia y voy hacia él con la pistola en la mano—. ¡Esta era la casa del hombre que te acogió, que te dio su apellido y su cariño, el mismo hombre al que tú traicionaste!

—¡Yo no le traicioné, joder!

—¡¿Me estás diciendo que no hablaste con la Policía?!

—¡No! ¡Yo no dije nada!

—Nueve hombres murieron ese día en las redadas a los tres clanes, Gael, entre ellos el padre de Juanillo. Detuvieron a otros treinta y tres. Mi padre y Xan Quiroga fueron dos de ellos. La Policía encarceló a los dos jefes de clanes, ya que Antón Pazo estaba muerto, y ambos sabemos quién lo mató. Todos los segundos mandos fueron apresados, y los hombres de confianza de los jefes de cada familia. Todos menos tú. Resulta que saliste de la comisaría libre y sin cargos. Explícame cómo demonios es eso posible.

—Tu padre no me incriminó. Supongo que hizo un trato con ellos y…

—¡No te atrevas a ensuciar la memoria de mi padre con tus jodidas mentiras! —grito alzando el arma y apuntándole a la cabeza—. Él murió protegiendo a su gente.

—¿De qué hablas, Verónica? Tu padre sufrió un infarto en prisión.

—¡¿Un infarto?! No sé si en estos años te has vuelto un idiota o me estás intentando ver la cara de gilipollas a mí. Vamos, Gael. No creo que seas tan ingenuo como para creerte eso.

—Yo, no sé… De verdad que no sé de qué me estás hablando. ¿Crees que lo mataron en la cárcel? Eso no tiene ningún sentido. Tu padre era respetado y temido por todos los jodidos criminales de este país. Es imposible que alguien intentara siquiera ponerle un dedo encima.

Sonrío de manera incrédula y voy de nuevo hacia mi escritorio, saco una carpeta de uno de los cajones y la dejo caer sobre la mesa con un golpe seco.

—El CNI[2] lo torturó durante meses. Lo tuvieron encerrado en un zulo intentando sonsacarle información sobre sus proveedores de mercancía y de cualquiera que estuviese involucrado en el negocio.

—Vero, yo no tenía ni idea de nada de esto —susurra consternado mientras ojea los documentos que hay en la carpeta,

---

2.-Centro Nacional de inteligencia, servicio de inteligencia española.

en ellos están registrados todos los procedimientos que usaron con mi padre para sacarle información hasta el día en que murió por las torturas a las que fue sometido—. ¿Cómo has conseguido estos documentos?

—El dinero lo compra todo, Gael. Solo hay que saber qué es lo que busca cada persona.

—Vero, te juro que yo no sabía que esto iba a pasar. Tienes que creerme.

—Vale, ya he tenido suficiente. ¡Juan! ¡Damián! —los dos entran de inmediato en el despacho, seguidos por César—. Sacadlo de aquí.

—No, espera —pide Gael. Juan lo sujeta por el brazo con fuerza, pero mi ex hermano se revuelve y le propina un puñetazo en la mandíbula que lo hace retroceder varios pasos.

Levanto el arma y vuelvo a apuntarle a la cabeza.

—Tienes los cojones de venir a mi casa, manchar la memoria de mi padre con tus patrañas, y aún por encima, golpear a mi mejor amigo. ¿Estás buscando que te mate?

—Otra vez la misma situación. ¿Serías capaz de hacerlo, Princesa?

—Ponme a prueba —siseo y amartillo el arma—. Ahora contesta, ¿Por qué delataste a mi padre hace diez años?

Las comisuras de su boca se estiran hacia arriba y niega con la cabeza.

—No, no vas a disparar —murmura.

Bajo el arma a la altura de su pierna y aprieto el gatillo. El disparo impacta en su muslo izquierdo provocando que aúlle de dolor.

—Hija de… ¡Me has pegado un tiro! —brama abriendo los ojos como platos.

Vuelvo a encañonarle a la cabeza y arqueo una ceja en su dirección.

—La próxima va a la cabeza. Habla. ¿Por qué lo hiciste? —niega—. Gael, no juegues con mi paciencia. Ahora mismo está rozando el límite. Te acabas de cargar mi jodida alfombra con sangre. Habla de una puta vez o esta noche dormirás entre peces y con un bloque de cemento a modo de sandalias.

—Si quieres matarme, hazlo —dice apretándose el muslo que chorrea sangre sin parar—. Adelante, acaba con esto de una vez, pero no voy a contarte nada, porque no puedo hacerlo.

Lo miro con fijeza y acerco mi dedo al gatillo, lo acaricio, e incluso llego a presionarlo un poco, pero la forma en que me mira… Joder, ¿por qué creo ver sinceridad absoluta en su mirada? ¿Tan buen actor es?

—¡Mierda! —exclamo bajando la pistola. Me echo el pelo hacia atrás y resoplo golpeando con fuerza la superficie del escritorio.

—Puedo hacerlo yo —dice Juan y saca su arma. Un hematoma azulado empieza a aparecer en la parte izquierda de su cara y tiene un pequeño corte en el labio.

—No. Llevadle a la frontera de Portugal y dejadlo allí —me giro hacia Gael y clavo mis ojos en los suyos—. Puedes tomarte esto como una muestra de misericordia. Te aseguro que, si vuelvo a verte, no habrá nada que te salve de la muerte —tras un gesto por mi parte, los tres hombres sujetan a Gael y lo arrastran hacia la salida.

Esta vez, aunque intenta zafarse, no lo consigue, y tras escucharle gritar mi nombre, la puerta se cierra y yo me dejo caer en el sillón sujetándome la cabeza con ambas manos. «Tendría que haberlo matado. Nunca me ha temblado el pulso para hacer lo que es debido, pero esta vez… Joder, ya no soy una cría. Ese encaprichamiento infantil que tenía hacia Gael, se acabó hace mucho tiempo. ¿O no?»

Decido dejar de darle vueltas a la cabeza y salgo de casa en dirección a la ciudad. Conduzco una de mis motos a gran velocidad viendo el todoterreno en el que me sigue César por el espejo retrovisor. Al llegar a la iglesia, decido parar y algo me lleva a entrar en la que se supone que es la casa de Dios. Nunca he sido creyente. Soy una mujer práctica, solo creo en aquello que puedo ver. A veces pienso que me gustaría poder tener fe en Dios o en algún ser todopoderoso. Debe ser muy liberador tener algo a lo que aferrarse cuando todo va mal.

El lugar está vacío, a excepción de un par de señoras que rezan arrodilladas en la primera fila. Me siento en una de las últimas y suspiro intentando entender qué mierda me ha pasado hoy. «¿Por qué no pude matarlo?».

—Verónica Novoa —miro hacia mi derecha y encuentro al padre Sandro, el párroco de Meiral de Gredos, observándome con sorpresa—. Si alguien me hubiese dicho esta mañana que te iba a encontrar en mi iglesia, lo habría llamado majadero.

—Solo estoy de paso, padre —contesto con una media sonrisa que no es para nada sincera.

—¿Estás bien, muchacha? No pareces estar pasando un buen momento.

—Sí, solo he tenido un mal día, pero me recuperaré, siempre lo hago —contesto apartando la mirada.

—Niña, si necesitas hablar…

—Padre, no quiero ser irrespetuosa, pero eso de hablar con Dios… No es muy de mi estilo.

—¿Hablar con Dios? Yo te estaba ofreciendo que hablaras conmigo —esboza una pequeña sonrisa—. No soy tan famoso como él, pero se me da bien escuchar.

Sonrío, esta vez de verdad. El padre Sandro no es el típico cura que lee el sermón y después predica con él. Es más, si quieres encontrarlo un domingo por la tarde, puedes hacerlo en alguno de los bares del puerto jugando la partida de cartas con los amigos y bebiendo unos vinitos.

—El tipo es famoso de verdad —bromeo—. Tiene a toda una multitud adorándolo. El Justin Bieber de las ancianas y las solteronas amargadas.

—Muchacha, un respeto, que estás en la casa de Dios —me regaña. Se santigua y pone los ojos en blanco por mi comentario—. ¿Vas a decirme ya qué es lo que te preocupa?

—Solo tengo un mal día —masculло.

—No acostumbras a venir por aquí y supongo que, por tu trabajo, tienes malos días muy a menudo. ¿Qué ha cambiado esta vez?

—¿Mi trabajo? —sonrío mirándolo de reojo—. Sí, la cría, depuración y distribución de mejillón es un trabajo muy estresante.

—Verónica, no me tomes por tonto. Los dos sabemos cuál es tu verdadero trabajo. No es que yo esté demasiado de acuerdo con él. Es más, estoy seguro de que cualquier párroco estaría en contra de los métodos que usas para ganarte la vida, pero… —respira profundo y desvía su mirada hacia el frente donde la imagen de Jesucristo crucificado cuelga de la galería principal de la iglesia—. Yo vi cómo se hundió esta ciudad cuando tu padre fue a prisión. Todos los trabajos que se perdieron, la industria que desapareció… La gente pasó de vivir bien, a mendigar ayuda a los servicios sociales y la iglesia porque no tenían dinero ni para comer. Padres que se morían de hambre para poder alimentar a sus hijos, niños que faltaban a la escuela porque no tenían dinero ni para el almuerzo. Fueron épocas muy duras para todos —me mira de nuevo y sonríe de oreja a oreja—, pero entonces llegaste tú, y contigo los empleos, la comida, el dinero. Esta ciudad ha renacido de sus cenizas gracias a ti. Llámame pecador si quieres, pero no puedo condenarte por haber devuelto la esperanza a la gente de este pueblo. Fuiste su salvadora, y ellos… Nosotros te seremos fieles hasta el fin de nuestros días.

—A veces no me gusta lo que hago, padre. Hoy mismo he cometido un acto atroz, y no estoy orgullosa de ello, pero tampoco me arrepiento, porque con ese acto he conseguido que las vidas de muchas personas sigan siendo buenas vidas —confieso.

—Si buscas que perdone tus pecados, creo que no va a ser tan sencillo —señala y sonríe de nuevo.

—No busco el perdón. Además, si tuviese que contarle todos mis pecados, me llevaría un par de meses, y no quiero robarle tanto tiempo.

—Bueno, si no puedes evitar tus malas acciones, intenta compensarla con otras buenas.

—Eso no es mala idea. Hoy he salvado una vida, o algo así —frunzo el ceño y hago una mueca con los labios—. No estoy muy segura.

—No quiero saber qué significa eso, ¿verdad?

—No, mejor no —suspiro y busco su mirada—. Gracias.

—¿Por qué? —inquiere.

—Por recordarme porqué decidí dedicar mi vida a seguir con la obra de mi padre —me levanto y le guiño un ojo. Me siento mejor, más animada al menos—. La charla me ha venido bien. Quizá pase por aquí más a menudo. Es más, le traeré un par de kilos… —Abre mucho los ojos y yo suelto una carcajada—. De mejillón, padre. No sé en qué estaba pensando.

—Vamos, lárgate de aquí, muchacha, y vuelve cuando quieras. Esta es tu casa.

Me despido del padre Sandro y salgo de la iglesia. Supongo que nunca sabré por qué no fui capaz de matar a Gael, pero voy a hacerle caso al sacerdote y tomarlo como una buena acción para compensar las malas.

Saco mi teléfono móvil del bolsillo y llamo a mi contable para pedirle que haga una sustanciosa donación anónima a nombre de la iglesia de Meiral de Gredos. Puede que no sea la mejor forma de agradecerle al padre Sandro la ayuda que me ha prestado hoy, pero es la única que conozco, y no me gusta deberle nada a nadie, sea sacerdote o no.

CONFIANZA

Una semana después

Repaso de nuevo todo el itinerario de principio a fin mientras se lo explico por video llamada a Sergio Quiroga. El chico solo tiene cinco o seis años más que yo, pero su pose seria y el permanente rictus de sus facciones, lo hacen parecer alguien mucho mayor. Es una pena, ya que es guapo a rabiar, a pesar de las dos cicatrices que cubren su mejilla izquierda. Es todo un misterio cómo las consiguió. Hay rumores de que fue una especie de tortura por parte de unos mafiosos rusos, otros dicen que su padre lo maltrataba desde niño. La verdad, no sé si alguna de las dos historias será cierta.

—Es demasiado arriesgado —señala Sergio tras escucharme atentamente—. Hasta ahora han funcionado lo de los barcos de pesca, pero tarde o temprano alguien se dará cuenta.

—Mi gente es de confianza. Entiendo tu preocupación, pero soy yo quien se está jugando el cuello con todo esto. El Colombiano ha sido claro, actuará como siempre. Transportarán la mercancía por tierra, cruzando Venezuela, y una vez en Caracas empezará el trayecto por mar.

—¿Por tierra? Esa es una buena manera de que los pillen — refunfuña.

—Dicen que es mucho más seguro que cruzar el canal de Panamá, y sinceramente, me da absolutamente igual cómo lo hagan o por dónde se muevan. No es nuestro problema hasta que llegue a la isla de San Miguel. Nuestros barcos estarán esperando para recoger la mercancía y meterla en el país.

—Sigo pensando que es muy arriesgado usar el mismo protocolo. La Policía podría estar esperando que lo hagamos.

—Si fuese así, yo lo sabría. Me encargaré de que tengamos vía libre tanto por mar como por tierra.

—También podríamos usar un señuelo. Ya sabes, meter una pequeña cantidad de mercancía por otra vía de entrada y dar aviso anónimo a la Policía. Mientras ellos se entretienen con las sobras, no estarán pendientes del gordo del cargamento y tendremos más margen de maniobra.

—El problema de ese procedimiento son las bajas de personal. ¿Vas a enviar tú a varios de tus hombres a la cárcel? Porque yo no estoy dispuesta a sacrificar a mi gente.

—Son daños colaterales —señala encogiéndose de hombros.

—Daño colateral —murmuro echándome hacia atrás en la silla y encendiendo un cigarrillo —. Ese término lo inventaron los americanos en la guerra de Vietnam para referirse al asesinato de civiles. Yo no soy una asesina de inocentes, Quiroga, y mucho menos de mi propio pueblo. Si quieres usar esa baza de distracción, podrás hacerlo cuando tú seas el encargado de recoger la mercancía.

—Bien, tú mandas, al menos en esta ocasión —cede—. ¿Los barcos estarán listos?

—Eso espero. Mañana voy a hacer una visita a nuestro querido socio y amigo.

—Buena suerte con eso, y contrólalo de cerca. Roi está loco. Algún día conseguirá que nos maten a todos. Ten especial cuidado con los nacionales. He escuchado que andan bastante revolucionados. Ese inspector… Velázquez. De nuevo anda metiendo las narices donde no lo llaman.

—No saben nada ni tienen por dónde tirar, pero no estaría de más cerrar flancos y asegurarnos de que nuestra gente de confianza lo es realmente.

—Sí, lo tendré en cuenta. ¿Tú vas a hacerlo? —pregunta.

Su pregunta me toma por sorpresa. Conozco a Sergio y sé que puede llegar a ser muy desconfiado.

—¿A qué te refieres? Mi casa es segura —afirmo.

—Eso no es lo que he escuchado. Tu hermanito te ha hecho una visita, ¿no?

¡Mierda! Era eso.

—No creo que eso sea asunto tuyo, Quiroga. De mi familia me ocupo yo.

—Gael Novoa es asunto de todos. Mi padre está encerrado en la cárcel por su culpa, y estoy seguro de que Roi está deseando ponerle las manos encima. Su padre está muerto, Verónica. Es un traidor y ya sabes cómo tratamos a los traidores.

—Sergio, voy a ser muy clara y rotunda con este tema. Si tú o Roi encontráis a Gael en vuestro territorio o en cualquier otro lugar, sois libres de hacer lo que os dé la gana con él, pero en mi casa mando yo. Si me entero de que tocáis a cualquier miembro de mi clan, dentro de mi territorio, que tu padre esté en la cárcel va a ser el menor de tus problemas. ¿He sido lo bastante clara?

—Eso ha sonado a amenaza —una de sus comisuras se eleva en una sonrisa retorcida. Es la primera vez que le veo hacer un amago de sonreír, y sinceramente, acojona más que verlo serio—. Conoces los peligros de tenerle cerca, pero como tú has dicho, en tu casa mandas tú. Nos vamos hablando —la comunicación se corta y resoplo cerrando el portátil de un golpe seco.

Imaginé que esto podría ocurrir. Igual que yo estoy informada de cada paso que dan mis socios, ellos también me tienen bajo la mira. Por eso mismo le ordené a Juan que llevara a Gael a la frontera con Portugal. De esa forma no tendrá que pisar el territorio de Pazo y mucho menos el de Quiroga. Si es un poco listo habrá huido por Portugal y en estos momentos se estará recuperando del balazo que le metí donde quiera que sea que haya estado escondido hasta ahora. En casi una semana no he tenido noticias suyas, espero que eso sea una buena señal. Si puede considerarse buena señal que aún siga respirando. Eso no lo tengo demasiado claro.

La puerta del despacho se abre y Juanillo entra. Su expresión no augura nada bueno.

—Dime que no me traes malas noticias —pido antes de que pueda llegar a hablar.

—No puedo hacer eso. Han visto al inspector Velázquez por los muelles. Iba de incógnito, pero uno de los trabajadores lo reconoció.

—Ese tipo se está convirtiendo en un jodido grano en el culo —farfullo.

—Lo sé, y con la operación con el Colombiano tan inminente… —resopla y niega con la cabeza—. Hay que hacer algo, Vero.

—Vale —respiro hondo y me levanto—. Vamos a tener una pequeña charla con el inspector. ¿Me llevas?

—Claro, pero ¿crees que es buena idea? —cuestiona.

—Ese policía se está metiendo en mis asuntos, y no voy a quedarme de brazos cruzados mientras él se pasea por mi casa como si nada. Encárgate de hablar con los chicos para que no hagan ninguna tontería estos días. Lo último que necesitamos es que alguno de ellos acabe en una comisaría donde puedan interrogarle durante horas.

—Por parte de los Novoa, solo tú, Ana y yo sabemos lo de la próxima operación. Aunque les interrogaran, no podrían sacar nada —señala.

—Lo sé, pero mejor no arriesgarse. Mañana tenemos que ir a Camariñas a comprobar que Roi está haciendo su trabajo y tiene los barcos listos.

—No sé por qué seguís aguantando a ese capullo. Va por libre y siempre nos está metiendo en líos. En algún momento Quiroga va a meterle una jodida bala en el cráneo.

—Eso si no lo hago yo antes —murmuro—. Aunque sea un inconsciente y un capullo, Roi Pazo controla los astilleros de donde salen todos nuestros barcos. Lo necesitamos, solo por eso sigue respirando

—¿Mantienes la idea de crear tus propios astilleros?

—Sí, pero eso lleva trabajo y mucho tiempo. Por el momento vamos a tener que seguir aguantando las gilipolleces de Roi.

—¿Todas las gilipolleces? —pregunta alzando una de sus cejas rubias.

Juanillo sigue teniendo esa misma cara de niño bueno de cuando estábamos en el instituto, aunque ahora lleva el pelo rubio mucho más corto.

—Tampoco tanto. Amigo mío, ya deberías tener claro que en mi cama solo se mete quien yo quiero que lo haga, y créeme, Roi Pazo no es, ni nunca va a ser un candidato —su sonrisa se expande y me escolta al exterior donde nos montamos en un coche para ir directos hacia los muelles.

No tardo en localizar al inspector Velázquez a pesar de la multitud de trabajadores que hay en la nave. Estamos a plena faena laboral y las toneladas de mejillones provenientes de las bateas no dejan de llegar para ser depuradas tras haber sido seleccionadas previamente por calidad y tamaño. Las puertas de la nave están abiertas al público y algunos visitantes pasean por las instalaciones haciendo fotos y curioseando. Uno de ellos es el inspector, ataviado con una sudadera negra y una visera, recorre los inmensos pasillos deteniéndose cada pocos metros para hablar con algún empleado.

Tras hacerle un gesto a Juan para que no me siga, camino hacia el policía instalando una falsa sonrisa en mi cara.

—Inspector Velázquez, qué sorpresa encontrarle por aquí —se gira de inmediato al escuchar mi voz y sonríe. Creo que sería difícil adivinar cuál de las dos sonrisas es más falsa, si la suya o la mía.

—Verónica Novoa, me alegro de verla de nuevo —saluda.

—¿Anda buscando trabajo o solo ha sentido curiosidad por saber cómo se selecciona y depura el mejillón? Si lo que busca es un empleo, estoy segura de que podremos encontrarle un hueco.

—No se preocupe por eso. Yo ya tengo un trabajo, y me gusta llevarlo a cabo con eficiencia—contesta sin perder la sonrisa.

—Eso es algo fantástico. No hay nada mejor que disfrutar de aquello a lo que decides dedicar tu vida.

—Bueno, unos más que otros, pero sí, estoy totalmente de acuerdo. ¿Usted disfruta de su trabajo, señorita Novoa?

—Por favor, inspector, creo que ya nos conocemos bastante como para tutearnos, llámame Verónica.

—No has contestado a mi pregunta, Verónica. ¿Te gusta tu trabajo? Algunos podrían considerar que es bastante peligroso.

Me echo el pelo hacia atrás y me pinzo la barbilla con los dedos fingiendo pensar una respuesta.

—Peligroso… Definitivamente, la cría y distribución de mejillón no es el trabajo más apasionante del mundo, pero peligroso… No, no lo creo. Al menos para mí no. Yo solo me siento frente a mi gran escritorio y me dedico a firmar documentos. Mis empleados son los que sacan adelante el negocio.

—Debes tener mucha confianza en tus empleados para delegar en ellos todo el peso de tu negocio —señala.

—Por supuesto. La confianza es algo muy importante en cualquier relación, inspector. ¿No lo crees? Estoy segura de que tú confías en tus compañeros de trabajo, el inspector Alcántara, el subinspector Rosales —su sonrisa se esfuma de inmediato, pero lo mejor aún viene cuando escucha lo siguiente que digo—. Obviamente en una relación de pareja la confianza lo es todo. Estoy segura de que tu esposa, Soraya, confía en ti ciegamente, y ya ni hablemos de la pequeña Coral, seguro que para ella eres su superhéroe. ¿Qué tal se encuentra? Ha estado malita, ¿verdad?

—¿Crees que vas a conseguir algo amenazando a mis compañeros y a mi familia? —sisea y se quita la visera con un gesto brusco.

—¿Amenazar? Por supuesto que no, inspector. Yo solo estoy siendo amable y considerada —sujeto su mano dejándolo algo descolocado—. Confianza, en eso se basa todo. Tú confías en mí y yo lo hago en ti —me aparto soltando su mano y echo un vistazo al reloj que llevo en la muñeca—. La charla ha sido muy agradable, inspector, pero tengo un montón de documentos esperando a que los firme. Ya sabes, esas tareas apasionantes que provocan que ame mi trabajo. Habla con Mario, el encargado de sección, y dile que te dé un par de kilos del mejor mejillón que tenemos —le guiño un ojo con diversión—. Invita la casa.

—Nos volveremos a ver muy pronto, Verónica —por su tono de voz suena más a amenaza que a promesa.

—Eso espero, inspector. Pásate por casa un día de estos, te invitaré a una copa del mejor orujo de hierbas que has probado en tu vida. —Me despido alzando una mano y camino con la cabeza bien alta y una sonrisa engreída hacia la salida de la nave.

Nada más entrar en el coche, Juan me observa con curiosidad.

—¿Todo bien? —pregunta tras arrancar el motor.

—Todo perfecto. Llama a Ana y dile que quiero verla en casa dentro de quince minutos. Se le han acabado las vacaciones.

—No va a estar contenta con eso —murmura soltando una risita.

—Lo sé, pero tengo trabajo para ella —Juan me mira de reojo mientras se incorpora a la carretera—. Le he puesto un localizador GPS al inspector Velázquez en la parte interior del reloj. Necesito que Ana se encargue de mantenerlo vigilado. Al menos sabremos dónde está en cada momento.

—¿Cómo lo has conseguido? —pregunta sorprendido.

—Confianza, hermano. El exceso de confianza lleva a la gente a cometer muchos errores, y nuestro amigo el inspector desborda confianza en sí mismo —ríe y conduce el resto del camino hacia casa.

Cuando entro de nuevo en mi despacho, compruebo que Ana ya ha llegado, y para no variar, está sentada en mi mesa y trasteando en mi ordenador portátil.

—Hola —saluda alzando una mano sin desviar la mirada de la pantalla.

—¿Algo interesante en mi ordenador, Anita? —inquiero cruzándome de brazos y lanzándole una mirada reprobatoria.

—Nah… Esperaba encontrar algo de porno al menos, pero eres una aburrida —tras unos segundos en los que sigue tecleando sin parar, parece dar por terminada su tarea. Levanta la cabeza y nos mira a mí y a Juan con una sonrisa—. He comprobado que el cifrado de las videollamadas estuviera correcto.

—Bonito cambio de *look* —señalo su corte de pelo de un color azul eléctrico que combina perfectamente con la argolla que lleva en la nariz.

La última vez que la vi, hace menos de un mes, tenía el pelo de color violeta.

—Sí, el azul me sienta bien. ¿Verdad, Juanillo? —como siempre que se dirige a mi amigo, el tono de voz de Ana se vuelve meloso y seductor. Le encanta ponerlo nervioso.

—Vale, deja el coqueteo para otro momento —me acerco a ella y arqueo una ceja en su dirección. Ana se levanta de inmediato poniendo los ojos en blanco y paso a ocupar mi sitio—. ¿Recuerdas a nuestro amigo el inspector Velázquez?

—¿El tío bueno con pistola? ¿Cómo no recordarlo? Siempre lo incluyo en mi material de nirvana.

—¿Nirvana? —Juan frunce el ceño al no entender a qué se refiere.

—Sí, ya sabes, cariño… Gemidos, sudor, respiración agitada, y finalmente alcanzar el nirvana —contesta y alza ambas cejas con una sonrisa pilla.

—Lo que decía… —les interrumpo—. Le he colocado el localizador GPS que me diste, así que necesito que lo tengas vigilado en todo momento.

—Eso está hecho. ¿Necesitas algo más?

—Sí, tres móviles cifrados para que pueda comunicarme con Roi y Sergio durante la operación.

—¿Tenemos una súper operación en marcha?

—Aún estamos ultimando detalles, pero estará pronto. Consígueme también el calendario de guardias de los *Estupas*[3] de las próximas semanas.

—Entrar en la base de datos de la CNP[4], eso mola más —comenta frotándose las manos—. ¿Para cuándo lo necesitas?

—Los teléfonos móviles para mañana a primera hora, las guardias en cuanto las tengas, y la vigilancia de Velázquez que sea constante. Si va a tomarse una cerveza, quiero saberlo, si va a trabajar, al parque con su hija… incluso quiero enterarme si mea y se le cae una gota fuera del inodoro.

—Entendido, móviles mañana, guardias sin prisa y me pongo en plan acosadora con el poli macizo. Deberías haberle puesto un micro también. ¿Será de los que jadean y gimen cuando se corre o de los silenciosos? Ten en cuenta que los callados son los peores.

—¿Es que eres incapaz de pensar en otra cosa que no sea sexo? —refunfuña Juan.

3.- Coloquialmente, brigada antidroga de la Policía nacional española.
4.- Cuerpo Nacional de Policía

—Pienso en sexo porque me gusta. No como tú, que tienes la libido de una ameba, *carabebé*.

—¿Qué me has llamado? —inquiere mi amigo dando un paso amenazante hacia Ana.

—Vamos, ¿a qué viene esa barbita de *hippie* pijo que llevas ahora? Intentas ocultar la cara de bebé que hay debajo. Muy malote tú, oye.

—¿*Hippie* pijo? Te recuerdo que la única pija que hay aquí eres tú. En el instituto vestías como una jodida modelo y hablabas como si estuvieses chupando una po…

—¡Vale! —grito al orden—. ¡Por Dios! Os comportáis como dos críos de colegio —me levanto y camino a largas zancadas hacia la salida—. Echad un polvo de una vez y dejad de discutir —cierro la puerta a mi espalda y resoplo antes de subir a mi habitación.

No bajo a cenar ya que me entretengo dándole mil vueltas al planteamiento del próximo operativo. Todo tiene que salir perfecto. No hay margen para ningún error. Si llegan a pillarnos con tantas toneladas de cocaína, nos esperará una celda para el resto de nuestras vidas.

No es la primera vez que hacemos algo así, y espero que no sea la última. Podríamos hacer transacciones más pequeñas y más a menudo, pero en mi opinión el riesgo es mayor. Siempre he preferido meter toda la mercancía posible en el país de una sola vez y almacenarla hasta que la distribuyamos por nuestros distintos compradores. De esa manera, también ocupamos más el mercado, quien quiera comprar, tiene que acudir a nosotros y atenerse a nuestros precios. Más seguridad y mayores beneficios.

Normalmente Sergio, Roi y yo, nos repartimos las operaciones de recogida, cada vez se encarga uno y los demás dan apoyo táctico, de medios e infraestructuras. Una vez tenemos la mercancía en nuestra posesión, cada uno se encarga de surtir a sus propios clientes, y bajo ninguna circunstancia nos pisamos los unos a los otros. Así era como funcionaba el negocio cuando lo llevaban nuestros padres, y nosotros hemos seguido su ejemplo. Esta vez la operación la lleva el clan Novoa y todas las miradas van a estar puestas en nosotros. No podemos cagarla.

—¿Puedo? —Ana asoma la cabeza en el interior de mi habitación.

Levanto la mirada de los mapas y apuntes que tengo esparcidos por la cama y frunzo el ceño.

—Ya has pasado, y sin llamar a la puerta.

—Tampoco es que fuese a pillarte en plena faena, básicamente porque de eso tú tienes más bien poco —señala sentándose a mi lado en la cama.

—¿Has venido aquí a decirme que tengo que follar más? Muy considerado por tu parte, Anita —murmuro recogiendo todos los papeles para guardarlos.

—No, aunque admito que sí lo pienso, pero solo he venido para saber si estás bien. Pareces un poco estresada.

—Lo estoy. Ya sabes cómo funciona esto, cuando el balón está en nuestro campo, tenemos que lucirnos para llegar a la portería sin que los defensores nos derriben.

—No voy a hablar de fútbol contigo, para eso ya tienes al *carabebé*.

—Deja de meterte con él. Lo que te jode es que no has conseguido tirártelo hasta ahora, y por eso lo molestas e intentas sacarlo de quicio. Eso no te va a funcionar con Juanillo.

—Nada funciona con Juanillo —dice tras resoplar—. Ese imbécil es incapaz de ver más allá de ti.

—No digas eso. Sabes que es como un hermano para mí.

—Ya, pero él no lo ve de ese modo. Hablando de hermanos, me he enterado de lo de Gael. Qué fuerte que apareciera por aquí como si nada, ¿no?

—¿A esto has venido? —sonrío negando con la cabeza—. Eres una cotilla. Todo ese rollo del estrés era para sonsacarme sobre Gael.

—¿Se ha notado mucho? —asiento—. ¿Qué estás esperando para contármelo? Habla, chica, me tienes en ascuas.

Suspiro y me encojo de hombros.

—No hay nada que contar. Se presentó aquí en casa sin que me lo esperara, le pegué un tiro en la pierna y lo eché, fin de la historia.

—¿Por qué no lo mataste? Siempre pensé que lo harías si volvías a verlo. ¿Qué fue lo que pasó?

—Si te soy sincera, no tengo ni la más remota idea. Llámame sentimental, pero no pude hacerlo. Y lo siento mucho, de verdad. Tu padre también está en la cárcel por su culpa.

—En realidad, mi padre está en la cárcel por sus propias acciones. Vero, estoy de acuerdo en que Gael es un traidor y no se puede confiar en él, pero tu padre, el mío, el de Juan... Todos conocían los riesgos de este trabajo, igual que los conocemos nosotros. Si acabamos en la cárcel o muertos, solo es responsabilidad nuestra.

—El pelo azul te ha convertido en toda una maestra zen —bromeo despeinando su cabello—. Te queda bien.

—Lo sé, a mí todo me queda bien —se levanta de un salto—. Ahora me voy a dormir. Descansa, y mañana no te cortes y dale a Roi una patada en las pelotas de mi parte si se pasa de listo.

—Descuida, lo haré.

Se va de mi habitación y yo me quedo de nuevo sola con mis pensamientos hasta que caigo rendida en los brazos de Morfeo.

ANHELO

El trayecto en coche hasta Camariñas, la ciudad donde viven los Pazo, dura aproximadamente dos horas. Aprovecho para ponerme al día con el papeleo pendiente de la empresa. Tengo un gestor que se encarga del trabajo duro, pero mi autorización y firma son necesarias para algunos trámites.

Al llegar al astillero central, ya tengo todo listo, así que salgo inmediatamente del coche y entro en el lugar escoltada por Juanillo y mis dos guardaespaldas. Voy vestida con un sencillo vaquero y una camiseta de tirantes. Quién diga que en Galicia no hace calor, debería pasar aquí el mes de agosto y comprobarlo por sí mismo.

Antes de que pueda ver a Roi escucho su voz. Tiene una de esas risas altas y contagiosas que hacen gracia a todo el mundo. Cualquiera que no le conozca en profundidad, pensaría que es todo un partidazo, guapo, con una sonrisa preciosa a juego con sus ojos azul claro, y el pelo castaño claro peinado hacia atrás, pero con volumen. Una cruz plateada cuelga de una argolla en su oreja izquierda dándole un aspecto juvenil y macarra que no desentona para nada con sus facciones. En resumen, todo un caramelito. Si no fuese porque el tío es un loco de cuidado, yo misma babearía por él.

—Vero —su sonrisa se ensancha al verme—. Ya estás aquí. Te estaba esperando —me saluda con un beso en cada mejilla que dura más tiempo de lo que desearía—. ¿Tienes hambre? He preparado una parrillada en casa. Te quedas a comer, ¿verdad?

—No he venido para hacer vida social, Roi. Tenemos trabajo pendiente. ¿Está todo listo?

—Como siempre, llegas tú y arruinas mis ilusiones —comenta tras chasquear la lengua—. ¿Quieres al menos tomar algo? Tengo un Albariño[5]exquisito.

Acepto su ofrecimiento, y mientras él pide que nos traigan el vino, miro a mi alrededor recordando todas las veces que estuve aquí de niña acompañando a mi padre.

—Toma —le tiendo dos de los teléfonos cifrados que ha conseguido Ana—. Uno es para ti y el otro házselo llegar a Sergio. Están cifrados.

—Ana y sus juguetitos —adivina y se los guarda en el bolsillo—. Dile de mi parte que cuando quiera hacerme una vista estaré encantado de atenderla.

—Es curioso, justo anoche me dijo que si te pasabas de listo te diera una patada en las pelotas de su parte —replico dándole un sorbo a mi copa de vino. Está realmente delicioso.

—No me esperaba menos de ella. Cuando quieras pasamos y te enseño como va todo. Los barcos están casi listos.

—Especifica casi —alzo una ceja en su dirección y él sonríe negando con la cabeza.

5.-Nombre con el que se conoce al tipo de vino blanco que se produce con la variedad de uva del mismo nombre. Exclusivo de la zona de Rías Baixas, Galicia.

—Qué poca fe tienes en mí, Princesa. ¿Alguna vez te he fallado? —arqueo aún más la ceja y él suelta una carcajada—. Vale, fue solo una vez, y te lo compensé. Vamos, te enseñaré cómo está todo. Por cierto, cuando terminemos aquí, tengo una sorpresa para ti.

—Roi, no empieces con tus jueguecitos, ¿quieres? —le advierto.

—No, de verdad. Te va a encantar.

Bufo a disgusto sabiendo que cualquier cosa con lo que Roi Pazo pueda sorprenderme no me va a encantar en absoluto. Este tipo carece totalmente de sentido común.

Durante las siguientes dos horas, reviso todo el trabajo que está haciendo con los barcos. No mentía, casi están acabados. A simple vista pueden parecer pesqueros normales, pero tiene dobles fondos por todos lados para poder ocultar la mercancía que van a transportar. Serán una réplica exacta de los viejos pesqueros propiedad de Sergio que ya están desguazados. La pesca de altura es lo suyo, la empresa y tapadera de los Quiroga.

Tras comprobar que todo va según lo planeado, y esquivando las constantes insinuaciones sexuales de mi socio, nos montamos en el coche y les seguimos cruzando todo el pueblo. Roi va con tres de sus hombres armario. No sabe lo que es pasar desapercibido. El coche se detiene en un descampado donde solo hay una antigua construcción de hormigón que parece estar abandonada. Me pongo alerta de inmediato. Confío en Roi, o más bien en su sentido de supervivencia, pero no me gusta este cambio de planes inesperado.

—Chicos, entramos con Vero y nos mantenemos alerta —comunica Juan a César y Damián por el pinganillo que lleva en el oído.

Antes de salir del vehículo, compruebo que mi arma esté cargada y lista para ser usada en caso de que sea necesario.

—¿A qué viene todo esto? —pregunto ya el exterior.

Roi da una palmada y ríe muy emocionado.

—Te dije que tengo una sorpresa para ti. Te va a encantar, lo prometo.

—Roi, ya sabes que no me gustan las gilipolleces. Deja de hacer el ganso de una vez. ¿Qué coño hacemos en mitad de la nada? —insisto en un tono nada amigable.

—No te enfades, Princesa —abre la oxidada puerta metálica del barracón y me hace un gesto con la cabeza para que entre—. Vamos, tu sorpresa está aquí.

—De verdad, se están rifando un par de tiros y tú tienes todas las putas papeletas para ganarlos —refunfuño caminando a largas zancadas para entrar en el lugar. Al principio no consigo ver nada por la oscuridad que inunda el interior, además, huele a moho y a…. sangre—. ¡¿Qué mierda quieres que vea?! —echo un vistazo a mi alrededor y me quedo helada al ver un bulto sangriento en el centro de la estancia.

—¿Lo reconoces? Acércate —susurra Roi pegado a mi espalda. Me adentro en el mugriento lugar caminando despacio y tengo que tragar saliva con fuerza para ahogar un jadeo cuando me doy cuenta de que ese bulto sangriento es una persona atada a una silla, una persona que conozco muy bien—. ¡Sorpresa! — exclama mi socio acercándose a Gael y tirándole del pelo para levantar su cabeza.

—¿Se puede saber qué demonios está pasando aquí? — pregunto e intento no demostrar ninguna reacción ante la grotesca escena que tengo delante.

Gael parece estar inconsciente, si no es así que ya no le quedan fuerzas ni para moverse. Su ropa está rasgada destrozada y sucia. Puedo ver un charco de sangre alrededor de su pie izquierdo. Es por el disparo que yo le di. Un trapo empapado en sangre cubre su muslo, supongo que para cortar la hemorragia, pero lo peor es su rostro, uno de sus parpados está hinchado y tiene los labios repletos de cortes, probablemente a consecuencia de los puñetazos que le han propinado.

—Encontré a tu hermanito herido y quise que lo vieras antes de darle su último adiós. Los chicos y yo nos hemos estado divirtiendo un rato con él, pero pensé que quizá quieres ser tú quien termine con su vida. Al fin y al cabo, fue a vosotros a quien más traicionó.

Trago saliva de nuevo y clavo mi mirada en la de Roi.

—Exactamente, ¿dónde lo encontraste? —inquiero.

—¿Qué importa eso? El caso es que en cuanto salió de su madriguera, lo cacé para ti. Ya me lo puedes agradecer, Princesa. Acepto sexo como gratificación —bromea alzando ambas cejas de manera sugerente.

—Está bien saberlo —murmuro caminando hacia él de manera coqueta, pongo una de mis manos sobre su pecho y muerdo mi labio inferior sorprendiéndolo por, aunque no tarda en reaccionar, coloca una de sus manos en mi cintura y sonríe de manera arrogante—. Solo dime exactamente dónde lo encontraste.

—Ehhh… En la frontera con Portugal. Estaba en una clínica de mala muerte con un disparo en la pierna.

Vuelvo a sonreír y llevo la mano a mi espalda. Ni siquiera le doy tiempo a reaccionar. El primer disparo impacta en la frente de uno de sus hombres, el segundo va a la garganta de otro, y el último cae desplomado al instante cuando la bala se incrusta en su ojo derecho. Antes de que Roi pueda sacar su arma, pego el cañón de mi pistola a su piel justo bajo su mandíbula. Grita de dolor por la quemadura que le estoy provocando e intenta apartarse, pero le sujeto por el pelo y pego mi cara a la suya.

—Ahora explícame por qué piensas que voy a agradecerte que hayas entrado en «mi» territorio para secuestrar a un miembro de «mi» familia, y no contento con eso, lo torturas hasta dejarlo en este estado. Quiero escuchar tu jodida explicación antes de volarte la cabeza, Roi —siseo con furia.

—Vale, vale —levanta las manos a modo de rendición y hace una mueca cuando muevo el cañón de lugar volviendo a quemarle—. Estuvo mal lo de meterme en tu territorio, pero pensé que…

—No pienses. Créeme, eso se te da como el culo —lo corto.

—Verónica, este bastardo traicionó a nuestros padres, a nuestras familias. ¿Por qué coño lo defiendes? Mi padre está muerto por su culpa —respiro hondo y aflojo el agarre en su pelo.

«En realidad, su padre está muerto por mí culpa. Fui yo quien lo mató».

—Por la amistad que unía a nuestros padres, por eso y porque sé que necesitabas vengar la muerte del tuyo, voy a pasar por alto esta afrenta, pero escúchame bien, Roi… —vuelvo a sujetar con fuerza su pelo haciéndolo gritar de dolor—. Ni una más. Como me entere de que has siquiera rozado a alguno de los míos, te juro que será lo último que hagas en tu miserable existencia. ¿Lo has entendido? —asiente a toda prisa—. ¿Cómo se llama? —pregunto señalando con la barbilla lo que queda de mi hermanastro.

—Gael —contesta extrañado y aterrorizado también. Creo que si sigo encañonándolo acabará meándose en los pantalones.

—Gael, ¿qué? —siseo—. Di su apellido.

—Novoa. Gael Novoa.

—Exacto, Novoa. Es de mi familia, de mi gente, y yo me ocupo de los míos. ¿Lo pillas o tengo que hacerte un jodido dibujo? —vuelve a afirmar con la cabeza—. Bien —lo suelto de un empujón y le hago una seña a mis guardaespaldas—. Meted a Gael en el coche. Nos vamos de aquí.

Roi se gira hacia mí cambiando la expresión de miedo por una de furia.

—¿Vas a volver a meter a un traidor en tu casa? Estás loca, Princesa.

—Lo que yo haga en mi casa no es asunto tuyo. Si sigue en pie nuestra colaboración házmelo saber, en caso contrario que te vaya bien, Roi.

—¿Qué vas a hacer si decido romper nuestro acuerdo? ¿De dónde vas a sacar los barcos?

Suelto una risa incrédula y me acerco de nuevo a él, inmediatamente retrocede un par de pasos con temor reflejado en su mirada.

—¿Realmente crees que eres necesario, Roi? El único motivo por el cuál te aguantamos las tonterías Sergio y yo es por respeto a la memoria de tu padre. Los Novoa tenemos infraestructuras para almacenar toda la mercancía, los Quiroga para transportarla por mar. ¿Qué es lo que aportan los Pazo aparte de todos los problemas en los que tú con tu cabeza de chorlito y la mierda que te metes nos traes? ¿Barcos? Puedo comprar un astillero cuando me salga de los ovarios, gilipollas, o simplemente construirme uno. Nosotros tenemos acceso a las fronteras por mar y tierra, yo directamente a Portugal y Quiroga al resto de España. ¿Qué tienes tú? —se mantiene en silencio y desvía la mirada—. Ya me parecía. Si no quieres seguir en el negocio, solo dilo, pero te advierto desde ahora mismo que como intentes pisarnos a Quiroga o a mí, acabarás siendo comida para los peces.

Salgo del dichoso barracón caminando a largas zancadas y con un cabreo monumental. Ahora no solo voy a tener que lidiar con la mierda de Roi, también tengo que decidir qué demonios voy a hacer con Gael. Joder, está muy mal herido. Si no recibe atención médica, no creo que aguante.

—Está en el otro coche —informa Juanillo al ver que estoy buscando a Gael en la parte trasera de nuestro vehículo—. ¿Qué quieres hacer con él? —resoplo y pateo una de las ruedas para liberar un poco de frustración—. Vero, está muy mal. Si lo que quieres es matarlo, yo mismo me encargaré —le lanzo una mirada asesina y él sonríe incrédulo—. No vas a matarlo, ¿verdad?

—Llama a la doctora Ibáñez y dile que en una hora y media estaremos en la casa, que esté allí para entonces —ordeno y me meto en el coche y cerrando de un portazo.

—¿Estás segura de esto? —pregunta Juan antes de arrancar el todoterreno—. No lo entiendo, Vero. ¿Por qué quieres salvarle la vida?

—¡No lo sé! ¡¿Vale?! —exclamo alterada—. Lo único que tengo claro es que cuando le vi ahí medio muerto, no podía dejar de pensar que había sido culpa mía. ¡Y me dolió, joder! ¡Dolor de verdad! —coloco una mano en el centro de mi pecho—. Justo aquí. Creí que iba a morir de un jodido infarto —respiro profundo para intentar tranquilizarme y me peino con los dedos hacia atrás—. No sé por qué no puedo acabar con él, pero solo no concibo hacerlo. No soy capaz.

—Sigues enamorada de él —murmura entre dientes apretando el volante con fuerza—. Después de todo lo que hizo…

—¡Arranca de una vez, Juan! Ahora mismo no estoy para escuchar reproches ni acusaciones. Písale a fondo y lleguemos a casa cuanto antes.

En menos de hora y media estamos frente a la puerta de mi casa. César y Damián se encargan de sacar a Gael del coche y meterlo en el interior de la vivienda. Por suerte, la doctora Ibáñez, mi médico de confianza, ya ha llegado, y en cuanto ve el estado en el que se encuentra Gael, empieza a dar órdenes a todo el mundo.

—Hay que tumbarlo en algún sitio para que pueda examinarlo —informa tomándole el pulso.

—Dejadlo en su antigua habitación —ordeno.

Los chicos hacen lo que les digo, y justo cuando están a mitad de la escalera, Ana se cruza con ellos y abre los ojos como platos al reconocer el bulto que están cargando.

—¿Ese es Gael? —pregunta sorprendida al llegar abajo. Asiento resoplando—. ¿Qué coño le ha pasado?

—Roi Pazo —contesta Juan enfurruñado.

—Pero, ¿qué ha ocurrido? ¿Por qué está aquí?

—Que te lo cuente Juan —resuelvo caminando hacia mi despacho—. ¡No quiero que nadie me moleste a no ser que se esté quemando la puta casa! —bramo y cierro la puerta con un estruendo.

Apoyo mi espalda contra la madera y dejo que resbale hasta quedar sentada en el suelo. No sé qué mierda me pasa. No quiero sentirme así. Me trae malos recuerdos, de momentos en los que me sentía sola y débil, encerrada en una cárcel de lujo sin nadie en quién apoyarme. Todas las noches que pasé deseando que todo eso fuera una pesadilla, las lágrimas, el dolor en el pecho que no me dejaba ni respirar. Toda esa mierda la vuelvo a sentir ahora, y me niego a ser de nuevo esa chica frágil y llorica que anhelaba la vida que ya había perdido. El anhelo es peligroso, provoca que la gente haga estupideces como las que yo estoy cometiendo.

Me levanto y respiro hondo para tranquilizarme mientras me acerco a mi mesa. Tengo que dejar de hacer el imbécil y centrarme en lo que de verdad importa, mi gente, su seguridad. Muchas familias dependen de mí, demasiadas bocas que alimentar, y no podré seguir haciéndolo si no me vuelco por completo en mi cometido.

Enciendo el ordenador y selecciono una videollamada. Tengo que informar a Quiroga de lo que ha pasado hoy. No estoy dispuesta a seguir permitiendo que Roi ponga en peligro todo por lo que he luchado durante tanto tiempo.

GRATITUD

La doctora Ibáñez permanece encerrada en la habitación de Gael durante más de dos horas, y cuando al fin sale, parece agotada.

—¿Cómo está? —pregunto en tono neutro.

No he querido esperar delante de la puerta como una imbécil preocupada, aunque admito que he estado pendiente de que la médico bajara las escaleras.

—Estable —contesta atándose cabello pelirrojo en lo alto de la cabeza—. Tiene muchas magulladuras y cortes por todo el cuerpo, pero lo que peor está es el muslo izquierdo. Parece que le han pegado un tiro, retiraron la bala, cosieron la herida y después volvieron a abrirla de mala manera. Juraría que hundieron los dedos en el orificio reventando los puntos de un tirón y provocando una hemorragia.

«Mierda, eso tiene que haber dolido horrores». Seguro que cuando los Pazo lo encontraron en esa clínica de Portugal ya le habían curado, pero durante la tortura a la que lo sometieron, la herida volvió a abrirse.

—¿Algo más aparte de eso? —inquiero sin mover ni un gesto.

—Sí, mucho más, pero todo son golpes y magulladuras. Es probable que tenga alguna costilla fisurada, pero en definitiva, va a recuperarse. Solo necesita descansar y guardar reposo —me tiende dos paquetes de comprimidos—. Ahora le he administrado un analgésico y un antibiótico por vía intravenosa. Está dormido. Cuando despierte que continúe con la medicación. El antibiótico cada doce horas y los analgésicos cada ocho. Intenta que coma algo con los antibióticos, son fuertes, pero quiero prevenir una posible infección en la herida de bala.

—Está bien, yo me encargo —afirmo.

—Es Gael Novoa, tu hermano. ¿Le has hecho tú eso por traicionar a tu padre?

Arqueo una ceja en su dirección y sonrío de medio lado.

—Laura, creo que eso no se contempla dentro del código deontológico médico.

—¿Código? Hace mucho que dejé eso a un lado. Si no lo hubiese hecho, tu hermano seguiría desangrándose en esa cama.

Amplío mi sonrisa y asiento. Laura Ibáñez siempre me ha gustado. Es una mujer directa, que habla sin tapujos y digna de mi total confianza.

—No lo he hecho yo —contesto.

—Me alegra saber eso —mira su reloj y suspira—. Tengo que irme. Hay pacientes esperándome en la clínica.

—Dales saludos a tus padres de mi parte, y gracias por todo.

—No hay de qué. Tú sabes compensar mi trabajo. Además, te debo una por lo que hiciste por mi padre. Si hoy está vivo y sano es gracias a ti.

Roberto Ibáñez tuvo un accidente hace unos años que lo postró en una silla de ruedas. Cuando yo volví a Meiral de Gredos, no era más que un despojo humano que se emborrachaba día y noche por no ser capaz de mantener a su familia. En ese momento la gente de esta ciudad estaba en sus horas más bajas. No había trabajo, y la mayoría de las familias subsistían gracias a ayudas sociales. Contraté a los mejores fisioterapeutas y también hice que acudiera a un psicólogo para tratar su adicción a la bebida. Con esos actos me gané la lealtad de la familia Ibáñez, entre ellos, su hija Laura. Cuando haces lo que hago yo, es bueno tener a un médico de confianza por lo que pueda pasar, y la gratitud, a veces, es un arma disuasoria mucho más potente que el miedo.

Me despido de Laura y voy a la cocina a preparar algo de comer. Con todo lo que ha pasado, ni siquiera me ha dado tiempo a probar bocado. Estoy terminando de hacer unos sándwiches, cuando Ana entra en la cocina vestida con un mini short y una camiseta que parece más un sujetador.

—¿Estás de mejor humor? —pregunta tras sentarse de un salto sobre la encimera.

—No demasiado, la verdad. ¿A qué viene el modelito?

—Hace calor —contesta encogiéndose de hombros—. ¿Quieres hablar sobre ello? El *carabebé* me ha contado lo que ha pasado.

—¿Y qué te ha dicho exactamente?

—Según él, has perdido el juicio porque sigues enamorada de tu hermano adoptivo. ¿Es eso cierto?

—Juan debería meterse en sus asuntos de una vez y para variar —mascullo.

75

—Está preocupado por ti, además de celoso —alzo una ceja en su dirección y mi amiga se encoge de hombros—. Yo solo estoy preocupada, así que puedo ser más imparcial. ¿De verdad sigues sintiendo algo por él?

Resoplo tirando de mi pelo hacia atrás con los dedos y asiento.

—Algo, esa es la palabra clave, ahora solo tengo que averiguar de qué se trata. Gael fue el culpable de que mi padre acabara en la cárcel y de su posterior fallecimiento. Tu padre, el de Juan y el de muchos hombres y mujeres que viven en esta ciudad, sufrieron las consecuencias de su traición. ¿Cómo es posible que me duela el hecho de pensar en verlo muerto? Es probable que Juan tenga razón y me haya vuelto completamente loca.

—¿Qué vas a hacer cuando se recupere? Porque doy por hecho que se va a quedar aquí en casa hasta entonces.

—Sí, se quedará hasta que esté recuperado y después ya veré qué hacer, pero si de algo estoy segura es de que no puedo confiar en él. Es un traidor, si ya nos delató una vez, puede volver a hacerlo.

—¿Esto es para él? —señala la comida que he colocado sobre una bandeja. Asiento y ella sonríe de manera pilla—. Si vas a curarle las pupitas a tu hermano el buenorro, creo que tengo en mi habitación el disfraz de enfermera *sexy* que usé en carnaval pasado.

—No, gracias. Créeme, no me pondría eso jamás.

—Eres una aburrida —se burla y me saca la lengua.

—Y tú una zorra sinvergüenza, pero te quiero de todos modos.

—Lo sé, todo el mundo lo hace —señala encogiéndose de hombros.

Sonrío y sacudo la cabeza dándola por imposible.

—Voy a subir esto y me lo saco de encima de una vez. Gracias, Ana.

—¿Por qué?

—Por estar siempre a mi lado y obligarme a salir de mi cascarón.

—Para eso estamos las amigas. Ahora sube a curarle las pupitas al chico malo, yo voy a intentar convencer al *carabebé* para que me eche un polvo.

—Suerte con eso —digo saliendo de la cocina sin evitar echarme a reír.

Respiro hondo antes de abrir la puerta de la habitación. Gran parte de la casa fue reformada hace un par de años, ya que, tras la redada y el registro posterior, muchos muebles quedaron inservibles, e incluso tiraron paredes en el intento de encontrar algún alijo de droga escondido. No hallaron nada. ¿Quién sería tan imbécil como para esconder mercancía en su propia casa?

El dormitorio de Gael es uno de las muchos que nunca se usan. Solo Juan, Ana y yo vivimos en esta casa, y hay demasiadas habitaciones como para ocupar la suya. Sin embargo, no recuerdo haber entrado aquí desde que era una adolescente, y ahora, viéndolo ahí tumbado, sobre la cama, como si el tiempo no hubiese pasado, me doy cuenta de por qué me mantuve alejada de este lugar. Son demasiados recuerdos los que encierran estas cuatro paredes. Momentos felices junto a la que entonces era una de las personas más importantes de mi vida. En esta habitación me enseñó a jugar a la videoconsola, disfrutamos de tardes de cine viendo una película tras otra y devorando chucherías.

Resoplo y me adentro en la habitación, dejo la bandeja sobre una de las mesitas de noche junto a los medicamentos, y estoy a punto de marcharme de nuevo cuando escucho su voz, solo un susurro, como un gemido que dice mi nombre.

—Verónica —me giro cruzándome de brazos de manera defensiva y lo miro con fijeza.

Uno de sus ojos está casi cerrado por la hinchazón y también tiene una herida en el labio inferior, pero por lo demás su rostro sigue siendo tan impresionante como siempre. Hace una mueca de dolor al intentar incorporarse y la sábana que cubre su cuerpo se desliza hacia abajo dejando su pecho desnudo repleto de cardenales a la vista. Un vendaje cubre la zona de su abdomen y costillas. Esa misma zona es la que se sujeta con la mano soltando un gemido.

—Si te mueves te dolerá más, así que estate quieto —ordeno en tono autoritario.

Una sonrisa tira de la comisura de sus labios, pero vuelve a gemir de dolor.

—Estoy hecho una mierda —susurra.

—Podrías estar peor —me encojo de hombros—. Muerto, por ejemplo.

—Sí, creí que no lo contaba. ¿Cuándo se ha convertido el niñato de Roi Pazo en un sádico hijo de puta?

—El día que su padre recibió una bala en la cabeza —contesto de manera cortante—. Eso me recuerda que esta es la segunda vez que te salvo la vida. No habrá una tercera, Gael. Te lo aseguro.

—Por un momento creí que tú misma acabarías conmigo. Ese pirado no dejaba de decir que cuando me entregara a ti, le estarías muy agradecida. Me explicó exactamente cómo ibas a agradecérselo, pero prefiero no decirlo en voz alta.

—Ya, nadie dijo que fuese un tío listo. Espero que a partir de ahora le quede bien claro que no me gustan las sorpresas.

—Te cargaste a esos tíos sin siquiera pestañear —susurra mirándome a los ojos—. No te reconocí en ese momento, Vero. Primero me disparas a mí y después te veo matar a tres hombres a sangre fría. ¿Qué mierda te ha pasado?

—Que he madurado —contesto acercándome a la mesita y tendiéndole la botella de agua que he traído conmigo—. Tienes que tomarte las pastillas. El antibiótico dos veces al día y un analgésico cada ocho horas.

Agarra el agua y le da un trago largo haciendo una mueca de dolor cuando el borde del botellín roza las heridas de su labio.

—Gracias, por esto y por salvarme la vida, otra vez.

—No me las des. En cuanto te encuentres mejor quiero que te largues de mi casa, y esta vez intenta que no te atrapen. No puedo estar salvando tu culo constantemente. Tengo cosas más importantes en las que pensar.

—Esa es la vida del narcotraficante, Princesa. Todo son preocupaciones —se queda callado unos segundos antes de continuar—. ¿Por qué has escogido este camino, Vero? No lo entiendo. Se supone que ibas a tener una buena vida lejos de toda esta mierda.

—Esta mierda, como tú la llamas, es el sustento de cientos de familias, muchas de ellas han sufrido la pérdida de seres queridos por tu culpa.

—Se supone que tendría que haberse acabado hace diez años. Cometiste un error al volver a iniciar el negocio de tu padre.

—Punto número uno—siseo señalándole con el dedo—, no se te ocurra volver a decirme lo que he hecho bien o mal. Ese es mi puto problema, no el tuyo. Y punto número dos, como vuelvas a mencionar a mi padre, juro que yo misma terminaré lo que empezó Roi. ¿He sido clara?

—Cristalina —afirma estirando el brazo para dejar el agua de nuevo sobre la mesita. Al moverse, suelta un nuevo gemido y la botella cae y se estrella contra el suelo de madera. Resoplo otra vez y me acerco para recogerla y dejarla en su lugar. Cuando me levanto, Gael me está observando con una sonrisa pilla en los labios, esa sonrisa, la que siempre conseguía que mis piernas se volvieran de mantequilla y mi corazón se acelerara—. Joder, qué guapa estás, Princesa. Los años te sientan bien —susurra sin apartar su mirada de la mía.

—¿Te han golpeado en la cabeza, Gael? —pregunto frunciendo el ceño.

—Eh… creo que no —responde confundido.

—Entonces, ¿la estupidez que acabas de decir ha salido de tu estado natural? —frunzo el ceño, confusa—. ¿Por qué me ha dado la impresión de que intentabas ligar conmigo?

—¿Ligar? —ríe a carcajadas y enseguida aúlla de dolor sujetándose las costillas—. No estaba intentando ligar. Te recuerdo que eres mi hermana pequeña, Princesa.

—También lo era el día que me comiste la boca —su sonrisa se expande.

—Te acuerdas de eso —susurra—. Una isla, tú y yo, ¿recuerdas?

—Claro que lo recuerdo. No he sufrido un jodido ataque de amnesia. Recuerdo todo lo que pasó ese día. Ahora déjate de jueguecitos y explícame qué haces aquí. ¿Por qué has vuelto?

—Si digo que te echaba de menos no me vas a creer, ¿verdad? —arqueo una ceja y él sonríe de nuevo—. Vale, no te cabrees. Ya te dije por qué he vuelto. Necesito protección y sé que tú puedes ayudarme con eso. No esperaba ese recibimiento tan cálido por tu parte, está claro.

—¿De quién se supone que tengo que protegerte? Pazo y Quiroga no tenían ni idea de dónde estabas, así que no intentes decirme que de ellos —tomo una respiración profunda y clavo mi mirada en la suya—. Quiero la verdad, Gael, aunque sea por una sola vez, sé sincero conmigo.

—Yo siempre he sido sincero contigo, pero vale, te lo prometeré por Snoopy y por las bragas de Mafalda si eso te deja más tranquila. ¿Lo recuerdas? Tú solías decir eso cuando eras pequeña.

—¡Al grano, Gael! —siseo entre dientes—. Deja el viaje por el pasado para otro momento. ¿Quién te está amenazando y por qué? Tiene que ser algo importante para que te hayas atrevido a venir hasta aquí, sabiendo que nada más pisar tierras gallegas tendrías una puñetera diana en la cabeza.

—Sí, créeme, en comparación a los tíos que me persiguen, tu amigo el pirado es una hermanita de la caridad.

—Y, sin embargo, esa hermanita de la caridad ha estado a punto de matarte. Solo hay que ver cómo te ha dejado.

—¿Esto? —se señala a sí mismo y vuelve a sonreír—. He estado mucho peor. En un par de días me recuperaré.

—Me alegra escuchar eso, así podrás marcharte lo antes posible.

—Creí que ibas a ayudarme —dice perdiendo la sonrisa.

—Yo no he dicho tal cosa, además, ni siquiera me has contado quién te está persiguiendo. No creas que no me doy cuenta de que estás cambiando de tema para no tener que responder a mi pregunta.

—Eres como un jodido perro con un hueso —señala volviendo a moverse para quedar algo incorporado. Lo veo quejarse de dolor, pero no me acerco para ayudarlo. Cuando consigue sentarse, apoya la cabeza contra el cabecero de la cama y exhala con fuerza—. Siempre has sido una cabezota. Cuando algo se te mete entre ceja y ceja, no lo sueltas ni aunque te estén torturando. Tu padre… —frunzo más el ceño y él hace una mueca de disgusto—. Vale, nada de mencionar a tu padre. ¿Qué es lo que quieres saber? ¿Quién me persigue para matarme? —asiento—. Unos tipos muy chungos.

—¿Cómo de chungos?

—De los que disparan primero y preguntan después.

—Con eso no me dices mucho. Yo también lo hago.

—Sí, lo he visto. Buenos disparos, por cierto. Siempre se te han dado bien las armas.

Bufo con fuerza y me cruzo de brazos. Este idiota está acabando con la poca paciencia que me queda.

—Gael, sigue hablando de una puta vez. Me estás poniendo de los nervios.

—La *bratva* —suelta de sopetón.

—¡¿Qué?! ¡¿La jodida mafia rusa?! —ahora es él quien asiente—. ¡¿Qué coño le has hecho a la *bratva* para que quieran matarte?!

—Digamos que hice un pequeño negocio con ellos y la cosa se torció.

—¿Se torció? A ver si lo adivino, los delataste a la Policía y saliste por patas, ¿no? Ese es tu *modus operandi*.

—No, Verónica, no he delatado a nadie —replica en tono hastiado—. Fue más bien un conflicto interno.

Eso me deja intrigada. Apoyo mi espalda contra la pared y me pongo cómoda.

—Explícate —exijo.

Gael resopla y se pasa la mano por la cabeza volviendo a hacer una mueca de dolor.

—Me tiré a la hija de un comandante de la *bratva* y él se enteró. ¿Contenta?

Niego con la cabeza y sonrío de manera arrogante.

—¿Tú nunca has escuchado eso de donde tengas la olla no metas la polla?

—Sí, lo he escuchado, pero nunca se me ha dado bien seguir esa regla —susurra sin apartar su mirada de la mía—. Ya ves lo que me pasó contigo.

—¡¿Conmigo?! —suelto una carcajada—. Qué raro, no recuerdo que tu polla haya estado dentro de mí en ningún momento.

—Eso es porque no ha estado, Princesa —se pasa la lengua por el labio inferior para humedecerlo en un gesto que se me hace de lo más sexi que he visto jamás, y las siguientes palabras que salen de su boca me dejan completamente descolocada—. Créeme, el día que mi polla esté dentro de ti, vas a notarlo, y mucho.

Trago saliva con fuerza y desvío la mirada peinando mi cabello hacia atrás con los dedos. Tengo que parpadear varias veces para sacar la imagen de Gael introduciéndose en mí una y otra vez. Carraspeo y sacudo la cabeza.

—Intenta descansar para que puedas recuperarte. Si necesitas cualquier cosa, grita o algo —me giro para salir de la habitación, pero su voz me detiene.

—¿Vas a ayudarme, Verónica? Si no lo haces soy hombre muerto.

—Quizás deberías haber pensado eso antes de meterte en líos —contesto y salgo de la habitación cerrando la puerta a mi espalda.

GALANTERÍA

En los siguientes días, Gael permanece encerrado en su habitación y es Ana quien se encarga de llevarle la comida, así que ni siquiera le veo. Algunas noches lo escucho charlar y hasta reír con mi amiga que, para disgusto de Juanillo, parece pasar por alto quién es Gael y lo que hizo en el pasado.

Anoche estuve hasta tarde enfrascada en una videollamada a tres con mis socios. Como ya esperaba, Roi ha agachado la cabeza y encogido el rabo entre las piernas, por su propio bien. A pesar de haber trasnochado, me despierto temprano y estoy tomando mi primer café en la cocina cuando escucho un ruido a mi espalda. Al girarme, me encuentro a mi hermano adoptivo observándome.

—¿Qué haces aquí? —pregunto dejando mi taza sobre la encimera—. ¿No deberías estar en la cama?

—Me encuentro mejor y tengo hambre. Ana se despierta tarde y siempre me trae el desayuno cerca del mediodía. Es un desastre como enfermera —dice usando su sonrisa ladeada marca de la casa.

—Ana no es tu enfermera. Deberías estarle agradecido porque se esté ocupando de ti. Cualquier otra en su lugar, ya te habría mezclado arsénico con la comida —replico en tono seco y cortante.

—Joder, Princesa. Menudo humor te gastas por las mañanas —suspira y niega con la cabeza—. Solo bromeaba. Por supuesto que le agradezco lo que hace por mí. ¿Dónde ha quedado la chica que se despertaba cada mañana llena de energía y cantaba a pleno pulmón en la ducha?

—En un internado inglés, de esos en los que no te permiten ni respirar más alto de lo que es políticamente correcto en una señorita —contesto sin pensar.

—¿Tan malo fue? —inquiere acercándose. El aspecto de su rostro ha mejorado mucho. Ya no tiene el ojo hinchado, aunque sí bastante morado, y se mueve con mucha más soltura, signo inequívoco de que sus costillas y la herida de su muslo también han mejorado—. No creí que eso fuese tan jodido.

Vuelvo a beber un sorbo de café y me giro hacia él con mi sonrisa cínica instalada en el rostro.

—¿Quieres que te hable de mis traumitas de la adolescencia, Gael? —chasqueo la lengua de manera burlona—. Lo siento, las cosas importantes solo se las cuento a mis amigos, y te aseguro tú no eres uno de ellos.

Sonríe de nuevo y toma asiento frente a mí, demasiado cerca de mí.

—Antes lo era. En realidad, era mucho más que tu amigo. Fui tu hermano, tu protector, el que siempre estuvo a tu lado cuando lo necesitabas —susurra mirándome a los ojos.

—Las cosas han cambiado —digo en su mismo tono.

—No tanto. Yo sigo siendo el mismo, y aunque te empeñes en aparentar ser una mujer dura, fría y sin sentimientos, sé que tú tampoco has cambiado tanto.

Nos quedamos unos segundos mirándonos a los ojos sin tan siquiera pestañear, unos segundos que parecen horas.

—¿Por qué lo hiciste, Gael? —susurro—. Cuéntame qué pasó hace diez años para que decidieras traicionar de esa forma a tu familia.

—No puedo, Princesa. No puedo contestar a tu pregunta sin mentirte, y eso es lo último que deseo hacer —contesta tras soltar una exhalación—. Pídeme cualquier otra cosa y te la daré, pero no me pidas que te mienta —su cara se va acernado a la mía despacio—. Durante diez años no he podido dejar de pensar en ese beso que te di. He vivido deseando poder tener la oportunidad de repetirlo.

—No lo hagas —murmuro en tono de advertencia, pero sin moverme ni un solo milímetro.

Mi amenaza parece resultarle divertida. Arquea una ceja y vuelve a sonreír de esa manera tan suya.

—¿Qué ocurrirá si lo hago? —pregunta contra mis labios. Su aliento baña mi rostro.

—No quieres averiguarlo —vuelvo a advertirle.

Antes de que pueda pestañear, su boca se pega a la mía y siento la humedad de su lengua rozando mis labios. Necesito tirar de toda mi fuerza de voluntad para no responder a su beso, especialmente cuando pone una mano en mi mejilla y ladea la cabeza abarcando por completo mis labios e intentando encontrar un hueco entre ellos para hundir su lengua en mi boca, pero lo consigo, me mantengo firme y sin mover ni un solo musculo.

Al darse cuenta de que no colaboro, se aparta un poco y suspira cerrando los ojos.

—¿Has terminado? —pregunto.

Se queda callado, sin saber qué contestar, de modo que aprovecho el momento para cogerlo desprevenido y estiro mi mano hacia su entrepierna. Presiono con fuerza sintiendo como sus testículos se encogen en el interior de mi puño casi cerrado y Gael suelta un alarido de dolor que resuena en toda la cocina.

—¡Ah! ¡Joder! —grita.

—Nunca, jamás, en tu puñetera vida, vuelvas a hacer eso, porque juro que si lo haces, no se te volverá a levantar ni con tres kilos de viagra. ¿Lo has pillado o tengo que ser más convincente? —contiene el aliento y aprieta los dientes con fuerza—. Asiente si lo has entendido —mueve la cabeza de arriba abajo con vehemencia cerrando los ojos. Lo libero y me pongo en pie tras darle un último trago a mi taza—. Ya que estás levantado, voy a suponer que te encuentras mejor. ¿Estoy en lo cierto? —lo veo doblarse sujetando su entrepierna con las manos y respirando de manera agitada—. Contéstame, Gael. ¿Te encuentras mejor?

—Ahora mismo tengo un dolor de huevos impresionante —responde con voz ahogada.

—Eso se te pasará en un rato. ¿Tienes más ropa que la que llevas puesta? —niega con la cabeza y respira de forma acelerada—. ¿Identificación? —me mira de reojo frunciendo el ceño y hace el intento de erguirse, aunque por el rictus de sus facciones, yo diría que con mucho dolor—. Te he preguntado si tienes identificación.

—Sí, llevaba la cartera encima cuando los hombres de Pazo vinieron a por mí. ¿Para qué quieres mi DNI[6]?

—Nos vamos de viaje.

—¿Nos vamos?

6.- Documento Nacional de Identidad

Jess GR

—Sí, ¿qué parte no has entendido? Es una frase sencilla.

—La parte en la que yo voy contigo —contesta.

Da un paso hacia mí acomodándose la entrepierna.

—Tengo que irme, solo dos días, tres a lo sumo, y no me fío de ti como para dejarte con Juan.

—¿Crees que voy a hacerle daño a tu perrito?

—En realidad, es por ti que temo. Estoy segura de que Juanillo te meterá un tiro en la cabeza en cuanto le toques un poco las narices.

—Entonces me estás protegiendo —esboza media sonrisa—. ¿Has decidido que vas a ayudarme?

—Prefiero mantenerte vigilado, al menos por el momento. Después ya veré qué hago contigo.

—¿Dónde nos vamos? —inquiere.

—Eso no necesitas saberlo. Pediré que te traigan algo de ropa. Ve a ducharte o lo que sea que quieras hacer. En media hora te espero en la puerta, listo para salir.

Me doy la vuelta y abandono de la cocina pisando con contundencia.

—¡No he desayunado! —escucho que grita, pero no me molesto en contestarle. Tampoco me detengo a pensar en lo que acaba de ocurrir en la cocina. «Me ha besado, otra vez».

Subo las escaleras de dos en dos y despierto a Ana antes de meterme en mi habitación para darme una ducha de agua caliente.

Después de salir de casa con retraso, gracias a Ana, a la que le encanta remolonear por las mañanas, y tras aguantar las miradas de odio que se lanzan Juan y Gael en el todoterreno de camino al aeropuerto, al fin subimos al avión que nos va a llevar al aeropuerto Punta Raisi, en Palermo, Sicilia, tras una larga escala en Madrid. Durante las diez horas que dura el viaje, estoy de un pésimo humor.

Nuestros asientos están en primera clase y voy sentada junto a Damián. Por suerte, mi guardaespaldas no es demasiado hablador. Todo lo contrario a los dos parlanchines que están sentados tras nosotros. Ana y Gael ríen a carcajadas y bromean sin parar como dos chiquillos, poniéndome de los nervios.

De verdad voy a tener una conversación muy seria con mi amiga. Una cosa es que se no le guarde rencor al traidor, y otra distinta que sea tan confiada como para entablar una amistad con él. Si no fuese porque la necesito conmigo en Italia, la hubiese dejado en casa. Ese es otro de los motivos por los cuales estoy de un humor de perros, he discutido con Juanillo. Mi amigo se puso cabezota cuando supo que pensaba llevarme conmigo a Gael de viaje. Insistió en venir también, pero a él lo necesito en Meiral de Gredos, guardando el fuerte y encargándose de que todo vaya según lo planeado.

Al final consigo quedarme dormida y solo despierto cuando nos traen el almuerzo. Nunca me han gustado los viajes largos, así que solo picoteo un poco o acabaré dejándolo todo en el minúsculo baño del avión. Para pasar el tiempo, decido escuchar algo de música. Una selección de rock clásico que me mantiene entretenida las siguientes horas y también me hacen desconectar de las gilipolleces que susurran los dos *superamiguis* que tengo a la espalda. Debo quedarme dormida de nuevo, ya que cuando vuelvo a abrir los ojos, estamos aterrizando.

Salimos del aeropuerto en un coche alquilado y vamos directos al hotel, a media hora de trayecto en coche. Al llegar ya son más de las nueve de la noche, así que tras subir al apartamento *suite* que he reservado, casi no nos queda tiempo para ducharnos antes de la cena.

La *suite* está dividida en cinco estancias, cuatro habitaciones y un salón común. Cada habitación tiene su propio baño, así que no tenemos por qué molestarnos los unos a los otros. Siempre que vengo a Palermo me hospedo en este hotel, que aparte de disponer de todas las comodidades y lujos, está ubicado en una zona preciosa junto al mar.

Tras deshacer la pequeña maleta y darme una ducha rápida, me enfundo un vestido de satén en color morado y unos zapatos negros de tacón. No soy mucho de vestido de gala y maquillaje excesivo, pero esta noche tengo que estar a la altura de la persona con la que vamos a cenar. Me he encargado de que le hagan llegar un traje y zapatos a Gael. Él va a ser mi acompañante durante la cena. Damián vendrá con nosotros de apoyo y Ana… Bueno, es probable que acabe marchándose en mitad de la cena y, tras emborracharse, pasará la noche con algún siciliano. Su cometido en este viaje ya ha empezado y pronto ya no será necesaria. Podría regresar a casa sin problema, pero mi amiga no va a desperdiciar unos días de vacaciones de lujo a gastos pagados.

Al salir de mi habitación, ya vestida y maquillada para la ocasión, me encuentro a Gael esperando en el salón y vestido con un traje gris de tres piezas y corbata azul sobre una camisa blanca. Se me queda mirando con los ojos abiertos como platos, pero lo ignoro yendo hacia mi amiga, que a estas alturas ya habrá obrado su magia. Está sentada en el sofá con un vestido rosa fucsia que desentona totalmente con el color azul de su pelo, pero de alguna manera le queda espectacular. Sobre sus piernas tiene un ordenador portátil en el que teclea a toda velocidad.

—¿Lo tienes? —pregunto mirándome al espejo que hay junto a la puerta para comprobar de nuevo que no tengo ningún chorretón de rímel en alguno de los parpados.

—Sí, lo primero ya lo tendrá Damián ahora mismo. No creo que tarde en llegar, y lo segundo… —sigue tecleando sin desviar la mirada de la pantalla unos segundos más y sonríe de oreja a oreja—. Soy una puta máquina —se jacta cerrando el portátil y dejándolo a un lado sobre el sofá—. Todo listo. Mi trabajo aquí ha terminado.

—¿Todo correcto? No quiero problemas ni cabos sueltos.

—Me ofendes, hermana. Ya sabes que lo que yo hago siempre roza la excelencia.

—¿Alguien va a explicarme qué está pasando aquí? —habla Gael—. Me metéis en un avión y viajamos durante más de diez horas, tengo que ducharme en tiempo récord y vestirme como si estuviese a punto de ir a una boda, y ahora habláis en clave como si yo no estuviese presente.

—Gael, si tú no estuvieses presente, no tendríamos por qué hablar en clave —aclaro—. No tienes por qué saber nada. Si estás aquí es porque no quiero perderte de vista. Vamos a cenar con alguien importante, así que te limitaras a comer y callar. No me interesa tu opinión sobre ningún tema y no estás aquí para hacer amigos. Mantén la boca cerrada y todo irá bien.

—Qué bonito me lo pintas —murmura poniendo los ojos en blanco.

Voy a contestarle, pero Damián entra en la habitación con una bolsa de gimnasio en la mano que no tarda en abrir. Saca de ella tres pistolas 9mm Parabellum, y tres cargadores repletos de balas. Tras guardar la suya en la espalda, nos tiende una a mí y otra a Ana.

—¿Yo no tengo derecho a arma? —inquiere Gael.

—Tú tienes derecho a cerrar el pico y a no hacer gilipolleces —subo un poco mi vestido para dejar mis piernas al descubierto, coloco el arma en la funda que llevo en el muslo, y al levantar la cabeza, compruebo que Gael tiene la mirada fija en mis piernas desnudas—. Vista al frente —ordeno dejando caer la falda de mi vestido.

Ana, que ha seguido el mismo ritual que yo, me indica con un gesto de su cabeza que ya está lista, así que salimos del apartamento los cuatro juntos. No es que pasemos demasiado desapercibidos, en parte porque los colores chillones que desprende mi amiga llaman la atención de todo aquel con quien nos cruzamos. La cojera y el ojo morado de Gael también atraen muchas miradas, así que me resigno a intentar llegar al restaurante del hotel lo antes posible para dejar de llamar la atención. En el comedor entramos Ana, Gael y yo. Damián se queda en la puerta vigilándonos desde lejos.

Cuando llegamos a la mesa que nos indica el *maître*, Franco Ricci ya nos está esperando. Lo conozco desde hace un par de años y he coincidido con él en varias ocasiones. Como buen italiano es muy galante y adulador y eso, junto a su espectacular físico y un rostro digno de un dios griego, lo convierte en un hombre verdaderamente interesante.

—*Bella* Verónica —me saluda y rodea mi cintura con su brazo para depositar un beso en mi mejilla—. Espero que el viaje no haya sido muy desagradable —comenta en un español perfecto, pero con acento italiano.

—Se nos ha hecho corto, Franco —señalo a mis acompañantes—. Ya conoces a mi amiga Ana —le lanzo una mirada furtiva a Gael, que frunce el ceño observando a mi acompañante—. Este es Gael, eh… mi hermano.

El aludido clava sus ojos en mí y sonríe de medio lado.

—Adoptivo, soy su hermano adoptivo —corrige y le tiende su mano a Franco. Este la aprieta sin soltarme en ningún momento—. Gael Novoa. Un placer conocerlo, señor…

—Ricci, Franco Ricci. El placer es mío —señala la mesa dispuesta para cuatro comensales y separa la silla que hay a su lado para que pueda sentarme. Cuando ya estoy instalada, sigue el mismo procedimiento con Ana—. Ana, permítame decirle lo bella que está esta noche —la lisonjea haciendo sonreír a mi amiga.

Miro hacia Gael y veo como rueda los ojos de manera teatral. Lo fulmino con la mirada de inmediato y sonríe como un niño pequeño que acaba de hacer una travesura.

Durante toda la cena, el peso de la conversación lo llevamos Franco y yo. Mi colaborador, por llamarlo de alguna manera, no cesa en su empeño de seducirme con palabras amables e indirectas sutiles. Franco ronda los cuarenta años y es muy guapo. No voy a decir que nunca me he acostado con él, porque eso sería mentir descaradamente. Lo he hecho, y lo he disfrutado. Si algo tengo muy claro es que Franco Ricci sabe cómo tratar a una mujer, dentro y fuera de la cama.

Como ya esperaba, nada más terminar el postre, Ana anuncia su retirada.

—Ha sido una agradable velada, pero yo me voy —se despide de nosotros—. La noche es joven y yo también, así que vamos a divertirnos juntas.

—Llévate a Damián contigo —ordeno.

—Vamos, Vero, no voy a ir por ahí con niñera —se queja.

—Ana, esto no es discutible —reitero enarcando una ceja.

—Te odio, pero te quiero —refunfuña tras hacer una mueca de disgusto—. Gael, ¿te vienes?

Mi hermano adoptivo que, cumpliendo a rajatabla mis órdenes, se ha mantenido en silencio durante toda la cena, nos mira a Franco y a mí de hito en hito, frunce el ceño y niega con la cabeza.

—Me quedo —contesta.

—No, tú te vas —ordeno en tono suave y amable. No quiero que Franco se dé cuenta de que Gael es un problema para mí.

—Prefiero quedarme —insiste sin dejar de sonreír.

—No te lo estoy preguntando, Gael. He dicho que te vas — siseo.

Tras soltar una falsa carcajada, se encarama sobre la mesa para acercar su cara a la mía y me mira directo a los ojos.

—Puede que estés acostumbrada a dar órdenes y que todo el mundo las acate como buenos perritos falderos, pero yo no soy tu mono de feria, Princesa —se echa hacia atrás y vuelve a acomodarse en su silla—. He dicho que me quedo.

Veo como Ana coloca una mano sobre su boca para detener una carcajada y como Franco nos mira a uno y a otro alucinado. «¡La madre que lo parió! Este idiota se está ganando otro jodido balazo». Sonrío para tranquilizar a Franco y pongo mi mano sobre la suya.

—Creo que ha llegado el momento de retirarme —anuncio. Su sonrisa se esfuma de inmediato.

—Aún es pronto, *Bella* —insiste.

—Quedamos mañana para comer solos tú y yo y seguimos con nuestra charla, ¿Quieres? —eso parece agradarle, ya que asiente y retira mi silla para ayudarme a ponerme en pie de manera caballerosa.

Me jode tener que darle plantón mañana. No era de esta forma como quería que acabaran las cosas, pero, al fin y al cabo, Franco solo ha sido mi distracción esta noche. La pantalla que yo he querido mostrar como señuelo. Es una putada, pero así son las cosas en el mundo en el que vivo.

Tras despedirnos, subo a la habitación seguida por Gael. Ana ha aprovechado para escabullirse partiéndose de risa. Mañana voy a tener una conversación poco amistosa con ella. Quiero saber de parte de quién está.

Nada más entrar en el apartamento, tiro mi bolso sobre el sofá y me giro hacia Gael con cara de perro rabioso. Ahora mismo sería capaz de asfixiarlo hasta la muerte.

—Vale, antes de que te vuelvas loca… —empieza diciendo, pero ni siquiera dejo que termine la frase.

—¿¡Qué puta parte de «cierra la maldita bocaza» no has entendido?! ¡¿Se puede saber a qué coño ha venido la escenita de ahí abajo?! ¡Se supone que iba a hablar de negocios con Franco, por eso te dije que te largaras, imbécil!

—¿¡De negocios?! —grita sorprendiéndome—. ¡¿Cuándo ibas a hablar de negocios?! ¡¿Mientras te follaba?!

—¡No! Probablemente antes, o después, depende de las veces que me follara —contesto.

—Joder. ¿Así es cómo haces tú negocios, Verónica? ¿Tirándote a tus contactos? Menuda nueva generación de narcos —suelta una risa sarcástica y se pasa la mano por el pelo en un gesto de frustración.

—¡¿De verdad vas a decirme tú cómo tengo que llevar mi negocio?!

—¡Sí! ¡Te recuerdo que tú aún te cagabas encima y yo ya estaba moviendo toneladas de mercancía por todo el jodido mundo!

—¡Y ya vi cómo terminó la cosa! Todos en la cárcel o muertos. ¡Está claro que supiste hacer tu trabajo de puta madre, chaval! —grito perdiendo los papeles.

—¿Sabes? No recuerdo nunca haber visto a tu padre follarse a un contacto para conseguir lo que quería —alcanzo la pistola que llevo en el muslo y la levanto para apuntarle con ella, pero antes de que pueda hacerlo, su mano se cruza en mi camino y consigue arrebatarme el arma—. No voy a dejar que vuelvas a dispararme, Princesa. Una vez te la paso, pero la segunda te la devuelvo —me amenaza, soltando el cargador del arma y lanzándola sobre el sofá.

—Hijo de puta —mascullo yendo hacia él dispuesta a darle un puñetazo, pero antes de que pueda alcanzarlo, se abalanza sobre mí arrinconándome contra la pared y pega su boca a la mía con violencia.

Intento resistirme, juro que lo hago, pero la forma en la que sus labios se mueven sobre los míos, saboreándolos como si se tratara del más dulce de los manjares, acaba con el poco autocontrol que me quedaba. Con un suspiro, abro mi boca dejando paso a su lengua, que no tarda en enredarse en la mía. Sus manos se anclan en mi cintura mientras nuestros dientes chocan con violencia y enredo mis dedos entre el pelo de su nuca tirando de él. No sé si para apartarlo de mí o para acercarlo aún más.

—Joder, esto es mejor de lo que imaginaba —susurra contra mi boca mientras sus manos bajan por mis muslos tirando de la tela de mi vestido hacia arriba—. Llevo soñando con esto diez putos años —sus últimas palabras penetran en mi embotada mente dejándome paralizada. «Diez años, hace diez años, cuando me besó, justo después de traicionar a mi familia, a su propia familia»—. ¿Qué pasa, Vero? —se aparta de mí unos centímetros y me doy cuenta del momento justo en el que el percibe lo que estoy a punto de hacer.

Con un movimiento rápido, alzo mi rodilla, que golpea su entrepierna doblándolo de dolor por la mitad. Respiro hondo y me alejo de él, que, arrodillado en el suelo, gime de dolor. Tomo una respiración profunda para intentar serenarme y me cruzo de brazos sintiendo como la furia hierve en mi interior.

—¿Sabes, Gael? Empiezo a pensar que eres un puto suicida —siseo con rabia—. Este es tu último aviso, y considérate un hombre afortunado por recibirlo. ¡Un solo paso en falso más y juro por la memoria de mi padre que acabarás con la boca abierta en el jodido fondo del mar.

Tras mi discurso, recojo el cargador y mi pistola y entro en mi habitación cerrando de un portazo.

VALORES

Me levanto ya vestida y lista para salir cuando escucho voces en el salón. Entre todo lo que dormí ayer en el avión y la escenita de anoche, no he podido pegar ojo. He intentado no pensar en ese beso, o besos más bien, ni en lo que me hicieron sentir. Esa es una puerta que no estoy, ni creo que estaré preparada para abrir jamás.

—Buenos días —saludo y me siento frente a la mesa, donde mis tres compañeros de viaje están desayunando. Ignoro de manera deliberada a Gael, no le dirijo ni una sola mirada y me fijo en el aspecto de mi amiga—. ¿No estás demasiado sonriente hoy? Creí que amanecerías con resaca.

—Pues no, amiga mía —aclara ampliando su sonrisa mientras unta mermelada en un trozo de pan tostado—. Resulta que estoy de muy buen humor. Hace un día precioso de verano, estamos en Italia, la cuna de los hombres guapos, y anoche me dieron un buen revolcón. Tengo muchos motivos para sonreír.

—¿Qué le pasa a esta? —pregunto a Damián—. ¿Anoche se pasó con las drogas? Aunque más bien parece haber esnifado polvo de hadas. En el momento en que empiece a estornudar confeti, salimos huyendo.

99

Consigo que ocurra algo muy inusual, y es que Damián ría y niegue con la cabeza. Eso sí, no dice ni una sola palabra, para no variar.

—Muy graciosa —señala Ana—. Sin embargo, a ti te veo con mala cara. ¿Anoche no dormiste bien? Tienes un aspecto horrible.

—No he podido pegar ojo. Las siestas que me eché ayer en el avión me despejaron por completo.

—Ya, te estabas preparando para pasar la noche en vela con tu italiano favorito, pero aquí tu querido hermanito te jodió los planes —se burla.

Miro de reojo a Gael y veo como sonríe de medio lado, como si estuviese muy satisfecho por haber logrado su hazaña.

—En realidad, no lo he dado por perdido —informo dándole un trago a mi taza de café—. He quedado con él en media hora —me levanto bajo la mirada estupefacta de mi amiga y el ceño fruncido de Gael.

—¡*Wow*! ¡Esa es mi chica! —ríe Ana—. Te hace falta darle un poco de caña a ese cuerpito que Dios te ha dado.

—No creo que vuelva tarde. ¿Puedes encargarte del vuelo de vuelta a casa? —asiente—. Por favor, nada de vuelos comerciales. Si tengo que aguantar otro viajecito de diez horas, me da algo.

—Me encargaré de que un *jet* nos esté esperando en el aeropuerto. ¿Para qué hora?

Miro mi reloj antes de contestar a su pregunta. Son las diez de la mañana, contando con que me lleve tres horas cerrar el negocio que tengo entre manos y después comer con mi acompañante, a las tres de la tarde ya debería estar de vuelta.

—Sobre las cinco está bien. ¿Qué tal va tu tarea como acosadora?

—Todo tranquilo. El tío estará muy bueno, pero es aburrido de cojones. Va de casa al trabajo y del trabajo a casa.

—Eso es bueno. No le pierdas la pista y mantente atenta a todos sus movimientos —vuelvo a mirar mi reloj—. ¿Has terminado, Damián? —este asiente y se pone en pie—. Pórtate bien, Anita, y no te retrases.

—No lo haré. Voy a pasar la mañana en la piscina del hotel. ¿Te quedas conmigo, Gael, o prefieres arruinarle otro polvo a Vero? —pregunta con maldad.

Gael me mira a mí y sonríe negando con la cabeza.

—Creo que tienes razón. Le vendrá bien darle un poco de alegría al cuerpo, a ver si se le quita la cara de amargada que lleva siempre —su sonrisa se convierte en una dulce y amable—. Que lo pases bien, Princesa.

—Lo haré —aseguro recogiendo mi móvil y la tarjeta de la habitación, antes de salir de la estancia seguida por Damián.

Al regresar al hotel, mi humor ha mejorado bastante. Me siento satisfecha, no por lo que se supone que debería estar, pero sí por tener la certeza de haber cerrado un gran negocio. Eso es lo que he venido a hacer aquí.

Entro en la habitación y encuentro a Gael y a Ana sentados en el sofá riendo a carcajadas por un video que están viendo en el portátil de mi amiga.

—Hola —saluda ella y se levanta—. ¿Qué tal ha ido?

—Perfecto —contesto sonriendo de oreja a oreja. Gael suelta una carcajada atrayendo la mirada de los demás, incluida la mía—.

¿Nos cuentas el chiste y así reímos todos? —solicito y arqueo una ceja en su dirección.

—No, es que la forma en que has contestado... Esperaba algo distinto. Verte llegar con la cara luminosa y una sonrisa radiante. Ya sabes, la típica sonrisa de bien follada que se os queda a las mujeres tras un buen polvo. Eso me hace suponer que el italianito no estuvo a la altura de tus expectativas.

—¿Qué te hace pensar que te voy a dar detalles sobre mi vida sexual? —inquiero esbozando una falsa sonrisa.

—Oye, ¿pero de verdad tienes de eso? Nadie lo diría por la mala leche que te gastas.

Ana y Damián miran a uno y a otro como si estuviesen presenciando un partido de tenis.

—Al contrario de ti, no soy de las que se juegan el pellejo por un revolcón. Sinceramente, tampoco lo necesito.

—¿Qué es lo que no necesitas? ¿Jugarte el pellejo o el polvo? Porque si me permites opinar, creo que lo segundo te vendría muy bien para los nervios.

—Mis nervios están bajo control, siempre y cuando no estés tú dando por culo —empiezo a cabrearme y eso es algo que se hace notorio en mi tono de voz.

—Tranquila, Princesa. No te exaltes. Es algo más habitual de lo que crees. No todas las mujeres consiguen alcanzar el clímax durante las relaciones sexuales. Deberías probar a cambiar de compañero, quizá te iría mejor.

—Gracias por el consejo que nadie te ha pedido, pero no tengo ningún tipo de problema en ese ámbito. Según lo que tú mismo insinuaste anoche, yo consigo cerrar negocios a base de abrirme de piernas, ¿no? Pues fíjate, mi vida laboral va viento en popa.

—¿Yo insinué eso? ¿Cuándo? ¿Antes o después de que me patearas las pelotas?

—Antes, después solo gemiste de dolor y casi te echas a llorar como un bebé.

—Qué curioso, juraría que también te escuché gemir a ti. Ya sabes, cuando te tenía arrinconada contra la pared y te comía la boca.

—¡¿Qué?! —la exclamación de Ana resuena en toda la estancia—. Espera, vosotros dos… Anoche… ¡¿Qué?! —repite de manera incrédula.

Asesino con la mirada al capullo malnacido que me sonríe como si no hubiese roto un plato y bufo de pura rabia.

—Esta conversación se ha terminado. Nos vamos a casa.

—¿Cómo que se ha terminado? No puedes dejarme con la duda —insiste mi amiga.

—Ana, nos vamos. ¡Ahora! —ordeno.

Mi amiga me conoce bastante bien como para saber que no estoy para juegos, por lo tanto, toma la mejor decisión, que es cerrar el pico y recoger sus cosas para que podamos marcharnos.

Durante las menos de dos horas que dura el trayecto de vuelta a casa en *jet*, el silencio se apodera de todos nosotros. Mi humor que durante la mañana era bastante bueno, ha caído en picado tras la pequeña batalla verbal que hemos protagonizado Gael y yo.

Tras aterrizar, vamos directos a casa. Yo voy delante en el coche, junto a Damián que es quien conduce. En el asiento trasero, Ana y Gael miran por sus respectivas ventanillas sin abrir la boca en ningún momento.

Nada más entrar, me encierro en mi despacho y extiendo los planos sobre el escritorio. Juanillo no tarda ni veinte segundos en entrar.

—¿Qué tal ha ido? —pregunta cerrando la puerta para que nadie nos moleste.

—Perfecto. Mira esto, Juan. Es precioso —señalo los dibujos que hay sobre los planos y este sonríe echándole un vistazo.

—¿Lo has visto?

—Sí, y he estado en su interior. Es increíble. No demasiado grande, pero eso es un punto a favor. Puede pasar desapercibido con facilidad.

—Entonces es un hecho, ¿no? —asiento entusiasmada—. ¿Cuánto nos va a costar?

—He conseguido llegar a un acuerdo. Un millón y medio en mercancía.

—Eso es un pico —señala frotándose la barbilla.

—Vale la pena. Además, no estamos hablando de algo para un solo uso como suele ser habitual. Está hecho con muy buenos materiales, y, sobre todo, es muy fiable. Quiero prevenir posibles accidentes.

—Esto es genial. Tenemos que celebrarlo, Princesa. ¿Nos vamos esta noche al bar de Genaro?

—Sí, es una gran idea. Seguro que Ana, Damián y César también se apuntan.

—Y Gael —menciona mi amigo frunciendo el ceño—. ¿A él también lo vas a invitar?

—No pienso perderlo de vista, eso seguro.

Se frota la mandíbula mientras le escucho resoplar.

—Vero, entiendo lo que estás haciendo, pero creo que es muy arriesgado. Joder, si no quieres matarlo, solo dale una patada en el culo y que se largue de una vez.

—Mantén a tus amigos cerca y a tus enemigos aún más —cito mientras guardo los planos en la caja de seguridad.

—¿Cómo de cerca? Sabes de lo que es capaz. Ese cabrón ya nos arruinó la vida una vez, no dejes que lo vuelva a hacer.

—Lo siento, Juanillo. De verdad que sí. Sé que esto es difícil para ti, pero por ahora, necesito mantenerlo controlado —suspiro—. Es algo temporal. En cuanto llevemos a cabo la gran operación, yo misma lo dejaré en cualquier lugar del mundo sin dinero ni pasaporte.

—Espero que para entonces no sea demasiado tarde —murmura.

—Todo va a estar bien. He tenido una idea. ¿Qué tal si en vez de salir de fiesta, traemos la fiesta a casa? Una peli, palomitas, y ponemos a Anita de barman haciendo esos cócteles horribles que dejan una resaca durante días.

—Suena bien —sonríe rodeando mis hombros con su brazo y salimos del despacho charlando como los buenos amigos que somos. A pesar de nuestras diferencias, siempre nos acabamos entendiendo.

Esa noche terminamos cenando *pizza* sentados todos frente al televisor del salón, unos en el sofá y otros en el suelo mientras veíamos una peli mala de los ochenta. Tras la sesión de cine, Ana preparó unas bombas alcohólicas que se suponían que eran mojitos, y eso junto a la música a todo volumen que se encargó de poner, hizo que las horas volaran.

Siempre lo pasamos genial cuando hacemos cosas así. En esos momentos no hay preocupaciones ni problemas, incluso Damián y César bailaron y rieron dejando atrás sus poses serias de matones.

En cierto momento de la noche, cuando ya la mitad de mi sangre se había evaporado por la cantidad de alcohol que corría por mis venas, Ana tuvo la brillante idea de subir a bailar sobre la mesa del comedor, y yo, como buena amiga, no podía permitir que hiciera el ridículo sola, así que me subí con ella. ¿Qué sacamos de esa locura? Yo me tengo que comprar una nueva mesa, y Ana un moratón en el culo por haberse pegado un leñazo cuando la madera cedió haciéndose pedazos. Pero las risas que nos echamos… esas no hay dinero en el mundo que pueda pagarlas.

Gael estuvo con nosotros en todo momento, incluso llegó a bailar con Ana tras mucha insistencia por parte de mi amiga, pero no bebió demasiado ni participó en nuestras bromas y juegos. Solo se quedó en una esquina, bebiendo de su copa a pequeños sorbos y observando, especialmente a mí. Cada vez que lo miraba estaba con sus ojos pegados a alguna parte de mi cuerpo, y esa parte no siempre era mi cara.

—Buenos días —murmuro sentándome frente a la mesa donde todos están ya desayunando. Miro hacia Ana que tiene toda la cara de los pies de otro y sonrío de manera ladina—. Anita, no te veo yo muy animada esta mañana. ¿Dónde está toda esa energía que te sobraba ayer?

—Te odio —refunfuña mientras revuelve con el tenedor la fruta que hay en su plato y se sujeta la cabeza con la otra mano—. ¿Por qué yo tengo una resaca monumental, y tú, sin embargo, estás más fresca que una rosa?

—Porque yo bebo, pero no me paso de rosca como tú. Por cierto, ¿qué tal tienes el culo? Menudo golpe te diste —agacho la cabeza sin poder evitar reír al recordarlo y desatando las risas de los demás.

—Vosotros burlaros, mamones —empezamos a reír a carcajadas y al fin, Ana se contagia de nuestra risa.

—Vale, cinco minutos y nos vamos, Damián —informo cuando ya he terminado de desayunar—. Juan, encárgate tú de que todo vaya como es debido con lo de… —miro de reojo a Gael antes de seguir hablando—. Verifica en persona que los camiones sean cargados.

—Entendido —contesta poniéndose en pie—. Vamos, César.

Los dos se marchan y Ana también se levanta, haciendo muecas de dolor y tocándose el trasero.

—Yo voy a seguir con mi trabajo de acosadora —informa—. He intentado conseguir los informes que me pediste, pero aún no los han subido a la base de datos.

—Está bien. Mantente atenta y cuando lo hagan…

—Los birlo. Entendido, jefa.

—¿Y yo qué hago? —pregunta Gael.

—Tú te quedas aquí con Ana, muy quietecito y sin armar jaleo.

—Eh… Vero, yo tengo trabajo que hacer —dice mi amiga mirando de reojo a Gael—. Si quieres que siga acosando a quien tú ya sabes…

—¡Vale, joder! Me estáis volviendo loco con tanto hablar en clave. Si eso me voy a otro lado para que podáis hablar y cuando decidáis qué hacer conmigo me lo hacéis saber —se queja.

—No hace falta —exhalo con fuera y lo señalo con el dedo índice—. Vienes conmigo.

—¿Pero no vas a hablar con Rivera? —inquiere Ana.

—Rivera, ¿el alcalde de Meiral de Gredos? —pregunta Gael.

—Sí. Para no haber estado por aquí los últimos diez años, estás muy informado, ¿no, Gael?

—No voy a entrar en eso, Verónica. Sé quién es el puto alcalde del lugar donde nací y crecí. Creo que es no es nada raro o descabellado. Si quieres acusarme de algo, mejor busca otra cosa.

—Vale, si vais a empezar a pelear, yo mejor me voy a mi madriguera —señala mi amiga.

—Sin discusiones. Nos vamos —decreto haciéndole un gesto con la cabeza a Damián para que me siga.

Salimos de casa en el todoterreno y vamos directos hacia la casa del alcalde Rivera. Nos recibe en su jardín privado con una sonrisa que desaparece en el instante en que reconoce a mi acompañante.

—Gael Novoa —murmura observándolo con desconfianza—, esto sí es una sorpresa. Verónica, no me dijiste que tu hermano estaba en la ciudad.

Damián se ha quedado en el coche, ya que aquí no corremos ningún tipo de peligro.

—Bueno, para mí también fue una sorpresa. ¿Nos sentamos?

Rivera señala una mesa redonda con cuatro sillas, y Gael y yo tomamos asiento.

—¿A qué debo esta agradable visita? —inquiere el alcalde, después de que nos sirvan unos refrescos.

—Nada en especial. Solo he querido venir a visitar a un amigo.

—Verónica, tus visitas nunca son fortuitas. ¿En qué puedo ayudarte? —inquiere frunciendo el ceño.

—Me conoces demasiado bien, Rivera —señalo sacando un paquete de cigarrillos de mi bolsillo, enciendo uno y le doy una calada profunda antes de seguir hablando—. Pronto voy a montar una pequeña fiesta en la playa y necesito un permiso del ayuntamiento para llevarla a cabo.

—¿Una fiesta muy multitudinaria? —pregunta.

—No, solo unos cuantos amigos. Es más, ni siquiera va a ser necesaria la presencia de la Policía municipal. Yo misma puedo hacerme cargo de la seguridad de mis invitados.

—Verás, eh… Hay cosas que yo no puedo controlar y…

—¿En serio? Eres el alcalde. Creí que no habría nada en Meiral de Gredos que tú no tuvieses bajo control. Si de verdad no puedes controlarlo, debería plantearme cambiar mi voto a la oposición en las siguientes elecciones.

Veo como traga saliva con fuerza y sonríe de manera forzada.

—No hay nada que se me escape, Verónica. Te conseguiré los permisos necesarios en cuanto presentes la solicitud correspondiente.

—Te la haré llegar en los próximos días. Pero cuéntame, ¿cómo va la campaña? He escuchado que vas muy bien en los sondeos.

—Sí, si todo sale como esperamos, ganaremos de nuevo por mayoría absoluta.

—Eso es fantástico. Meiral está en su mejor momento de los últimos años. Prosperamos, hay trabajo, y las arcas del ayuntamiento están a rebosar. Está claro que tu gobierno está haciendo un muy buen trabajo.

Charlamos de cosas banales durante un rato más hasta que llega el momento de despedirnos. Volvemos a casa y Juanillo me informa que todo está preparado para que esta noche se carguen los camiones que van hacia Austria. Él personalmente va a estar allí cuando los buzos recojan la mercancía que tenemos fondeada[7] en las bateas. Ese es nuestro gran almacén. Unos cuantos fardos sujetos con cuerdas en muchas de las bateas que están desperdigadas por toda la ría. Ahora mismo nuestro almacén está bajo mínimos. Por eso nos urge recibir ese cargamento.

Me encierro en mi despacho y Gael no tarda en entrar. Se pasea con lentitud de un lado a otro, observando cada detalle de la estancia minuciosamente.

—Has hecho muchos cambios en la casa —murmura deslizando la palma de su mano sobre la madera de mi escritorio.

—Antes de nada, aprende a llamar a la puerta. Son reglas básicas de educación, Gael. Si hay una puerta cerrada, tocas y esperas a que te den permiso para entrar. Y respecto a tu observación, sí, he hecho cambios porque la Policía dejó todo destrozado tras la redada. Cuando volví de Inglaterra, esto era una casa abandonada.

—¿Con qué dinero la reformaste? —pregunta enarcando una ceja. Al no recibir contestación por mi parte, sonríe de medio lado—. Tu padre te dijo donde había enterrado el dinero, ¿verdad? Yo también lo sabía. Antes de marcharme cogí un poco. Espero que no te moleste. Se suponía que ese dinero era para los dos.

—Eso dices tú, yo no lo sé.

—Ya, no te fías un pelo de mí. Aunque me llevas contigo para que vea como intimidas al alcalde. ¿Qué fue eso? ¿Una demostración de poder?

7.- Fondear: Al igual que las anclas de los barcos, mantener algo en el fondo del mar.

—Yo no he intimidado a nadie —miento.

—Por supuesto. Solo has pedido permiso para hacer una fiesta en la playa. Una fiesta sin policías municipales. Apuesto a que también tienes a alguien en nómina en la Guardia Civil[8]. ¿Un teniente? —me echo hacia atrás en mi sillón y cruzo las manos frente a mi boca escuchándolo con atención. Chasquea la lengua y sonríe—. No, un comandante. Tú no te conformarías con menos. Respecto a nuestro amigo Rivera… Por tu comentario sobre darle tu voto a la oposición, voy a suponer que usas el mismo recurso que tu padre en su momento. Todos tus empleados reciben un extra en su nómina el mes de las elecciones a cambio de votar a quien tú desees. De esa forma te aseguras de que el alcalde siempre esté de tu parte. Al fin y al cabo, eres tú quien le regala el puesto —vuelve a hacer ese movimiento con su ceja—. Si voy mal puedes corregirme, Princesa.

—No tengo nada que restar ni que añadir. Lo que sí te agradecería, y te lo digo de este modo porque ya me estoy cansando de amenazarte y que te lo pases por el forro de los huevos, es que dejes de mencionar a mi padre de una puta vez. Tú no tienes derecho ni a pensar en él.

—No puedes evitar eso, Verónica. Yo quería a tu padre como si fuese el mío propio. Él me enseñó todo lo que sé, sobre todo, en esta vida. A ti te dejó esta casa, las infraestructuras de la empresa, y una gran suma de dinero. A mí me dio las herramientas necesarias para salir adelante por mí mismo, me dejó muchas enseñanzas y valores.

—¿Valores? No tienes vergüenza, ¿verdad? —me levanto como un resorte sintiendo como la furia hierve en mi interior—. ¡¿Qué valores te enseñó?! ¡¿Cómo traicionar a tu familia?! ¡¿Cómo salir huyendo con el rabo entre las piernas cuando todo

8.-Cuerpo de seguridad pública de naturaleza militar y ámbito nacional que forma parte de las fuerzas y cuerpos de seguridad del estado.

se pone feo?! ¡Dudo mucho que esas fueran las enseñanzas de mi padre!

—¡Por enésima vez, yo no le traicioné, joder! —vocifera.

—Entonces, ¿cómo explicas que solo tú salieras indemne de toda esa operación policial? —resopla pasándose la mano por el pelo y niega con la cabeza—. ¡Vamos, Gael! Por una puta vez en tu vida, di la verdad. Dime cómo hiciste para no ir a la cárcel. O mejor aún, explícame cómo supiste ese día que la Policía estaba a punto de llegar.

—Yo, no… No puedo, Vero —susurra negando con la cabeza.

—No puedes —me siento sobre el borde de la mesa y cruzo los brazos frente a mi pecho—. Claro que no puedes. Yo busqué esas explicaciones, ¿sabes? Durante dos años, en esa mierda de internado en el que me encerraron, no podía dejar de pensar en mil y una excusas para tu actitud. Llegaste justo antes de que la Policía irrumpiera en la casa, así que pensé que quizás Quiroga te había informado de lo que estaba pasando, que ya habrían ido a su casa también. Me negaba a creer que tú hubieras caído tan bajo. Pero mi bonita teoría de exculpación se vino abajo en cuanto tuve en mis manos el informe policial de las redadas de esa noche —tomo una respiración profunda y niego con la cabeza—. Operación Mejillón, así lo denominaron. En ese informe detallaba como se llevaron a cabo las tres redadas y por qué. La primera casa en la que entraron fue en la de los Pazo. Por eso Antón Pazo vino aquí cuando se enteró de lo que estaba pasando.

—Princesa…

—¡No! Cállate y escucha —exhalo con fuerza y sigo hablando—. Hubiese seguido creyendo en mi teoría si el segundo en recibir la visita de la Policía hubiese sido Quiroga, pero resulta que ellos fueron los últimos. Entonces, ¿cómo explicas que tú supieras con antelación que iban a venir? Porque lo sabías. Intentaste sacarme de la casa antes de que llegaran, pero Pazo arruinó tu plan de fuga —sonrío de manera cínica—. Oye, que te agradezco mucho que pensaras en mí en un momento como ese, de verdad. Siempre he tenido la curiosidad de saber por qué insistías en que me marchara contigo, y después le dijiste a Juanillo que me sacara de allí.

—Vero, déjalo ya, por favor —sisea apretando los puños y la mandíbula.

Sonrío al ver que está intentando contenerse. Quizás esta sea la oportunidad de seguir presionándolo un poco para que confiese la verdad de una vez por todas.

—Vamos, Gael. Solo estamos charlando. ¿Sabes qué más ponía en ese informe? Que la operación se había llevado a cabo gracias a un informante, miembro de uno de los clanes, para ser más específicos del clan Novoa. Un informante que había hecho un acuerdo con la Policía. ¿Te suena de algo?

—Verónica, detente. No sabes de lo que estás hablando.

—¡Pues explícamelo, joder! —bramo arrastrando con mi brazo todo lo que hay sobre el escritorio. Saco el arma de mi espalda y le apunto a la cabeza—. ¿Sabes qué? Ya me he cansado de jueguecitos. Ahora mismo vas a confesar lo que hiciste. ¡Vas a relatar cómo destrozaste a tu propia familia! ¡Él confiaba en ti, te dio su apellido, su cariño! ¡¿Cómo pudiste traicionarnos de esta manera?!

—Vero, baja el arma. Estás nerviosa y puedes hacer una tontería —pide estirando las manos hacia delante para dar más énfasis a sus palabras.

—¡¿Tontería?! ¡No, Gael! Si te mato, estaré haciendo lo que debí haber hecho en el momento justo en el que volviste a aparecer en mi vida.

—¡Verónica, maldita sea, baja la puta pistola! —grita.

—¡¿Por qué lo hiciste?!

—¡Yo no lo hice!

—¡Última oportunidad! —le quito el seguro a la pistola y doy un paso en su dirección—. ¡Habla! ¡¿Por qué lo traicionaste?!

—¡No fui yo quien hablo con la Policía, fue tu padre! ¡Fue él quien hizo el trato, joder!

Bajo la pistola sin poder creer ni una sola de sus palabras. Eso no tiene ningún sentido. ¿Por qué haría mi padre algo así? Él habría dado su vida para proteger a su gente. Jamás lo hubiese delatado.

PALABRA

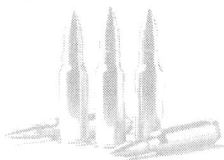

Me deja tan descolocada con su contestación, que ni siquiera consigo reaccionar cuando le veo acercarse a mí a toda prisa. Al intentar alzar el arma de nuevo, él ya la tiene sujeta y me la arrebata de la mano de un tirón.

—¡Verónica, tienes que dejar de amenazarme con armas, joder! —grita exaltado.

—Mientes —siseo y niego con la cabeza—. Lo que acabas de decir es todo mentira. Mi padre nunca haría algo así, él no traicionaría a su pueblo, a su gente, a su familia.

—No te estoy mintiendo, Princesa —replica. Respira hondo y me lanza una sonrisa triste—. Él me pidió que no te lo dijera. Me hizo prometerle que jamás te ibas a enterar de esto.

—¡Eres un puto mentiroso! ¡¿Ahora intentas ensuciar su memoria llamándole chivato?! ¡Mi padre murió en mitad de un puto interrogatorio para no delatar a su gente! ¡¿Cómo te atreves a acusarle de algo así?! —¡Porque él mismo me lo dijo! Yo no supe nada hasta media hora antes de que te interceptara en la salida de la casa. Tu padre fue quien me dijo que te sacara de aquí porque la Policía estaba a punto de llegar.

—¡Eso es imposible! —grito sujetándome la cabeza con ambas manos.

—Lo del CNI se supone que no tendría que haber pasado. Yo no lo supe hasta que tú me lo dijiste, aunque debí suponerlo, ellos rompieron el trato adelantando el operativo e irrumpiendo en las casas e instalaciones de los clanes antes lo esperado. Tu padre quería hacer las cosas bien. Salvó a todos los que pudo. La mayoría de sus hombres no fueron implicados. Solo los más allegados de las tres familias.

—Menos tú, ¿verdad? ¡Qué jodida casualidad!

—Hace un momento dijiste que tu padre no sería capaz de traicionar a su gente, y estoy de acuerdo contigo, pero con dos excepciones, salvarte a ti, o salvarme a mí. Solo nosotros dos éramos más importantes para él que el resto de su gente. Por eso habló con la Policía —bufa con fuerza y hunde los dedos en su pelo—. Pazo se estaba pasando de la raya. Lo tenían controlado, esperando que diese el siguiente paso en falso para ir a por él. Sabes cómo son, Vero. No conocen el término discreción. Con ellos arrastrarían a los otros dos clanes. Solo era cuestión de tiempo que pasara. Tu padre fue listo. Le ofreció a la Policía el mayor botín de la historia del narcotráfico, tres capos y sus respectivos hombres de confianza, pero a cambio, tenían que excluir a todos los trabajadores de bajo rango, los de la base de la pirámide, y también a mí.

—No puede ser —susurro notando como mis ojos se llenan de lágrimas. «¿Será verdad?». Su mirada me dice que está siendo totalmente sincero, pero ya no sé si fiarme de mi instinto, quizás solo estoy viendo lo que quiero ver—. Si fue así como dices y mi padre hizo un acuerdo con ellos, ¿por qué lo torturaron?

—No lo sé. Supongo que una vez lo tuvieron bajo su custodia, pensaron que podrían sacarle más información. Quizás estaban intentando que delatara a su proveedor o a sus clientes. ¡Te juro que no tengo ni idea, Vero! Yo solo sé lo que él me contó. Me dijo que te llevara lejos y dejase atrás toda esta mierda, que tú y yo nos merecíamos algo mucho mejor que vivir siempre mirando sobre nuestros hombros.

—Mientes —susurro para mí misma—. Mientes, mientes, mientes —niego con la cabeza de manera contundente sintiendo como se me quedo sin aliento. No sé qué pensar, no sé qué creer. ¡Me ahogo!—. ¡Mientes!

—Verónica, ¿te encuentras bien? —pregunta al ver que tengo dificultad para respirar. Intenta tocarme, pero me aparto empujándolo con fuerza—. Vale, tranquila. Respira hondo, Princesa. Me estás asustando.

Intento coger aire por la nariz y expulsarlo por la boca, grandes bocanadas. Siento como todo mi cuerpo tiembla sin control, y hace tiempo que he perdido la batalla contra el llanto, pero me niego a que nadie me vea llorar, y mucho menos él.

En cuanto consigo recuperar un poco el aliento, salgo corriendo del despacho mientras escucho a Gael llamándome a gritos y sus pasos resuenan a mi espalda. No me detengo, sigo corriendo todo lo rápido que mis piernas me lo permiten, salgo de la casa y corro aún más rápido hacia al garaje.

Lo primero que se me ocurre es coger uno de los coches, pero necesito algo más rápido, algo que me obligue a concentrarme para no seguir pensando, así que me subo de un salto a la antigua moto de Gael, que he utilizado en algunas ocasiones, me pongo el casco, y salgo del garaje quemando rueda.

Conduzco a toda velocidad por la ciudad, sin tan siquiera prestar atención a dónde me dirijo. Supongo que no debería extrañarme acabar en lo alto de la montaña. Siempre vengo al mirador cuando necesito estar sola y pensar.

Detengo el motor y bajo de la moto dejando el casco sobre el depósito. Mi cabeza se ha convertido en un maldito hervidero de pensamientos y emociones. «¿Será verdad lo que ha dicho Gael? ¿Mi padre fue el chivato? Y más importante aún, ¿quiero que sea verdad? De esa manera podría volver a confiar en Gael, él sería inocente y quizás…». Resoplo de nuevo abrazando mis rodillas con los brazos sentada sobre la gran roca que hay justo ante el precipicio. Ninguna de las dos opciones es satisfactoria para mí. Si lo que dice Gael es verdad, mi padre fue un traidor que vendió a su gente, pero si no es cierto, eso significa que yo tenía razón y el traidor siempre fue él.

Las horas van pasando y veo como el sol se esconde bajo el mar en el horizonte. No sé ni cuánto tiempo llevo aquí, perdida en mis propios pensamientos. Escucho el sonido de un motor y segundos después un coche se detiene junto a la moto. Estoy de espaldas mirando hacia al mar, así que no puedo ver quién es, pero lo imagino. Mis sospechas se confirman cuando escucho la voz de Gael.

—La he encontrado —afirma—. Sí, yo me encargo —al no escuchar a nadie más, deduzco que habla por teléfono—. Junior, no me toques las pelotas. He dicho que yo me encargo —sentencia de malos modos. Lo escucho bufar con fuerza y el sonido de sus pisadas acercándose—. Princesa, llevamos horas buscándote. ¿Estás bien? —pone su mano sobre mi brazo desnudo y yo me aparto de inmediato—. Joder, Vero, estás helada —unos segundos después siento el peso de una chaqueta sobre mis hombros, supongo que la suya. Intento rechazarla, pero Gael me sujeta por los hombros de manera contundente—. Por favor, por favor —susurra. Le dejo hacer, y tras un nuevo resoplido por su parte, noto que se sienta a mi lado—. Habla conmigo, Vero. Sé que tienes muchas preguntas y…

—No voy a preguntarte nada —lo interrumpo con voz ronca. He estado llorando y eso se nota—. No sé si tus contestaciones van a ser sinceras o mentiras para salvar tu propio pellejo, así que prefiero no saberlo.

—No intento engañarte. Querías la verdad y te la he dado. Entiendo que para ti sea muy difícil de asimilar. Llevas años odiándome por lo que supuestamente hice y ahora te enteras de que en realidad fue el hombre al que idolatrabas el que cometió esos errores y…

—¡Detente! —ordeno girándome hacia él—. Debería matarte solo por estar ensuciando el nombre de mi padre. Es muy fácil acusar a alguien que ya no está aquí para defenderse.

—¡Joder, Verónica! —exclama perdiendo la paciencia—. ¡¿Qué quieres que haga para demostrarte que digo la verdad?! ¡Mírame! —sujeta mi cara con sus manos y clava sus ojos en los míos—. Sabes que no te miento. Me conoces.

—No, ya no te conozco —susurro—. No sé qué pensar. Quiero creerte, pero no puedo —suspiro y cierro los ojos—. Estoy hecha un jodido lío, y la única persona que podría aclarar toda esta mierda está muerta.

Tras unos segundos, siento como su frente se pega a la mía. Casi puedo saborear el aliento que desprende su boca de tan cerca que estamos, es cálido y húmedo, y se siente… bien.

—Voy a hacerlo, ¿sabes? —abro los ojos sin apartarme ni un ápice—. No sé cómo, pero voy a lograr que vuelvas a confiar en mí.

—Digamos que te creo, ¿por qué no viniste a buscarme, Gael? Mi padre te pidió que me sacaras de aquí. ¿Por qué dejaste que me llevaran a ese internado?

—Tenía una diana en la cabeza. Los Pazo, los Quiroga… Me estaban buscando para matarme. Creí que estarías más segura allí que a mi lado. Ahora me arrepiento. Debería haber ido a ese lugar y arrastrarte conmigo, aunque no quisieras —acaricia mi rostro con suavidad y sonríe de medio lado—. No imaginas cuánto te he echado de menos.

Veo cómo acerca su boca a la mía con lentitud, intentando prevenir mi reacción. Podría apartarme, pero no lo hago, dejo que sus labios se posen sobre los míos con suavidad y disfruto del sabor de su lengua acariciando la mía. Por unos segundos me permito olvidar, poner mi mente completamente en blanco y dejarme arrastrar por el millón de sensaciones que me provoca su beso.

—Gael —susurro apartándome cuando su mano acaricia mi muslo.

—Lo siento. Supongo que un caballero no se aprovecharía de una dama en un momento de debilidad, pero yo nunca he sido muy caballeroso —estira su mano para apartar un mechón de mi pelo y colocarlo tras mi oreja—. Y tú, como dama… No lo veo, la verdad —golpeo su hombro con mi mano a modo de advertencia y él ríe—. Vale, vámonos a casa. Como no te lleve pronto, tu perrito faldero acabará mordiéndome el culo.

—Tienes que dejar de llamarlo así, y también Junior —le advierto poniéndome en pie. Empezamos a caminar en dirección a los vehículos a la par.

—Lo haré cuando él se dé cuenta de que tú nunca vas a ser suya.

—Tuya tampoco —replico cuando llegamos hasta donde tengo la moto estacionada. Le veo sonreír y negar con la cabeza—. ¿Qué? ¿De qué te ríes?

—¿Aún crees que tienes escapatoria, Princesa? No pienso detenerme hasta que admitas que estás loca por mí.

—Eso es bastante presuntuoso por tu parte, ¿no crees? —pregunto alzando una ceja.

—Tiempo al tiempo —comenta encogiéndose de hombros—. Vamos, después ya me explicarás quién te ha dado permiso para coger mi moto.

—¿Tu moto? Era tuya, ahora tiene nueva dueña.

—No te equivoques —desliza su mano sobre el cuero del asiento y vuelve a sonreír—. Esta belleza siempre será mía. La construí desde cero con mis propias manos.

—¿Esperas que te aplauda o algo? —pregunto en tono sarcástico.

—Joder, niña, menuda mala leche tienes. Vámonos ya. Deja la moto a un lado y ya enviarás a alguien a recogerla.

—De eso nada. La moto se viene conmigo. Sígueme en el coche si quieres.

Resopla dándome por imposible y va hacia el todoterreno, pero antes de entrar vuelve a girarse hacia mí.

—La última vez que estuvimos aquí, te dije que tu padre nunca me elegiría a mí por encima de su pueblo —traga saliva y me lanza una sonrisa triste. Puedo ver el pesar en su mirada—. Me equivocaba, Vero. Me eligió a mí —tras echar un último vistazo al lugar, se mete en el coche y arranca el motor.

Tardo en reaccionar unos segundos. La forma en la que me ha mirado, la tristeza en su voz… Eso no puede ser fingido. ¿O sí? Ya no estoy segura de nada.

***

A la mañana siguiente me despierto bastante más tarde de lo habitual. Todos los acontecimientos del día anterior me pasan factura dejándome completamente agotada.

Sobre el mediodía, mientras trabajo en el despacho, oigo como un coche se detiene frente a la puerta principal, me asomo a la ventana y compruebo que es Sergio Quiroga el que acaba de llegar, acompañado por dos de sus hombres.

Voy hacia la puerta y me encuentro a Juan a medio camino.

—¿Qué hace Quiroga aquí? —pregunta sorprendido.

—No tengo ni idea —suena el timbre y los dos nos miramos sin entender nada—. Supongo que lo averiguaremos ahora.

Abro la puerta mientras Ana y Gael bajan las escaleras uniéndose a nosotros en la entrada. Sergio entra en casa con su pose seria habitual, y nos saluda con un gesto de su cabeza.

—Siento venir sin avisar. Espero que no haya inconveniente.

—En absoluto —contesto—. ¿Ha ocurrido algo? —inquiero.

Sergio mira hacia Gael y frunce el ceño.

—Los rumores son ciertos. Tienes a un traidor en tu casa —murmura.

—Yo también me alegro de verte, hermano —contesta Gael cruzándose de brazos.

Recuerdo que, en otra época, ellos eran buenos amigos. Son casi de la misma edad y siempre se han llevado bien. Sergio ya trabajaba con su padre antes de que todo se fuera al garete.

—Tú no eres mi hermano —señala llevando la mano a su espalda.

—Quiroga, piensa bien lo que vas a hacer —digo en tono de advertencia. Se detiene a medio camino y me mira frunciendo el ceño—. Estás en mi casa y aquí mando yo. Si has venido a disparar a alguien de mi familia, te aseguro que no me quedaré de brazos cruzados.

Tras mantenerme la mirada durante un buen rato, deja caer su brazo y endereza la espalda.

—¿Podemos hablar en privado, Verónica? —solicita.

—Claro, sígueme —le indico. Entramos en el despacho y tras cerrar la puerta, voy hacia mi escritorio y tomo asiento—. Si quieres beber algo, puedes servirte tú mismo.

—No, gracias —contesta y toma asiento al otro lado de la mesa.

—¿A qué viene esta visita inesperada? —pregunto sin rodeos.

—Después de lo que pasó con Roi, me enteré de que Gael estaba viviendo aquí en tu casa, así que he venido a comprobarlo por mí mismo y a saber en qué demonios estás pensando.

—Como ya habrás comprobado, los rumores son ciertos. Y lo que estoy pensando es muy simple. Gael es un Novoa. Puede que sea un traidor, pero sigue llevando mi apellido. No estoy diciendo que vaya a dejarle a sus anchas, ni mucho menos, pero si lo tengo en mi casa es por una buena razón.

—¿Puedo conocer esa razón? Te recuerdo que también es mi cuello el que está en la guillotina. Si algo sale mal, si tu querido hermanito vuelve a hacer de las suyas y nos delata, todos iremos a la cárcel.

—Eso no va a ocurrir. Como ya he dicho, él no sabe nada, ni va a saberlo. Por el momento, confórmate con la excusa de que prefiero mantenerlo vigilado de cerca, pero si llegado el momento tuviese que matarlo, lo haría sin dudar ni un solo segundo.

—¿Lo mantendrás controlado? Ya tenemos bastante con Roi metiéndose siempre en problemas. No necesitamos un chivato entre nosotros.

—Te doy mi palabra, Sergio. La presencia de Gael no será ningún impedimento para que llevemos a cabo nuestros planes —asiente con gesto satisfecho. Sabe que la palabra de un Novoa no debe ser tomada a la ligera—. Por cierto, ya que estás aquí, quiero enseñarte algo—voy hacia mi caja fuerte, saco de ella los planos y los extiendo sobre la mesa—. ¿Qué te parece?

Abre los ojos como platos y los observa con atención durante varios minutos.

—¿Esto es real? —pregunta alucinado—. ¿Es factible?

—Ya lo he comprado. Por el momento, llamémoslo Plan B. Un seguro por si las cosas se tuercen. Sabía que te gustaría.

—Es increíble. ¿Roi sabe algo de esto?

—No, pensaba decíroslo a los dos en la próxima reunión —contesto. Veo como Sergio mira hacia la ventana y frunce el ceño extrañado—. ¿Qué pasa? —pregunto tras cerrar la caja fuerte con los planos en su interior.

—Acaba de pasar alguien corriendo por delante de la ventana, y juraría que no era uno de tus hombres —murmura asomándose para poder ver mejor. Le sigo y miro hacia afuera, pero no veo nada extraño—. Está pasando algo, Vero. Llámalo instinto o sexto sentido, pero algo no anda bien.

Escuchamos el ruido de cristales rompiéndose fuera del despacho. Nos miramos el uno al otro, y salimos corriendo empuñando nuestras respectivas armas. En cuanto abro la puerta, todo sucede demasiado rápido. Veo a un hombre vestido de negro, con la cara cubierta y una M16 en las manos. Ana baja las escaleras alertada por el ruido, pero es interceptada por Gael, que la tira al suelo justo cuando el intruso dispara en su dirección.

No sé si es mi bala la que impacta primero en el tipo o es la de Sergio. El tirador cae al suelo, pero entonces aparece otro, y un tercero. Abren fuego a discreción obligándonos a retroceder para protegernos. Tras unos segundos, las ráfagas de disparos se detienen, entonces escucho las pistolas. Estoy segura de que son los hombres de Sergio y los míos, Damián, César y Juanillo.

Asentimos los dos al mismo tiempo, y nos unimos a ellos disparando para abatir a los tiradores. Veo a Gael cubriendo a Ana con su cuerpo en mitad de las escaleras. Por suerte están en un ángulo muerto, y desde abajo no se les puede alcanzar, al menos no desde donde están los tiradores, que parecen reproducirse por segundos. Cada vez que matamos a uno, llegan dos más. No veo de donde salen, aunque podría apostar que están entrando por la ventana de la cocina.

Una nueva ráfaga de metralleta nos obliga a escondernos y Sergio y yo nos miramos el uno al otro con la respiración agitada.

—No podemos quedarnos aquí —señala—. Tenemos que salir por la ahí.

Miro hacia la ventana del despacho y niego con la cabeza.

—No sabemos cuántos hay fuera. Vete tú si quieres, pero yo no voy a dejar a mi gente aquí dentro.

—¿Qué propones? —pregunta tras maldecir en voz alta.

—Necesito que me cubras. Iré hacia la escalera. Gael y Ana están allí y si esos tipos se acercan más, van a quedar al descubierto. Desde esa posición tendré mejor ángulo de fuego —los disparos enemigos se detienen y Sergio respira hondo.

—Vale, a la de tres. Te daré todo el tiempo que pueda. Espero que los demás empiecen a disparar también o estarás muy jodida.

—Uno, dos, tres...

TEMPLANZA

Salgo corriendo junto con el silbido que producen las balas al pasar a mi lado. Puedo ver a Damián y a César escondidos en la parte trasera de la escalera, y Juanillo tras la puerta que da a la biblioteca. En cuanto se dan cuenta de lo que estoy haciendo, disparan sin dudar hacia los intrusos obligándolos a retroceder para protegerse. Eso me da unos segundos de margen para subir las escaleras a toda prisa.

—¿Estáis bien? —pregunto agachándome junto a Gael y Ana. Él sigue cubriéndola con su cuerpo.

Al estar agachada, el lateral de la escalera hace de escudo, pero puedo escuchar el sonido de los proyectiles impactando contra el cemento. Si no salimos pronto de aquí, acabaremos muertos.

—Ana está herida —contesta Gael y me muestra su mano manchada de sangre—. ¿Tú estás bien? —asiento y me incorporo un poco para poder seguir disparando desde mi posición. Consigo abatir a dos tiradores, pero cuando vuelvo a disparar, me doy cuenta de que me he quedado sin munición, así que vuelvo a resguardarme tras la pared—. Dime que tienes otro cargador —niego con la cabeza y Gael suelta una maldición.

Intento buscar una salida, una forma de ponernos a salvo mientras el sonido de los disparos sigue rebotando por toda la casa. Gael alza la cabeza sin dejar de cubrir a Ana. No puedo verla, solo espero que esté bien. Igual que yo, tarde o temprano mis aliados se quedarán sin munición y entonces estaremos todos muertos.

Por el rabillo del ojo atisbo a ver una sombra. Son solo milésimas de segundo las que pasan antes de que un grito de advertencia salga de lo más profundo de mi garganta, pero Gael actúa con rapidez. Aún agachado, estira su brazo y alcanza al intruso, tira de su pierna con fuerza, y este acaba rodando por las escaleras. Antes de que yo pueda pestañear, está sobre él, le quita el fusil y le propina un golpe en la cara con la culata que lo deja inconsciente, después me lanza el arma.

—Dales caña, Princesa —me anima, volviendo a su posición anterior sobre Ana.

Asiento y me giro rápido con la M16 entre mis manos. Solo necesito unos segundos para apuntar y empezar a disparar ráfagas contra nuestros enemigos. Todo mi cuerpo tiembla por el retroceso del arma y siento como mis brazos se entumecen, pero no me detengo hasta que veo como empiezan a retroceder. Un nuevo tirador aparece en lo alto de la escalera, y es abatido al instante.

—Están entrando por arriba también. Tenemos que salir de aquí —comunico. Hecho un vistazo y compruebo que mis compañeros siguen en sus posiciones. Un silbido de mi parte, hace que Damián mire hacia arriba. Le indico con la mano que suba hacia donde estamos, yo le daré cobertura. Este asiente y utilizo el mismo sistema para indicarles a Sergio y a Juan los pasos a seguir—. ¡Ahora! —grito disparando de manera disuasoria. No tengo ningún objetivo a tiro, pero de esta manera puedo mantener a los tiradores controlados para que los chicos corran hasta mi posición.

En solo unos segundos, nos alcanzan, justo a tiempo de cubrirse antes de que ellos emprendan un nuevo ataque.

—Ana está herida —informa Gael.

—No podemos quedarnos aquí —señala Juanillo.

—Arriba, a la cueva de Ana —ordeno—. Es la única habitación que no tiene ventanas.

Juanillo le da su arma a César y ayuda a Gael a cargar con Ana mientras los demás seguimos dando fuego de cobertura. Me cargo a todo aquél que se me pone a tiro, pero siguen llegando cada vez más. César va delante, abriendo camino para que podamos pasar y Damián, Sergio y yo cubrimos la retaguardia hasta llegar a la sala de ordenadores. Esa a la que Ana llama cueva. Juan teclea el código numérico en el panel de acceso a la habitación y la puerta se abre. Entramos y Juan y Gael dejan a Ana sobre el sofá de cuero que hay en una esquina de la habitación. Está consciente, pero tiene la camiseta empapada de sangre.

—Es el hombro —informa Juanillo rasgando la camiseta de mi amiga para comprobar el alcance de los daños—. Tiene agujero de salida. Necesito algo para taponarla.

Damián se quita su propia camiseta y se la lanza para que pueda usarla a modo de venda. Sergio resopla mirando la pantalla de su teléfono móvil.

—No hay cobertura —comunica.

Miro mi propio teléfono y compruebo que yo tampoco tengo red.

—Deben usar inhibidores de frecuencias —Me acerco a uno de los ordenadores y compruebo que tampoco hay internet—. También han cortado el resto de comunicaciones. Estamos solos.

—¡Esto es un jodido asedio! ¡¿Qué mierda está pasando aquí?! —exclama mi socio andando de un lado al otro de la habitación mientras resopla como un toro a punto de embestir.

—Las cámaras —susurra Ana soltando un grito dolor cuando Juan aprieta el nudo que fija la tela a su hombro herido. Le lanza una mirada asesina y él se encoge de hombros y hace una mueca con los labios en una disculpa silenciosa —. El sistema de video vigilancia es un circuito interno. No necesita internet.

Accedo de inmediato al sistema de seguridad y compruebo una por una todas las cámaras. Solo están instaladas en el exterior de la casa, y un par de ellas en el garaje, pero ninguna está operativa.

—Se las han cargado —señalo llevándome las manos a la cara y resoplando.

—¿Cómo sabían dónde estaban instaladas? —inquiere César.

—Supongo que el que ha provocado esto, ya ha estado en la casa y conoce nuestro sistema de seguridad —contesta Ana.

—¡Genial! Pues estamos muy jodidos —se queja Sergio—. ¿Dónde están mis hombres?

—Fueron abatidos nada más empezar todo esto —responde Damián—. Lo siento.

—¡Joder! ¡Joder! ¡Joder! —Sergio golpea la pared con el puño perdiendo los nervios.

Es extraño verlo así. Él siempre mantiene la compostura y es muy comedido. Supongo que, en momentos como este, bajo presión, sale a relucir nuestra verdadera personalidad.

—Vale, estamos solos, así que hay que buscar la manera de deshacernos de esos tipos —me ato la melena en la parte alta de la cabeza con una cola de caballo e intento mantener la cabeza fría. Templanza, eso es lo que necesitamos en estos momentos—. ¿Cuánta munición nos queda?

—Yo tengo medio cargador —contesta Damián mostrando la M16 que le ha robado a uno de los tiradores abatidos.

—A mí me quedan un par de balas —dice César.

Miro hacia Juan y Sergio, y ambos niegan con la cabeza.

—Con eso no tenemos ni para la mitad de esos tíos. Son demasiados —anuncia Juanillo—. ¿Qué quieren? ¿Por qué han venido? ¿Quién los ha enviado?

—Matarnos, eso es lo que quieren, y yo solo conozco a una persona que sea capaz de traicionarnos de este modo —señala Sergio y mira a Gael con rabia.

—Espera… ¡¿Qué?! ¿Crees que yo he hecho esto? No sé si te has dado cuenta de que estoy aquí, y también intentan matarme.

—Pero el balazo se lo ha llevado Ana, ¿no? Tú estabas a su lado y no te dieron, pero a ella sí —replica mi socio.

Gael me mira a mí esperando a que me posicione del lado de uno u otro.

—¿Tú también crees que he sido yo? —me quedo en silencio unos segundos sin saber qué contestar. ¿Lo creo? No lo sé—. ¡No me lo puedo creer!

—Ahora no es momento de buscar culpables, así que dejad de discutir. Lo importante es que esos tipos quieren matarnos. Está claro que no son policías.

—Más bien parecen mercenarios —señala César.

—Tenemos que encontrar la forma de acabar con ellos —expongo—. Estamos en nuestro terreno, así que tenemos ventaja.

—¿Ventaja? —Sergio vuelve a resoplar—. ¡Estamos encerrados en una puta ratonera! Ni siquiera tenemos munición. ¿Cómo pretendes cargarte a esos tíos? ¿Les golpeamos con nuestras armas descargadas en la cabeza?

—¿No hay más armas en la casa? —inquiere Gael limpiándose la sangre de las manos con el bajo de su camiseta.

—Aquí solo tenemos nuestras pistolas personales —contesto—. Si queremos conseguir más, vamos a tener que robárselas a ellos.

—¿Y la sala de armas está vacía?

—¿Qué sala de armas? —pregunto confusa.

—¿No la conoces? —niego con la cabeza—. ¿En el informe que tienes sobre la redada de hace diez años no la mencionan? —vuelvo a negar—. Entonces es que no la encontraron —murmura para sí mismo.

—¿De qué estás hablando, Gael? ¿Dónde está esa sala?

—Bajo tierra. Es una especie de zulo[9]. Tu padre mandó construirlo. Tenía miedo de que la casa fuera asediada en algún momento.

—Bendito sea Xacinto Novoa —señala Sergio. Parece haberse tranquilizado un poco—. ¿Dónde está? —inquiere.

—En la parte trasera de la casa, pero se puede acceder a ella desde el sótano, por una escotilla oculta. Si nadie ha entrado allí

9.-Agujero o habitáculo oculto, generalmente subterráneo y de dimensiones reducidas, que se usa para esconder a alguien o algo.

desde hace diez años, habrá armas suficientes para acabar con todos los tiradores.

—¿Qué tipo de armas? —pregunto.

—De todo. Fusiles de asalto, pistolas cortas, automáticas, semiautomáticas… incluso algunas granadas.

—¿Qué pensaba hacer mi padre con eso, empezar la tercera guerra mundial?

—Era solo por precaución. Si alguna vez pasaba esto mismo que estamos viviendo ahora, no quedaríamos desprotegidos.

—Bien, vayamos a por esas armas. Damián y yo iremos hasta allí —propongo.

—Yo también voy —indica Juan.

—No, tenemos solo tres pistolas. Mi fusil, que está casi vacío, el de Damián con medio cargador, y la pistola de César con un par de disparos. Tú quédate aquí con Ana, los demás podéis proteger la habitación. No podrán entrar —abro la puerta unos centímetros y echo un vistazo al pasillo, está vacío—. No creo que sepan dónde estamos. Eso nos dará ventaja.

—Yo voy con vosotros —informa Gael. Antes de que pueda negarme, levanta una mano en mi dirección—. No sabes dónde está oculta la escotilla, Vero. ¿De verdad quieres perder tiempo buscándola? Yo os llevaré hasta la sala, después vendremos aquí armados hasta los dientes, y entre todos acabaremos con esos hijos de puta.

Miro hacia Sergio y este se encoge de hombros dejando a mi criterio la decisión final.

—César, dale tu arma —ordeno. Mi guardaespaldas me mira sorprendido—. Vamos, hazlo. En cuanto salgamos de aquí encerraros por dentro y no hagáis ruido. La puerta es blindada, no les será fácil echarla abajo. Nosotros volveremos lo antes posible con las armas.

—Trae un botiquín —pide Juan sin apartarse ni un centímetro de Ana—. No sabes el tiempo que vamos a pasar aquí. Por ahora he conseguido controlar la hemorragia, pero habría que limpiar la herida para evitar infecciones.

—Dalo por hecho.

—Esperad —dice Ana casi sin aliento—. ¿Y si activamos el cierre automático de seguridad? Puede hacerse desde aquí de manera remota. De esa forma no podrán entrar, y los que estén dentro quedarán atrapados.

—Es una buena idea. ¿Puedes controlar también las luces? Nos vendría bien algo de oscuridad para pasar desapercibidos.

—No, desde aquí solo puedo bajar las persianas metálicas. Todas las puertas y ventanas quedarán selladas, pero para cortar la luz hay que hacerlo manualmente en el cuadro eléctrico principal.

—¿Dónde está eso? —pregunta Sergio.

—En la planta baja, al lado de la cocina hay un pequeño cuarto de contadores.

—César y yo iremos con vosotros —propone mi socio—. Podréis escoltarnos hasta la planta baja. Nosotros nos encargamos de las luces y vosotros seguís hasta el sótano.

—No tenemos armas para todos —señalo.

—No las necesitamos —añade César—. Quiroga y yo nos quedaremos escondidos en el cuarto de contadores hasta que volváis con las armas. No tienen por qué saber que estamos allí.

Tras pulir un poco más el plan, Ana, con la ayuda de Juanillo, se sienta frente a los ordenadores.

—Os daré diez minutos para que lleguéis al sótano y después activaré el cierre automático. A partir de ese momento nadie podrá salir ni entrar de la casa. Sergio, César, en cuanto escuchéis el sonido de las persianas bajándose, cortáis la luz. Espero que para entonces vosotros ya estéis volviendo con las armas. Acabad con esos mamones y venid a buscarnos.

Todos asentimos de acuerdo y uno tras otro salimos de la habitación caminando de puntillas para intentar hacer el mínimo ruido posible. La idea es que pasemos desapercibidos hasta que consigamos las armas. No podemos enfrentarnos a ellos con la poca munición de la que disponemos.

Bajamos las escaleras despacio, con los ojos bien abiertos y atentos a cualquier sonido. No nos encontramos con ningún enemigo, aunque sí podemos oírlos en el exterior y también en la cocina revolviéndolo todo. Tras escoltar a Sergio y a César al cuarto de contadores, les dejamos allí y caminamos unos metros más hasta la puerta de acceso al sótano. Damián va delante, empieza a bajar las escaleras hacia el sótano justo cuando escuchamos unos pasos acercándose. No nos da tiempo a cerrar la puerta, nos habrían descubierto, así que nos quedamos quietos. Si el tipo que está fuera echa un vistazo al interior, nos pillará in fraganti.

Un paso, después otro, y el intruso se detiene frente a la puerta. Voy a levantar mi fusil para apuntar hacia la salida, pero la mano de Gael me detiene. Al mirarle, veo que me está haciendo un gesto con el dedo frente a sus labios para que guarde silencio. Me dice que me acerque con la mano, y le hago caso. Camino muy, muy despacio hacia su posición. El tipo sigue al otro lado de la puerta entreabierta, ambos podemos escuchar su respiración pesada y el chirrido metálico que emite su rifle al ser manipulado.

Gael me sujeta por la cintura con fuerza pegándome a su cuerpo para escondernos tras unas tablas, justo cuando la puerta se abre. Ambos contenemos la respiración. Por suerte, Damián ya está abajo en el sótano, si no fuese así habríamos sido descubiertos, ya que el lugar es demasiado pequeño para que nos escondiéramos los tres.

Pasan varios segundos en los que siento como si mi corazón estuviera a punto de explotar. Tan solo puedo notar la calidez del cuerpo de Gael pegado al mío y el golpeteo constante de su corazón bajo mi mano. Casi puedo percibir la sospecha de nuestro enemigo. Sabe que algo no anda bien, por eso cuando escucho el sonido que emite su arma al quitarle el seguro, empiezo a temblar con fuerza. Nos han pillado. Este es el fin.

Antes de que pueda alcanzar mi propia arma, Gael sale de nuestro escondite con una rapidez pasmosa, tomando tan desprevenido al intruso que no le da tiempo a reaccionar. Con un movimiento rápido de manos, el cuello del tipo emite un chasquido espeluznante y su cuerpo cae a plomo. Justo antes de golpear el suelo, Gael consigue sujetarlo. Guardamos silencio esperando escuchar pisadas o algún sonido que confirme que hemos sido descubiertos, pero no sucede. Solo se escuchan los ruidos en la cocina y pasos en el resto de la casa, pero nadie ha sido alertado de nuestra presencia.

—Cierra la puerta —susurra Gael tirando del cadáver hacia el interior. Aún no me puedo creer que le haya matado de esa forma. Ha sido tan sencilla la manera en la que le ha partido el cuello…—. ¿Estás bien? —pregunta en el mismo tono cuando ya la puerta está cerrada. Asiento y coloca una mano en la parte baja de mi espalda guiándome escaleras abajo.

Desarma al tipo y se hace con un par de cargadores antes de seguirme. Al llegar abajo, le tiende uno de los cargadores a

Damián y otro a mí antes de guardar su pistola a la espalda y empuñar el rifle.

—¿Todo bien? —pregunta Damián—. ¿Por qué habéis tardado tanto?

—Está solucionado —contesta Gael.

Su frialdad y templanza me sorprenden. Nunca había visto esa parte de su personalidad. Ahora entiendo por qué todos los enemigos de mi padre temían a Gael Novoa. Es implacable, lo acabo de comprobar con mis propios ojos.

Tras abrir una pequeña escotilla de no más de un metro y medio que hay oculta en una de las paredes del sótano, Gael nos indica con la mano que pasemos al interior. Tan solo llevamos una linterna de mano, que resulta ser la única fuente de luz que ilumina el estrecho y húmedo túnel que recorremos. Seguimos caminando unos cuantos metros más, hasta que nos topamos con otra escotilla, esta algo más grande que la anterior. Damián ayuda a Gael a abrirla y una vez adentro, miro a mi alrededor con los ojos muy abiertos por la sorpresa.

—Aquí hay un jodido arsenal —murmuro.

—Cojamos lo que necesitamos y vámonos de aquí —dice Gael.

Damián sonríe colgándose varios fusiles de asalto en la espalda. Parece un niño desenvolviendo sus nuevos juguetes el día de Reyes. Yo hago lo mismo, pero con menos entusiasmo. Veo como mi amigo se guarda un par de granadas explosivas en el bolsillo y alzo una ceja en su dirección.

—¿Qué? —pregunta encogiéndose de hombros—. Puede sernos útil.

Sonrío negando con la cabeza y golpeo suavemente su hombro desnudo con mi mano.

—Vamos, Rambo. Espero que no tengas que utilizarlas.

Salimos del zulo con armas suficientes como para crear nuestro propio ejército guerrillero y volvemos al sótano por el pasadizo. Tenemos que esperar un par de segundos en lo alto de las escaleras hasta que escuchamos como las persianas comienzan a cerrarse. Enseguida se monta un buen alboroto en la casa. Algunos intentan salir para no quedarse encerrados en el interior y escuchamos como otros entran armados a más no poder para darnos caza. Un par de segundos después, todas las luces se apagan y la casa es inundada por una oscuridad espeluznante.

—Esa es nuestra señal —dice Gael mirándonos a Damián y a mí—. ¿Estáis listos? —asentimos y salimos de nuestro escondite resguardados por la oscuridad.

Uno a uno vamos abatiendo a todos los intrusos que nos cruzamos en nuestro trayecto hacia el cuarto de contadores. Al llegar allí, aprovisionamos a nuestros aliados con varias pistolas y fusiles, y seguimos nuestro camino disparando a discreción y eliminando a todo aquél que se mueva. Ni siquiera nos preocupamos de volver a la cueva. Entre los cinco conseguimos acabar con la mayor parte de los tiradores.

Cuando la planta baja está despejada, Damián, Gael y yo, subimos al piso superior. Mientras ellos comprueban las habitaciones una por una, yo voy directa hacia donde nuestros amigos continúan escondidos. Introduzco el código en el panel y la puerta se abre de manera automática.

—Listo. Hemos acabado con todos —informo.

Juan mira por encima de hombro y abre los ojos como platos. Hay alguien a mi espalda, y por su reacción, no creo que sea de los nuestros. Me giro alzando mi arma, pero antes de que pueda llegar a hacerlo, un disparo resuena por toda la habitación. Ni siquiera sé qué es lo que ocurre. Todo sucede tan rápido que no me doy cuenta de que alguien me ha empujado. Dos disparos más y el tirador cae, entonces noto la calidez de la sangre que riega mi pecho. Lo empujo para sacármelo de encima y llevo las manos a mi boca ahogando un grito de dolor al ver sus ojos abiertos. Está muerto.

SACRIFICIO

Hace más de ocho horas que todo ha terminado, pero sigo viendo en mi mente esos ojos carentes de cualquier emoción, de vida. Cada vez que intento borrar esa imagen de mi mente, un dolor agudo se instala en mi pecho. «Fue mi culpa. Tendría que haber comprobado que era seguro antes de abrir la puerta. ¿Por qué no lo hice? ¿Por qué me descuidé tanto? Ahora él está muerto por mi culpa. Mi amigo, mi hermano, mi familia».

—Verónica, ¿estás bien? —la cara de Sergio aparece en mi campo de visión sacándome de mis oscuros pensamientos. Tiene un golpe cerca del ojo por haber peleado con uno de los intrusos.

—Cuando Laura baje, dile que te mire eso —señalo tras carraspear.

No puedo venirme abajo ahora. Ya tendré tiempo de lamerme las heridas. «Mi gente me necesita».

—Estoy bien. ¿Tú cómo estás? —me encojo de hombros a modo de respuesta y me levanto del sillón.

Llevo más de dos horas encerrada en mi despacho. Lo primero que hice en cuanto se restablecieron las comunicaciones, fue llamar al comandante Mosquera, mi contacto en la Guardia Civil. Lo último que necesito ahora mismo es a la Policía metiendo las narices donde no les llaman. Mis hombres ya se están encargando de limpiarlo todo, y mañana vendrán a hacer las reparaciones en la casa y a sustituir los muebles dañados. Me hubiese gustado tardar más en resolver todos esos trámites, así no tendría tanto tiempo para pensar en lo que ha pasado.

—¿Alguno de los heridos ha hablado? —pregunto cerrando la puerta del despacho para que tengamos más intimidad.

—No, y créeme, tu hermanito los ha apretado bien. Si no han hablado mientras él les desfiguraba a golpes, es que no lo van a hacer.

—¿Sigues pensando que esto fue obra suya? —Sergio resopla y se rasca la nuca.

—No lo sé. No confío en él por lo que hizo en el pasado, pero pensándolo de manera fría, no tiene ningún sentido que asediaran tu casa estando él en su interior. Además, si no fuese por su ayuda aún estaríamos encerrados en esa habitación, o muertos. Aunque por otro lado…

—Esto puede haber sido todo un plan para ganarse nuestra confianza —digo adivinando lo que iba a exponer.

—Sí. ¿Tú también lo has pensado? —asiento—. ¿En qué punto nos deja eso?

—También hay otra opción. ¿Y si Gael no tuvo nada que ver con todo esto? ¿Y si alguien intenta hacernos pensar que es el enemigo? O simplemente quieren sacarnos de en medio —frunzo el ceño y arqueo una ceja en su dirección—. ¿Quién sabía que ibas a estar hoy aquí?

—Eh… Pues algunos de mis hombres y… —suspira y niega con la cabeza—. No puede ser. ¿Crees que sería capaz de hacer algo así?

—Se lo dijiste, ¿no? Le dijiste a Roi que ibas a venir a mi casa —asiente.

—Pero no tiene ningún sentido que haya sido él. Además, Pazo no se atrevería a hacer algo así. Sabe que sin nosotros se hundiría.

—No lo haría si tiene el apoyo de nuestro proveedor principal.

—¿El Colombiano? ¿Estás pensando que se han aliado para jugárnosla?

—No lo sé, pero piénsalo, Roi no es tan listo como para planear un asedio de esta magnitud. Si lo hizo él, no está solo.

—Mierda, y, ¿qué vamos a hacer al respecto?

—Por ahora nada, pero hablaré personalmente con nuestro amigo el Colombiano y no le mencionaremos a Roi nada sobre el nuevo juguetito que he adquirido. Creo que vamos a tener que retrasar un par de semanas la operación. Sería demasiado arriesgado seguir adelante con un posible traidor entre nosotros.

—¿Y si te equivocas y el culpable es Gael?

—Tranquilo, yo personalmente voy a encargarme de mantenerle vigilado. Te aseguro que si fue él quien planeó todo esto, sus días están contados. Ese hombre que murió ahí arriba, protegiéndome, era como un hermano para mí.

—Lo sé, y lo siento mucho, Verónica, de verdad. Damián era un buen hombre y no se merecía morir.

Asiento con la cabeza tragando saliva con fuerza para no romper a llorar como una niña pequeña frente a mi socio. Por suerte, escuchamos jaleo fuera y lo tomo como una excusa para salir del despacho. Necesito saber si Ana está bien.

La doctora Ibáñez baja las escaleras mientras habla con Gael y al llegar a mi lado sonríe de manera triste.

—Vosotros sabéis como montar una fiesta, eso seguro —comenta.

—¿Cómo está Ana? —pregunto ignorando su comentario sarcástico.

—Le he hecho un buena costura. Con un poco de suerte no le quedará ni cicatriz. Aunque ha perdido mucha sangre, y eso puede... —de pronto mira sobre mi hombro y abre mucho los ojos como si acabara de ver a un fantasma—. Sergio... —susurra—. ¿Qué haces aquí?

—Justo eso era lo que estaba a punto de preguntarte —contesta mi socio mirándola fijamente.

Durante varios segundos ninguno de los dos dice nada, solo se miran con tanta intensidad que resulta incómoda para el resto de los presentes. Bueno, solo estamos Gael y yo, pero aun así la tensión se corta con cuchillo. Ambos nos miramos con esa expresión de «aquí hay una historia», y él sonríe negando con la cabeza.

—Bueno, os presentaría, pero creo que ya os conocéis —me atrevo a decir—. La doctora Ibáñez es nuestra médico de confianza.

—¿Eso es cierto? —inquiere Sergio frunciendo el ceño.

Laura alza la barbilla enderezándose a modo defensivo.

—Sí, ¿algún problema? —su tono es amenazante. Como si estuviese preparándose para ser atacada, o atacar, aún no lo tengo demasiado claro.

—Eres el colmo de la hipocresía, Laurita —señala Sergio sonriendo de manera burlona—. Me dejas porque, según tú, no querías pertenecer a mi mundo, ese mundo de delincuentes, pero resulta que ahora trabajas para una.

—No creo que eso sea asunto tuyo, Sergio —replica Laura.

—Por supuesto que es asunto mío. Eres una hipócrita de mier…

—¡Ten cuidado con lo que vas a decir! —le advierte alzando la voz—. La última vez que me insultaste no saliste muy bien parado.

Mi socio se lleva la mano al rostro y acaricia las dos cicatrices que cruzan su mejilla.

—Admito que eso me lo gané, pero esto… —chasquea la lengua cruzándose de brazos.

—Vale, calmémonos —intercedo al ver que Laura está a punto de lanzarse sobre Sergio. Creo que esta mujer tiene más agallas de lo que aparenta a simple vista—. Ha sido un día duro y todos estamos agotados. Sergio, te invito a que te quedes a dormir aquí en casa. Mañana mis hombres te acompañarán —mi socio asiente mirando de reojo a la doctora—. Laura, tú…

—Yo voy a quedarme con Ana. Quiero estar al pendiente por si tiene fiebre. Ha perdido mucha sangre y no quiero arriesgarme a dejarla sin supervisión médica.

—A mí no me supervisaste tanto —murmura Gael.

—Es que tú no me caes bien —contesta Laura de manera cortante—. Ana es una buena amiga y, si me voy, no podré descansar pensando que su salud puede empeorar.

—Perfecto, entonces está decidido. Nos quedamos todos aquí. Laura, si prefieres quedarte en una de las habitaciones, solo escoge una y listo. Ahora, si no os importa, estoy agotada. Necesito una ducha y dormir unas cuantas horas.

Nos despedimos y Sergio sube conmigo hacia la habitación que le indico mientras Gael y Laura van a cenar algo a la cocina. Yo no tengo hambre. Después de todo lo que ha pasado, lo último en lo que puedo pensar es en comer.

Antes de irme a mi cuarto, paso a visitar a Ana y comprobar cómo se encuentra. Nada más entrar en su habitación, veo a Juanillo durmiendo en una silla junto a la cama de mi amiga. Ella también duerme plácidamente, así que vuelvo a cerrar la puerta con cuidado y decido marcharme. Espero que Juan sea lo bastante listo como para darse cuenta de la persona maravillosa que es Ana. Salta a la vista que están locos el uno por el otro, pero él aún no se ha dado cuenta. Quizás este accidente le dé una perspectiva distinta y deje lo haga sacarse la cabeza del culo de una maldita vez.

Entro en mi dormitorio con un suspiro y me dirijo al baño. Voy desvistiéndome mientras el agua coge temperatura y a continuación me meto en la ducha. Estoy agotada, y aún no sé qué voy a hacer sin Damián. Su puesto, su lugar en nuestras vidas no puede ser sustituido por nadie más. Él era nuestro amigo, parte de la familia.

Dejo que las lágrimas salgan de mis ojos y lloro durante un buen rato. Lloro por la pérdida que hemos sufrido y también por el sentimiento de culpabilidad que no me deja ni respirar. Si no hubiese sido tan descuidada, Damián seguiría vivo. Es mi culpa, lo sé, y probablemente nunca pueda perdonarme a mí misma por esto.

Tras sacar todo el dolor y la angustia que mi cuerpo me permite bajo el agua caliente, me envuelvo en una toalla y salgo del baño secándome el pelo con una más pequeña. Ni siquiera reparo en la presencia de Gael hasta que estoy junto a él. Lo encuentro sentado a los pies de mi cama, con las piernas abiertas y las manos apoyadas a cada lado de su cuerpo. Viste tan solo con un pantalón de algodón, una camiseta blanca de tirantes, y tiene el pelo húmedo.

—¿Estás bien? —pregunta buscando mi mirada.

—Sí, ¿qué haces aquí? —me giro para darle la espalda y sigo frotando mi cabeza para no tener que mirarlo.

—Te he traído comida. Siéntate a cenar —contesta en tono autoritario.

—Gracias, pero no tengo hambre.

—No era una sugerencia, Verónica. No has comido nada en todo el día y después de todas las energías que has gastado, como no comas algo acabarás desmayándote.

—Tranquilo, no soy tan frágil. Voy a acostarme enseguida. Gracias por el detalle, pero puedes irte ya —trago saliva con fuerza cuando una nueva oleada de lágrimas amenaza con desbordar mis ojos. Por más que intento dejar de llorar, no consigo detenerme—. Vete, Gael, por favor —susurro con la voz tomada por el llanto.

—¿Por qué no me miras? —escucho el ruido de la cama cuando se levanta y sus pasos acercándose, así que me aferro al borde de mi toalla ajustándola sobre mi pecho y escondo mi cara hacia el lado contrario intentado huir de su mirada. Aunque mis evasivas no sirven de mucho. Antes de que pueda reaccionar, sus manos me sujetan con fuerza por la cintura y acabamos mirándonos a los ojos—. Princesa —susurra y acaricia mi mejilla con suavidad. El aluvión de lágrimas que estaba conteniendo, sale en cascada de mis ojos y empiezan a correr por mis mejillas sin que pueda hacer nada por contenerlo—. Shhh… Ven aquí, mi vida —me abraza con fuerza apretándome contra su cuerpo y yo me dejo hacer, porque necesito esto, necesito no ser fuerte por una vez y dejar que alguien cargue con una parte del peso que llevo a mis espaldas… Lo necesito a él.

Lloro contra su pecho mientras sus manos recorren mi espalda en una caricia reconfortante. Nos movemos y antes de que pueda darme cuenta estoy sentada sobre su regazo en el borde de la cama y sigo llorando, ahora con la cara enterrada en el hueco de su cuello.

No sé si pasan minutos u horas, pero el llanto va cediendo, dando paso a un agotamiento extenuante, tanto físico como mental. Cuando consigo tranquilizarme, intento ponerme en pie, pero sus brazos se aferran con fuerza a mi cuerpo impidiendo que me mueva.

—Suéltame, Gael —pido.

—No, quédate un rato más así —me aparta para mirarlo—. ¿Te encuentras mejor? —asiento—. Entonces, ¿por qué quieres irte?

—Estoy sentada justo encima de la herida de tu muslo.

—Estoy bien. No quiero que te alejes ni un centímetro —susurra acariciando mi mejilla.

—Antes estabas cojeando. Lo vi, aunque intentaste disimular.

—Eres una chica lista —señala y esboza esa sonrisa canalla de medio lado—. No me importa el dolor. Estaría dispuesto a dejar que el tarado de Pazo me torturara otra vez si con eso consiguiera que tú no te alejes de mí.

—Gael, para —murmuro intentando levantarme de nuevo. Esta vez me lo permite, pero no sin antes resoplar.

—Vero, tienes que dejar de intentar cargar con el mundo sobre tus hombros. Es una carga demasiado pesada para cualquiera.

Me paseo por la habitación descalza, y solo con la toalla cubriendo mi cuerpo.

—Llevo años haciéndolo. No sé funcionar de otra manera —replico.

—Pues déjame ayudarte —se levanta y camina hacia mí con decisión, sujeta mi rostro con sus manos y clava su mirada en la mía—. Reparte tu peso conmigo, Princesa.

—¿Para que me traiciones igual que lo hiciste con mi padre? —inquiero alzando una ceja.

—Sabes que yo no lo hice. Lo sabes, Verónica, pero te niegas a admitirlo porque entonces no te quedarán motivos para mantenerme alejado. Admite de una vez que… —antes de que pueda terminar la frase, mis labios ya están pegados a los suyos y mis manos enredadas en su pelo.

Mi toalla no tarda ni dos segundos en caer al suelo. Gael me empuja contra una de las paredes recorriendo todo mi cuerpo con sus manos mientras su lengua indaga en cada rincón de mi boca. Nos devoramos el uno al otro. Me deshago de su ropa sin miramientos, dando tirones hacia todos lados hasta que consigo quitársela. El único segundo en el que nuestras bocas se separan, es cuando lo aparto unos centímetros para sacarle la camiseta por la cabeza, pero enseguida volvemos a unirnos, con más fuerza y pasión si eso es posible.

Su boca se desliza por mi cuello mientras sus manos amasan mis pechos. «Tengo que admitir que el italiano es un puto aficionado en comparación con Gael». Dicen que las comparaciones son odiosas, pero es imposible no hacerlo. Gimo con fuerza cuando sus dedos se pierden en mi sexo y recibo una sonrisa ladeada que provoca un cortocircuito en mi cerebro. «¿Se puede ser más *sexy*?»

—Gael —susurro en tono de advertencia cuando sus dientes se clavan en uno de mis pechos.

—¿Quieres que vaya más lento? —pregunta alzando la mirada.

—¡No, joder! Quiero que vayas más rápido. Deja los cariñitos para otro momento.

Una nueva sonrisa se dibuja en sus labios y al instante, tengo mi espalda incrustada en la pared, sus brazos me alzan, y rodeo su cadera con mis piernas notando como se clava en mi interior de un solo empellón.

—¿Así de fuerte, Princesa? —inquiere saliendo y entrando en mí cada vez más rápido, más fuerte.

No puedo contestar. Los únicos sonidos que salen de mis labios son gemidos y jadeos que soy incapaz de controlar. Mis manos se aferran al pelo de su nuca y tiro de él para acercar su cara y poder besarlo, un beso húmedo y cargado de deseo contenido durante demasiados años. Su pelvis golpea el interior de mis muslos desplazándome hacia arriba en cada embestida hasta que siento como mi cuerpo empieza a temblar de placer, y no un pequeño temblor, no, sacudidas violentas que provocan que Gael pierda el control y se vuelva aún más salvaje. Clavo los dientes en su hombro y grito extasiada cuando siento que el también alcanza la liberación.

Varios minutos después, seguimos sin movernos. Bañados en sudor e intentando recuperar el aliento. No creo que pueda moverme, aunque quiera, estoy demasiado agotada hasta para hablar. Por suerte Gael se da cuenta de ello y me lleva a la cama en brazos, se tumba a mi lado y tira de mí para que apoye la cabeza sobre su pecho. No sé si pasan segundos o minutos, pero

Jess GR

el sueño me vence y me quedo dormida con el sonido de fondo de los suaves y acompasados latidos de su corazón.

Me despierto sintiendo una fuente de calor a mi espalda y el peso de un brazo sobre mi cintura. Abro los ojos y tengo que parpadear varias veces para darme cuenta de lo que está ocurriendo. Es Gael el que está durmiendo a mi espalda, abrazándome contra su cuerpo y clavando su endurecida entrepierna en mi el trasero. Lo último que pensé esta mañana al despertarme fue que iba a pasar la noche siguiente haciendo cucharita con él, pero tampoco imaginé que ese mismo día me quedaría sin uno de mis mejores amigos, así que lo descabellado de esto, quizá no lo sea tanto.

Me muevo despacio intentando apartarme, pero su brazo se aferra alrededor de mi cuerpo con más fuerza y noto su aliento contra mi nuca.

—¿Dónde crees que vas? —pregunta en un susurro con voz somnolienta.

—Tengo que ir al baño —contesto.

—Es mentira, solo quieres huir de mí. Duérmete, Princesa.

—Gael, suéltame. De verdad tengo que ir al baño.

—No, sigue durmiendo.

—Gael, o me sueltas o te meo encima, tú decides.

—Si lo que intentas es ponerme cachondo, olvídalo. No me van esas guarradas.

—Creo que para eso ya es tarde —murmuro moviendo mi trasero contra su entrepierna.

—No hagas eso. Solo duerme de una vez.

—Ya he dormido —replico.

—Pues duerme más. Vero, no vas a salir de aquí, así que deja de intentarlo.

Suspiro dándome por vencida y vuelvo a cerrar los ojos, pero su erección rozando constantemente mi trasero, no me deja coger el sueño.

—¿Podrías al menos apartarte un poco? Me estás clavando la polla en el culo.

—Princesa, si te estuviese haciendo eso, te aseguro que lo notarías de verdad —deposita un beso en mi cuello que me pone la piel de gallina y vuelve a suspirar relajándose—. Ahora cierra la boca y sigue durmiendo.

—Deja de darme órdenes —refunfuño.

Un nuevo resoplido impacta golpea mi nuca y noto cómo se gira para quedar boca arriba.

—¿Ahora tienes ganas de discutir? —Inquiere—. Estas nos son horas, por favor.

—Deberías volver a tu habitación —sugiero y me muevo para poder mirarlo de frente.

—Estoy bien aquí, pero gracias por la invitación. ¿Ahora podemos seguir durmiendo? —niego con la cabeza y él vuelve a resoplar—. No vas a dormirte, ¿verdad? —vuelvo a negar—. Vale, ¿quieres hablar?

—No, quiero que te vayas para poder seguir durmiendo —respondo frunciendo el ceño.

—O sea, que quieres dormir, pero no conmigo, ¿cierto?

—Efectivamente. Tú te vas, yo duermo tranquila.

—Vero, no voy a dejarte sola —antes de que pueda replicar su mano cubre mi boca—. Tú no quieres ni necesitas quedarte sola ahora mismo. ¿Por qué no puedes solo dormir y listo?

—Porque no estoy acostumbrada a hacerlo con nadie —respondo.

—Me alegra escuchar eso, pero vas a tener que hacerte a la idea —mi ceño fruncido le hace suspirar—. Vale, hemos follado y ahora te sientes confusa, pero...

—No es eso. No estoy confusa. Fui yo quien te besó, ¿recuerdas? Quería echar ese polvo, pero una vez terminado puedes irte.

—Si no supiese que estás enamorada de mí desde que eras una cría, ese comentario podría llegar a ofenderme, Princesa —contengo el aliento e ignoro su comentario—. No voy a dejarte sola tras todo lo que has tenido que vivir hoy.

—Lo que ha pasado hoy no es nada nuevo para mí —murmuro apartando la mirada.

—¿Me vas a decir que suelen asediar tu casa todas las semanas, o que ves morir a un amigo frente a tus ojos todos los meses? —lo asesino con la mirada, pero él también me ignora—. Eres fuerte, Verónica, la mujer más fuerte que he conocido nunca, pero no eres de piedra —coloca una mano justo en el centro de mi pecho desnudo—. Aquí dentro sientes, quizás con más intensidad que los demás. No tienes que ser valiente todo el tiempo.

—Sí tengo que serlo, porque si me descuido pasan cosas como las de hoy. Damián ha muerto por protegerme, porque yo fui demasiado confiada y no comprobé que el camino estuviese despejado. Dio su vida por la mía.

—Cierto, lo hizo. Pero dime una cosa... —sujeta mi rostro entre sus manos y me obliga a mirarlo—. ¿Qué hubieses hecho tú en su lugar? Si pudieras, ¿habrías dado tu vida por la suya?

—Por supuesto que sí. Era mi amigo.

—Exacto —sonríe y acaricia mi rostro con sus dedos—. La amistad a veces requiere sacrificios. Damián lo hizo por ti, para que pudieras seguir viviendo. Hónralo viviendo feliz y con intensidad. Eso es lo que él hubiese querido.

Tomo una bocanada profunda y dejo que sus brazos me arropen de nuevo. Nuestras piernas se entrelazan y una leve caricia recorre mi espalda mientras mis dedos juegan a dibujar las cicatrices y moratones que hay en su torso.

—Estás hecho una mierda —murmuro y presiono un poco en un punto entre sus costillas—. ¿Te duele?

—No, solo cuando hago esfuerzo.

—¿Esfuerzos como aguantar todo mi peso mientras me empotrabas contra la pared como un poseso? —pregunto arqueando una ceja.

—Sí, pero ha valido la pena. Además, tú no pesas nada. Eres como una pluma, muy manejable.

—Voy a tomarme eso como un cumplido —sentencio volviendo a mover mis dedos sobre su piel. Tras unos minutos sumidos en un silencio nada incómodo, decido hacerle una pregunta que siempre me hago a mí misma—. Gael…

—Dime —susurra con sus labios en mi frente.

—¿Te sientes culpable? Me refiero a… Bueno, después de matar a alguien. ¿Duermes bien por las noches? ¿Te pesa la conciencia? —no dice nada durante un buen rato. Cuando creo que ya no va a contestar, su voz suena alta, clara, y sobre todo, contundente.

—No, no me siento culpable. En realidad, no vuelvo a pensar en ello. ¿Y tú?

Alzo mi cara para mirarle y niego con la cabeza.

—No. Sé que lo más probable es que esas personas tengan familias, padres, hermanos… Pero también que si no lo hago pueden ser los familiares de uno de mis hombres los que lloren su pérdida. Siento culpabilidad si muere uno de los míos, pero no cuando yo mato a un enemigo. Creí que era rara por sentirme así.

—No lo eres —comenta sonriendo. Me da un beso suave y dulce en los labios y cierra los ojos—. Ahora duerme. Mañana tenemos que ir a un funeral.

—No habrá funeral. No podemos arriesgarnos a que…

—César y yo ya nos hemos encargado de todo. Su hermana vendrá por la mañana e iremos juntos a enterrarlo. Ahora duérmete.

—Sigo teniendo que ir al baño —siento como su pecho se mueve cuando ríe.

—Ve, pero vuelve pronto o yo mismo iré a buscarte.

Me pongo en pie desnuda y siento su mirada sobre mí, recorriendo mi cuerpo con descaro.

—Gracias —susurro sin mirarlo.

—¿Por qué?

—Por llevar parte de mi carga.

—Siempre que quieras, Princesa. Ahora ve al baño y vuelve rápido a la cama.

Asiento y hago lo que me pide sin rechistar. Supongo que no pasa nada por ceder una noche. Al fin y al cabo, un momento de debilidad lo tiene cualquiera, ¿no?

SINCERIDAD

Al despertar por la mañana, me encuentro sola en la cama. No sé dónde está Gael, pero agradezco tener un tiempo para pensar en mis próximos movimientos. Lo de anoche estuvo bien, bueno… Estuvo mejor que bien. Vamos, que fue una puta pasada, pero soy consciente de que Gael y yo no vamos a ser felices y comer perdices. Ni siquiera intentaré autoengañarme fingiendo no tener sentimientos hacia él. Claro que siento, incluso demasiado. Llevo enamorada de ese hombre desde que era una cría, pero eso no significa que vaya a dejar a un lado mi recelo y sentido común. No estoy segura al cien por cien de que su historia sea verídica. Si quiere mi confianza, va a tener que ganársela, y para que eso ocurra voy a tener que cruzar unas cuantas líneas peligrosas.

Tras una ducha rápida y vestirme con ropa cómoda, salgo de la habitación. Mi intención es ir a la cocina, pero antes de llegar, soy interceptada por Gael.

—Buenos días, Princesa —me saluda con una sonrisa deslumbrante—. Justo ahora iba a ir a despertarte —antes de que pueda reaccionar, ya me está besando. Solo un beso suave en mis labios, pero la forma en la que me abraza por la cintura no tiene nada de suave ni inocente—. ¿Cómo has dormido?

—Poco, pero bien —contesto intentando apartarlo.

—No luches, Vero —pide y me sujeta con más fuerza—. Y por favor, ni siquiera intentes hacerme creer que lo de anoche no significó nada para ti —voy a abrir la boca para quejarme, pero su mano me lo impide—. No quiero escuchar ni un solo «pero». Lo que pasó anoche fue maravilloso, tú lo sabes y yo también. Ambos lo deseábamos desde hacía mucho tiempo.

Aparto su mano de mi boca y arqueo una ceja en su dirección.

—¿Vas a dejarme hablar? Ya sé que te encanta oír el sonido de tu voz y todo eso, pero digo yo, que en algún momento tendré que aportar algo a esta conversación.

—Depende… ¿Vas a ser sincera o a mentirme a mí y a ti misma fingiendo que el polvazo que echamos anoche nunca debió haber ocurrido?

—Yo siempre soy sincera, Gael. No es mi honestidad la que está en entredicho.

—Sigues sin confiar en mí —susurra tras resoplar con fuerza.

—Sí, pero si te sirve de algo… Estoy dispuesta a darte el beneficio de la duda.

Sus ojos se entrecierran y clava la mirada en la mía.

—¿Qué significa eso exactamente?

—No estoy segura, pero al menos no te estoy apuntando con una pistola. Eso es un avance, ¿no? —suelta una carcajada y asiente con la cabeza—. ¿Ahora puedo ir a tomar un café? De verdad lo necesito.

—Yo que tú no iría a la cocina —advierte liberándome.

—¿Por qué? ¿Qué pasa allí? —pregunto extrañada.

Tras el asedio de ayer, toda la casa quedó bastante destrozada, pero los obreros ya se están encargando de arreglarla, y supuse que la cocina ya estaría lista.

—Quiroga y tu amiga la doctora están haciendo manitas. Acabo de entrar y me marché sin que me vieran para no interrumpir.

—Pues lo siento por ellos, pero estoy en mi casa —murmuro emprendiendo de nuevo el camino hacia la cocina.

Al entrar, me doy cuenta de que Gael se quedó bastante corto con lo de «hacer manitas». Estos dos más bien están escenificando una peli porno sobre la encimera de mi cocina. Laura está sentada sobre ella, con las piernas enrolladas en la cintura de Sergio mientras se comen la boca entre gemidos y jadeos ahogados. Carraspeo para llamar su atención, pero están tan enfrascados en su labor, que ni siquiera me escuchan.

—Niños, ha llegado la maestra, se acabó la diversión —señala Gael con diversión.

Los amantes culinarios, se separan a toda prisa. Laura parece abochornada, sin embargo, Sergio ni se inmuta. Simplemente la ayuda a bajar de la encimera y se gira hacia mí.

—Buenos días —saluda con su tono serio habitual.

—Buenos días. Siento interrumpir, pero tengo hambre —paso al interior de la estancia y enciendo la cafetera.

—Tranquila. En realidad, yo ya me iba —señala mi socio—. Te llamaré si me entero de algo nuevo, y tú haz lo mismo, ¿quieres? —asiento—. Vamos, Laura, te llevaré a casa.

—Eh… Yo me quedo. Aún quiero echarle un último vistazo a Ana antes de marcharme y… bueno… tampoco necesito que nadie me lleve. Tengo el coche en la puerta y conozco el camino.

El ceño de Sergio se frunce, pero no replica. Se despide con un gesto de su cabeza y sale de la cocina caminando a largas zancadas.

Cuando nos quedamos los tres solos, miro a Gael diciéndole con los ojos que se largue para que pueda hablar con Laura. No tiene buena cara y parece bastante afectada. Tras varios segundos insistiendo, me doy por vencida. Los hombres son así de cazurros. No entienden nada si no les pones un jodido cartel de neón en las narices con las directrices a seguir.

—Gael, por qué no vas a ver si llueve —sugiero en tono sarcástico.

—Estamos en agosto, ya sería raro que... —se queda callado y esboza una sonrisa—. Ah, vale, que quieres que me largue para que podáis hablar de cosas de chicas y eso, ¿no?

—Qué listo eres —comento en tono sarcástico—. Lo has pillado enseguida, pero no te veo moverte.

—¿No me puedo servir un café antes?

—¡Lárgate, Gael! —ordeno perdiendo la paciencia.

—Qué humor, madre mía —masculla mientras camina hacia la salida.

—No era necesario que lo echaras —señala Laura tras tomar una respiración profunda—. Se nota que esta noche habéis estado muy... unidos —esboza una sonrisita y me mira de reojo.

—Puedo decir lo mismo de Sergio y de ti. ¿Qué está pasando, Laura? Está claro que tenéis una historia.

—Es... complicado —contesta haciendo una mueca con los labios.

—¿Te apetece contármelo mientras tomamos un café? —asiente y en los siguientes minutos me dedico a servir un par de tazas de néctar marrón. Cuando cada una tiene la suya, tomo asiento a su lado y vuelve a exhalar con fuerza.

—Nos conocimos en Santiago hace unos cuantos años. Yo estaba en la universidad y él pasaba mucho tiempo en la ciudad por negocios. Al principio no sabía a qué se dedicaba. Nos presentó un amigo en común, un chico que estudiaba medicina conmigo. Después descubrí que mi amigo en realidad pensaba trabajar para los Quiroga en cuanto se graduara —suspira y se masajea los rizos pelirrojos con la mano—. Me costó llegar a conocerlo de verdad. Ya sabes cómo es, serio, rígido... Inalcanzable a simple vista. Sin embargo, cuando logré que bajara sus barreras y confiara en mí, descubrí a un hombre muy distinto a lo que aparenta a simple vista, un ser cariñoso y cálido, capaz de hacer mil locuras solo para verme sonreír.

—Suena bien —susurro esbozando una pequeña sonrisa. Laura asiente y continúa.

—Me enamoré de él como una imbécil. Estuvimos saliendo casi dos años, y en todo ese tiempo no fue capaz de confesarme quién era de verdad ni a lo que se dedicaba. ¿Sabes cómo me enteré? —cabeceo estrechando mi mirada sobre ella—. Cuando lo vi matar a un hombre a sangre fría.

—Muy típico de los Quiroga —mascullo.

—La mayor parte de la semana él estaba en Viveiro, así que solo nos veíamos un par de días. Se supone que íbamos a pasar juntos el fin de semana, pero me llamó el viernes para decirme que no podría venir. Según él, tenía trabajo pendiente. Al principio me entristeció, pero después decidí que estaría bien darle una sorpresa —pone los ojos en blanco y le da un trago a su taza de café—. Tenía su dirección. Ya había estado antes en su casa, así que me presenté allí y la sorprendida acabé siendo yo. Te voy a ahorrar los detalles perturbadores. Solo diré que ese día descubrí quién era de verdad el hombre del que estaba enamorada. Lo dejé, y él no se lo tomó demasiado bien —vuelve a beber y me mira, esperando que yo aporte algo a la conversación.

—Hay algo que no entiendo. Como él mismo dijo ayer, tú no tienes ningún problema en trabajar para mí, y sabes a lo que me dedico.

—Es distinto —señala.

—¿Por qué?

—Para empezar porque no me acuesto contigo.

—Ese es un buen punto —comento sonriendo.

—Tú siempre has sido sincera, Verónica. Cuando me propusiste que trabajara para ti, no mentiste respecto a lo que hacías. Además, los Novoa no son como los Quiroga. Tú te preocupas por tu gente. Esta ciudad estaba devastada, y tú sola has conseguido levantarla y hacerla prosperar. Cuidas de los tuyos y darías tu vida por ellos. Sergio no es así.

—¿Cómo lo sabes? Quizá si le dejaras demostrártelo, descubrirías que es mejor persona de lo que crees.

—Lo sé, Vero —afirma—. Lo sé porque al tipo a quien le vi matar, era el mismo hombre que nos presentó. Mi amigo. Lo mató a golpes con una barra de metal. Vi su mirada mientras lo hacía. Estaba completamente lúcido, como si lo que estaba haciendo no le afectase en absoluto.

—¿Le temes? —pregunto con una ceja arqueada.

—No, yo sé defenderme sola. La cicatriz que tienen en la cara se la hice ese mismo día, antes de dejarlo. No era mi intención, pero me cabreó tanto que acabé lanzándole un cenicero a la cabeza, con tan mala suerte que él no se dio cuenta hasta que le dio de lleno en la cara. Si lo que piensas es que yo le tengo miedo, no es así. Pero tampoco confío en él. Llámame anticuada, pero soy de las que piensa que la sinceridad es la base de cualquier buena relación, sin ella, está destinada al fracaso.

Antes de que pueda decir nada más, escuchamos como Ana entra en la cocina seguida por Juanillo. Están discutiendo, para no variar.

—¡Que estoy bien, joder! —se queja mi amiga. Al verme sonríe de manera triste y se acerca para darme un abrazo—. Lo siento mucho, cariño. *Carabebé* me lo ha contado. ¿Estás bien?

—¿Y tú? —inquiero.

—Sí, solo un poco atontada por lo que me ha dado Laura. Echaré mucho de menos a ese capullo —dice con pesar. Tiene el brazo atado en cabestrillo, pero no parece sentir dolor.

—Todos lo echaremos de menos. Me salvó la vida —afirmo con un nudo en a garganta.

—Ana, ¿qué haces levantada? —pregunta Gael entrando en la cocina.

—Ha llegado mi héroe —Mi amiga sonríe y abraza a Gael—. Hablando de salvar vidas… Te debo una muy grande.

—No exageres —contesta y se rasca la nuca. Sus mejillas se tiñen de un color rojizo para sorpresa de todos.

—¿Te acabas de sonrojar? —pregunto conteniendo una sonrisa.

—Calla —ordena.

—En serio. Estás rojo como un tomate —me burlo.

—No sabes estarte calladita, ¿verdad? —replica.

Nos aguantamos la mirada durante varios segundos, hasta que escuchamos el jadeo ahogado que emite Ana.

—¡Joder, vosotros habéis follado! —exclama.

—¡Ana! —la regaño, sintiendo la mirada incriminatoria de Juan sobre mí.

—Vale, antes de que empiece una nueva discusión, dime cómo te sientes, Ana —pide Laura.

—Bien. Dolorida y algo atontada por las pastillas, pero estoy bien —frunce el ceño y dirige su mirada hacia mí—. ¿Sabemos ya quién fue el responsable de todo esto?

—No, pero estoy en ello.

—Ahora deberíamos marcharnos —anuncia Gael—. La hermana de Damián estará a punto de llegar.

—¿Habrá funeral? —pregunta mi amiga en tono de sorpresa.

—Eso parece —señalo a Gael con el dedo y mi amiga le sonríe de manera cariñosa provocando que Juan resople de fastidio.

—Bueno, no va a ser un funeral común, eh… —otra vez ese tono rosado en sus mejillas, que la verdad, se me hace tremendamente tierno en él— Es una despedida. Un último adiós a vuestro amigo. No era religioso, ¿no? Porque a una ceremonia cristiana no llego.

—Pues yo sí —murmuro pensando en voz alta. Compruebo que los cuatro me están mirando, pero no doy explicaciones. Me bebo el resto del café de un trago y dejo la taza sobre la encimera—. Voy a cambiarme de ropa. Adelantaos, yo os alcanzo después.

—Te espero —informa Gael. Por su tono queda claro que no es una sugerencia.

—Vale, dame diez minutos y nos vamos —accedo. No tengo ganas de discutir.

Tras vestirme con un pantalón vaquero y una camiseta negra, Gael y yo montamos en uno de los coches.

César, Juanillo y Ana, ya se han marchado cuando salimos de casa, y supongo que estarán esperándonos, pero tengo que hacer algo antes de reunirnos con ellos para darle el último adiós a mi amigo. Puede que no vaya a tener un entierro convencional, en un cementerio y todo eso, pero al menos tendrá una ceremonia religiosa tal como le habría gustado.

—Aparca frente a la iglesia —indico. Gael me mira sorprendido, pero hace lo que le pido.

—¿Desde cuándo eres creyente? —pregunta tras apagar el motor.

—No lo soy —veo a través de la ventanilla al padre Sandro salir de la iglesia—. Vamos. Tenemos que darnos prisa —saco mi pistola de la espalda y le quito el seguro bajo la mirada atónita de Gael.

—¿Qué vas a hacer, Verónica? —inquiere en tono preocupado.

—Voy a tener una charla con el sacerdote —contesto.

Antes de que pueda detenerme, salgo del coche con el arma escondida a la espalda. En cuanto el padre Sandro me ve, achina los ojos intentando averiguar cuál es el motivo de mi visita esta vez. Su desconfianza va en aumento cuando echa un vistazo sobre mi hombro y ve a Gael corriendo hacia mí con cara de circunstancias.

—Verónica Novoa, tus visitas a la casa de Dios comienzan a ser habituales —dice el cura a modo de saludo. Gael se detiene a mi lado y sujeta mi muñeca con fuerza para que no saque la mano que sujeta la pistola de la espalda—. Y traes a tu hermano contigo. Ahora sí estoy intrigado. Si venís a confesaros, mejor volved otro día. Creo que la semana que viene la tengo toda libre. Nos hará falta.

—Padre, aunque disfruto mucho con su sentido de humor, el motivo que me trae aquí es algo bastante serio. Necesito su ayuda.

—¿De qué se trata? —pregunta intrigado.

—¿Cómo le viene oficiar un funeral ahora mismo?

—¿Un funeral? ¿Ahora? —asiento—. Niña, hay protocolos a seguir en estos casos. El velatorio, preparar la iglesia para la misa, el cementerio…

—Ya, bueno… Eh… Pongamos que no va a ser un funeral convencional. Un buen amigo ha muerto, y necesito que haga esto por mí.

—¿Quiero saber de qué ha muerto tu amigo? —Inquiere frunciendo el ceño. Niego con la cabeza y él resopla—. Está bien, muchacha. Deja que cierre la iglesia y nos vamos.

—Gracias, padre.

El sacerdote se aleja cabeceando y yo miro a Gael sonriendo.

—¿Me devuelves mi mano? —solicito.

—¿Estás loca? ¿De verdad pensabas cargarte al cura si no aceptaba venir con nosotros? —sisea.

—No. Joder, Gael, era una broma. ¿En serio pensaste que lo haría? Vale que soy de gatillo fácil, pero aún no llego a loca homicida.

—¿Estás segura de eso? A mí me disparaste sin dudar ni un segundo.

—Y lo volvería a hacer, pero el padre Sandro me cae bien —contesto encogiéndome de hombros.

Sus ojos brillan con maldad al sujetarme por la cintura y pegar sus labios a los míos.

—¡Santo Dios! —exclama el sacerdote a nuestra espalda—. Sois hermanos. Eso es... No sé ni lo que es.

Sonrío sacudiendo la cabeza y golpeo el hombro de Gael en broma, antes de girarme hacia el pobre hombre.

—Es incesto, padre, pero en este caso estoy libre de pecado. Gael y yo somos hermanos adoptivos.

—Eso ya lo sé, pero os habéis criado como hermanos y... —chasquea la lengua y resopla—. Da igual. Vámonos ya. En una hora tengo que estar de vuelta para oficiar la misa.

Nos metemos en el coche y no tardamos ni diez minutos en llegar. El lugar donde vamos a enterrar a Damián es una zona arbolada en mitad de la montaña. Hacer esto es muy arriesgado. Si la Policía encontrara su cadáver, tendría un hilo por dónde tirar y acabarían llegando a nosotros, pero el riesgo merece la pena. Por Damián, sí.

El padre Sandro le da el último adiós a nuestro amigo mientras de fondo suena la canción *Revolución* de Mago de Oz. Era su grupo favorito, y siempre que nos liábamos en casa con el karaoke, Damián la cantaba a pleno pulmón. Al ver como Juan, Gael y César sepultan la caja de madera que contiene el cuerpo de mi amigo, no puedo evitar que mis ojos se inunden de lágrimas. Voy a echarlo mucho de menos.

Después preparamos una queimada[10], y nos la bebemos en su honor.

Tras el entierro, dejamos al padre Sandro en el mismo lugar donde lo recogimos, y volvemos a casa. Nada más entrar, Ana y Juan empiezan a discutir. Él quiere que ella se vaya a la cama a descansar, y mi amiga se niega.

—¡¿Pero a ti qué mierda te ha dado por querer hacer de enfermero?! —se queja Ana.

—¡Solo quiero que descanses para que puedas recuperarte antes! —replica Juan.

Gael y yo los miramos como quien asiste a un partido de tenis. Durante un buen rato más, siguen gritándose a la cara como dos animales rabiosos.

—¡No me voy a la cama! —insiste mi amiga.

—¡Ana, no voy a volver a repetirlo, o vas por ti misma o te llevo a la fuerza!

—¡Quiero ver cómo lo intentas, *Carabebé*! —le reta.

Veo como Juanillo resopla con fuerza antes de ir hacia ella de manera amenazante.

—¡Arriba! ¡Ahora! —brama.

—¡Vero, dame una pistola! —ordena Ana.

—¡¿Qué?! No voy a darte una pistola —contesto.

—¡Me cago en la puta! ¡Vero, dame un arma ahora mismo! ¡Voy a cargarme a este capullo con complejo de sabelotodo! Le voy a dar… —antes de que pueda terminar la frase, Juan la

---

10.- Bebida típica gallega a base de aguardiente de orujo. Se prepara con fuego y recitando un ritual de llamado a los espíritus. Es una tradición gallega.

besa con fuerza. Gael y yo nos miramos sorprendidos y también divertidos por toda la situación—. ¡Mi brazo, joder! —se queja Ana apartando a Juan de un empujón con su brazo sano.

—Lo siento. Yo no quería...

—Vale, chicos. Resolved esto en alguna de vuestras habitaciones —señalo—. Si me necesitáis, estaré en el despacho.

Camino sonriendo. Ya era hora que esos dos dieran el paso. Están locos el uno por el otro, y también me alegra saber que finalmente Juanillo se ha dado cuenta de que no está enamorado de mí. Puede que cuando éramos niños le gustara, pero ahora somos como hermanos, y eso es algo que él no terminaba de entender.

Me encierro en mi despacho y hago una videollamada para hablar con Roi. Si de verdad él ha sido el responsable del asedio de ayer y la consecuente muerte de Damián, va a pagarlo muy caro. Aunque no espero que se sincere conmigo, Roi no es de los que admite sus errores. Si quiero saber la verdad, voy a tener que usar otros métodos.

RESPONSABILIDAD

Tras dos horas de videollamada, en la que he repasado punto por punto todo el plan de entrega con Roi, desconecto el portátil con la certeza de que algo está tramando. Ni siquiera ha mencionado lo que pasó ayer, y estoy segura de que lo sabe. No sé si él fue el que lo planeó o está encubriendo a alguien, pero aquí hay gato encerrado y yo pienso liberarlo.

Escucho que llaman a la puerta y me apresuro a guardar todos los papeles que tengo esparcidos sobre la mesa. Todo el plan está ahí, y no puedo dejarlo al alcance de cualquiera, pero antes de que pueda terminar mi tarea, Gael entra en el despacho.

—Hola, no quiero interrumpir, pero los obreros ya han terminado y…

—Ah, sí —saco un fajo de billetes del cajón de mi escritorio y se lo tiendo—. Dales esto y las gracias por haber sido tan rápidos.

Gael asiente y se acerca a la puerta para hacer lo que le he pedido. Tras despedirse del encargado de las obras, entra de nuevo en el despacho y cierra la puerta.

—Me ha dicho que mañana llegarán los muebles para sustituir los que se han roto.

—Genial —murmuro terminando de organizar la mesa.

—¿Quieres que me vaya y vuelva cuando hayas escondido todo eso? —miro a Gael frunciendo el ceño y él se encoge de hombros—. No te lo digo como reproche. Si quieres me voy, y cuando tengas todos esos papeles guardados donde yo no pueda verlos, me avisas y entro de nuevo.

Respiro profundo y niego con la cabeza.

—Ven, échales un vistazo y dame tu opinión —señalo mi silla bajo su mirada extrañada.

—¿Hablas en serio? —asiento con la cabeza—. ¿Por qué?

—Alguien me dijo que tengo que empezar a compartir mi carga —contesto con media sonrisa.

Su mirada se ilumina de entusiasmo y felicidad, y camina hacia mí. Se sienta en mi silla y señalo los papeles que están sobre la mesa antes de acomodarme en su regazo.

—¿Qué es esto? —pregunta echándoles un vistazo.

—El plan de recogida de un gran cargamento que estamos a punto de recibir. ¿Cómo lo ves? Se puede decir que eres un experto en el tema.

—Bueno, yo no diría tanto, pero sí he trabajado muchas veces en este tipo de procedimientos. ¿El cargamento hará escala en las islas Azores?

—Sí, en San Miguel. Nosotros nos encargaremos de la recogida y traslado del cargamento hasta Galicia.

—¿No has pensado meterlo por África? Esa ruta suele estar menos controlada —sugiere.

—Sí, pero por tierra es un trayecto demasiado largo. No quiero tener a mis hombres con tres toneladas de droga recorriendo todas las carreteras de Marruecos. Además, eso significaría cruzar el estrecho, y con el tráfico de hachís está demasiado vigilado.

—¿Tres toneladas? Eso es mucha mercancía. ¿Es toda para ti? —alzo una ceja en su dirección y él suelta una carcajada—. Ya sé que eres muy sana y no te metes nada. Voy a reformular la pregunta. ¿Vas a mover tú sola todo ese polvo?

—Nosotros la almacenaremos e iremos surtiendo a los Pazo y a los Quiroga según nos la vayan pidiendo. Una tonelada para cada uno.

—¿Por qué hacer parada en San Miguel y no venir aquí directos? Podrían saltar las alarmas.

—Recogeremos la mercancía en las Azores. Hasta allí son los colombianos quienes se encargan del transporte.

—¿Barcos de pesca? —asiento de nuevo—. Espera… —mira con fijeza uno de los mapas estrechando la mirada—. ¿Van a cruzar toda Colombia y Venezuela con el cargamento?

—Eso parece. El canal de Panamá no es una opción, así que se encargarán de hacer el transporte por carretera. Eso es lo que menos me preocupa. Hasta que la mercancía llegue a la isla, no será problema mío.

—En eso tienes razón —murmura—. Entonces lo tienes todo controlado —su brazo envuelve mi cintura y pega su boca a mi cuello depositando un beso húmedo—. No puedo evitar recordar todas las veces que te vi aquí con tu padre cuando eras pequeña. Te sentabas sobre sus rodillas y prestabas atención a todo lo que él hacía y decía. En aquel momento creía que solo sentías curiosidad, ahora puedo ver que estabas aprendiendo.

—Bueno, hay que aprender del mejor, y mi padre lo era.

—Cierto. Aunque no sé si él estaría muy de acuerdo con la forma en la que has decidido ganarte la vida.

—¿Qué quieres decir con eso? —pregunto confundida.

—Vero, ningún padre desearía esta vida para su hijo. Tener que pasar toda tu vida mirando sobre el hombro, con miedo a que en cualquier momento la Policía invada tu casa y se lleve a tus seres queridos, a tu familia, para acabar el resto de tus días en la cárcel… ¿Tú querrías que tu hijo viviera de esa forma?

—No lo sé. Yo no tengo hijos —contesto encogiéndome de hombres.

—Ya, pero alguna vez habrás pensado en tenerlos —frunzo el ceño y él sonríe—. Creía que las chicas pasabais toda la vida fantaseando con casaros y tener hijos —bromea.

—Siento decepcionarte, pero yo estoy demasiado ocupada abasteciendo a media Europa de sustancias ilegales como para pensar en ello.

—No esperaba menos de ti —dice entre risas—. ¿De verdad nunca lo has pensado, ni cuando eras pequeña?

—Puede que de adolescente. Era muy pava entonces.

—¿Qué dices? Eras un cielo. Rebelde y medio loca, pero un encanto —vuelve a besar mi cuello antes de continuar hablando—. Siempre te pillaba mirándome con ojitos tiernos cuando creías que yo no te veía.

—Lo que yo digo, muy pava. Además, tú me ignorabas. Siempre me tratabas como a tu hermanita pequeña.

—Es que eras mi hermanita pequeña —clava los dientes en mi piel arrancándome un gemido involuntario—. Me moría de ganas de comerte la boca, pero no podía hacerlo. No tienes ni idea de lo difícil que era mantenerme alejado de ti. Si al menos hubiese podido irme… Pero no, el masoquista que vive en mí me obligaba a permanecer a tu lado, viéndote todos los días y sin poder tocarte.

—¿Por qué? —pregunto apartándome un poco.

—¿Lo preguntas en serio? —asiento con la cabeza y clavo mi mirada en la suya—. Tu padre era la persona más importante de mi vida. Él me lo dio todo, un hogar, una familia, un apellido... No podía hacerle eso. Lo respetaba demasiado como para traicionarle de esa manera.

—Si las cosas no hubiesen sido como fueron...

—No, Vero. Si todo hubiese sido distinto, yo nunca habría dado ese paso. No sin tener la aprobación de tu padre.

—No he visto que él te diera aprobación para meterte entre mis piernas anoche.

—Es que esa la tuve hace diez años —lo miro sin entender nada de lo que dice, y él respira profundo sin apartar la mirada—. El día que tu padre me pidió que te sacara de aquí, me dijo que sabía lo que yo sentía por ti, que él no iba a interponerse.

—¿Hablas en serio? —pregunto abriendo los ojos como platos.

—Muy en serio. Ni yo pude creerlo cuando lo escuché. Mi mayor deseo se había cumplido, pero en el peor de los momentos. Mi intención era sacarte del país. Tenía los billetes de avión comprados.

—¿Hacia dónde?

Esboza una sonrisa y sus ojos oscuros brillan con luz propia.

—Isla de Chira, en Costa Rica —suspira—. Una isla, tú y yo, ¿recuerdas? —acaricia mi mejilla sonriendo con tristeza—.

Tu padre sacrificó a su gente y a él mismo para que nosotros pudiéramos vivir en libertad y ser felices. Tenía que hacer una sola cosa, sacarte de aquí, y fui incapaz de lograrlo.

Coloco mi mano sobre su mejilla y siento la aspereza de su barba bajo mis dedos. Me encantaría poder creer en sus palabras sin recelos. No dudar, pero es algo complicado después de todo lo que ha pasado.

Llaman a la puerta y le hago un gesto con la cabeza a Gael para que esconda los papeles, me levanto de su regazo y le doy paso a César, que me mira muy serio y con gesto de preocupación.

—¿Qué pasa? —inquiero.

—Vero, tienes visita. El inspector Velázquez está aquí.

Tras recibir un asentimiento por parte de Gael, respiro profundo y le indico a César que lo haga pasar.

—Verónica, espero no ser inoportuno —saluda el policía tras cruzar el umbral—. Decidí aceptar tu invitación para probar ese orujo tan bueno que tienes —mira hacia Gael y su sonrisa se expande—. Gael Novoa, esta sí es una sorpresa. Según tenía entendido estabas fuera del país.

—He vuelto —contesta Gael acomodándose en mi silla. A simple vista cualquiera pensaría que es el señor de la casa. Está… demasiado cómodo.

—Matías. Puedo llamarte por tu nombre de pila, ¿verdad, inspector? —asiente—. Ya veo que conoces a mi hermano.

Sirvo un poco de licor en un vaso y se lo tiendo antes de indicarle con un gesto de mi mano que tome asiento. Tras ponerse cómodo, el inspector da un trago a su vaso mientras yo me apoyo en el borde del escritorio y me cruzo de brazos.

—Tenías razón, es un orujo excelente. Y sí, Gael Novoa es famoso en el cuerpo de Policía. No todos los segundos mandos de una banda criminal dedicada al narcotráfico andan libres, por ahí a sus anchas, sin sufrir ninguna consecuencia por sus delitos.

—Soy un tío con suerte —comenta Gael con una sonrisa cínica.

—Espero que te estés portando bien, Novoa. Ahora ya no está aquí tu padre para protegerte. Ese trato que hizo con mis compañeros no es válido si te pillamos delinquiendo de nuevo.

Miro a Gael y este me devuelve la mirada. «Es cierto. Fue mi padre quien hizo un trato con la Policía, no Gael». Al menos eso es lo que acaba de afirmar el inspector.

—Solo he venido a visitar a la familia, inspector. Ya sabe, lo de estrechar lazos y todo eso.

—Claro, porque ahora los Novoa son legales, ¿verdad? Los clanes de narcotráfico gallego ya son cosa del pasado, ¿cierto, Verónica?

—Tú lo has dicho, Matías. Pero cuéntame, aparte de venir a probar mi licor, ¿necesitas algo más? Es que ahora mismo nos pillas un poco liados. Supongo que tú también lo estarás. Tu compañero está de baja, ¿verdad? —su sonrisa arrogante se esfuma de inmediato—. Debe ser una putada cargar con su trabajo aparte del tuyo. Tu mujer y tu hija deben estar hartas de que no les prestes atención debido a la sobrecarga de trabajo. ¿Cómo se encuentra la pequeña Coral? ¿Está más recuperada?

—No te creas. Mi mujer sabía que se estaba casando con un policía, uno de los buenos, de esos que no descansan hasta que tiene a los malos donde deben estar, tras las rejas —se bebe el resto de su copa de un trago y pone en pie—. Sin embargo, tienes razón. Tengo mucho trabajo y se me hace tarde. Gracias por la copa, estaba deliciosa.

—Cuando quieras, sabes dónde conseguir más. Siempre eres bienvenido —esbozo mi sonrisa ensayada y lo acompaño a la salida.

Gael nos sigue hasta la puerta y se mantiene en segundo plano mientras yo despido al inspector.

—Nos vemos. Gael —me mira a mí frunciendo el ceño—. Verónica… —tras una teatral despedida, Velázquez se marcha.

Resoplo echándome el pelo hacia atrás con la mano y maldigo en voz alta. Esto no tendría que haber ocurrido.

—¡¿Dónde vas?! —pregunta Gael al ver que me dirijo al piso superior a toda prisa.

—A pedir explicaciones —contesto sin detenerme. Tengo un cabreo monumental y sé quién va a cargar con él.

Al llegar arriba, voy directa a la habitación de Ana y abro la puerta sin llamar. Me doy cuenta de mi error cuando encuentro a mis dos mejores amigos desnudos, besándose sobre la cama mientras gimen en voz alta.

—¡Mierda! —exclama Ana al percatarse de mi presencia. Puedo escuchar la risa baja que emite Gael a mi espalda, y eso me cabrea aún más—. ¡¿Qué coño haces, Vero?! ¿Ahora te ha entrado la vena *voyeur*?

—¡¿Que qué coño hago?! ¡¿Qué haces tú?! —señalo a Juanillo que intenta taparse la entrepierna con una almohada—. Era una pregunta retórica. ¿Me puedes explicar cómo es que acabo de recibir una visita del inspector Velázquez? Se supone que tú le tenías vigilado.

—¡Mierda! No puedo estar pendiente de su posición las veinticuatro horas, pero puse una alarma en la app de rastreo del móvil. Suena si está a menos de trescientos metros de la casa —coge su teléfono de la mesilla y maldice mirando la pantalla—. Lo siento, Vero. No me di cuenta de que había sonado.

—Ya, estabas muy ocupada —señalo—. ¡Esto no es un puto juego! ¡Si queréis follar, hacedlo cuando no interfiera con vuestro trabajo! ¡Joder! ¡Era tu maldita responsabilidad, Ana! —salgo de allí sin siquiera cerrar la puerta y bajo de nuevo las escaleras.

Estoy furiosa. ¿Cómo hemos podido ser tan descuidados? Primero Damián y ahora esto. Toda la situación se me está yendo de las manos y no sé cómo reconducirla.

—¡Vero! ¡Vero! ¡Verónica! —escucho los gritos de Gael y sus pasos detrás de mí, pero no me detengo. Necesito sacar toda esta rabia que tengo dentro de alguna manera —. ¡Vero, espera, joder! —me sujeta por el brazo obligándome a girarme, pero me zafo de su agarre con un fuerte tirón.

—¡Ahora no, Gael! ¡No tengo tiempo para tus gilipolleces! —grito.

—¡¿Gilipolleces?! ¡¿Pero a ti qué mierda te pasa?! ¡¿Te has dado cuenta de la forma en la que has tratado a tus amigos?!

—¡Sí! ¡Sé perfectamente cómo los he tratado! ¡Lo de Velázquez tendríamos que haberlo visto venir! Si no estuviesen tan ocupados echando un puto polvo, sabríamos que vendría y estaríamos preparados.

—¡No ha pasado nada! ¡Tranquilízate, joder! Todo ha salido bien.

—¡¿Bien?! —resoplo frotándome la cara con las manos—. ¡¿Es que tú no te tomas nada en serio?! —frunce el ceño sin entender a qué viene mi ataque—. ¡Te ríes de todo! ¡Siempre estás bromeando y cachondeándote como un puto crío de quince años! ¿Sabes qué puede ocurrir si nos pillan desprevenidos? ¡Iremos todos a la cárcel! Pero eso a ti te da igual, ¿verdad? ¡No eres tú quien va a cargar con el peso de haber puesto a tu familia entre rejas!

—Vero, relájate —susurra intentando acercarse a mí.

—¡No quiero relejarme, joder! —bramo.

Antes de que pueda seguir con mi alegato, Gael se abalanza sobre mí y me besa a la fuerza. Bueno… A la fuerza durante unos segundos, el tiempo suficiente que necesita mi cuerpo para reconocerlo y dejar de oponer resistencia.

—¿Mejor? —susurra contra mis labios cuando nota como dejo de pelear. Asiento agachando la mirada. Me siento agotada—. Todo va a estar bien, Princesa. Tienes que respirar hondo y aprender a relajarte.

—No puedo relajarme —contesto en su mismo tono de voz pausado—. Ayer lo hice, creí que todo había terminado, y justo en ese instante, un buen amigo, un hermano, recibió un disparo que le arrebató la vida. No me pidas que me tranquilice, Gael, porque si algo sale mal, todas las personas a las que amo, terminarán muertas o pasando el resto de sus días en una celda.

—Y por eso no puedes dejarte llevar por la ira y la frustración. Necesitas tener la cabeza fría —respira profundo y enmarca mi rostro con sus manos—. Tu gente depende de ti, cuentan contigo para que los protejas, y no podrás hacerlo si vives en este estado de tensión continuo. Puede que yo sea un irresponsable, que tenga la mentalidad de un adolescente como tú has dicho, pero si algo tengo claro es que no puedo controlar todo y a todos los que están a mi alrededor, y tú tampoco.

Apoyo la frente contra su pecho y suspiro de puro agotamiento.

—¿Cuándo se va a terminar este puto día? —pregunto a nadie en particular.

—Déjame ayudarte —susurra Gael abrazándome—. Ven, vayamos a relajarnos un rato —se aleja y tira de mi mano hacia la puerta principal.

—Espera, ¿dónde me llevas?

—A un lugar tranquilo donde podrás descansar un rato —contesta guiándome hacia el exterior.

Una vez fuera, nos dirigimos al garaje y Gael suelta mi mano para coger un par de cascos, se sube a la moto y enciende el motor.

—¿Dónde vamos? —inquiero alzando una ceja.

—A un lugar que te va a encantar —extiende su mano hacia mí sonriendo de esa forma que tanto me gusta—. ¿Confías en mí?

Dudo. Durante unos segundos no puedo evitar pensar que me estoy dejando llevar por lo que siento por él y eso me hace perder perspectiva, pero tampoco es que pueda negarme. Lo quiero. Estoy total, completa e irremediablemente enamorada de este hombre y no quiero ni puedo hacer nada para remediarlo, así que cojo su mano y me subo tras él en la moto viendo como su sonrisa se ensancha.

SOLEDAD

Gael conduce hasta el puerto. Ni siquiera cuando bajamos de la moto y caminamos hasta uno de los embarcaderos me cuenta cuál es su intención, pero llegados a ese punto, no es difícil deducirlo. Un paseo en barco es algo que suena genial en estos momentos. El mar siempre me ha tranquilizado y ayudado a pensar con claridad.

—¿Te apetece navegar? —pregunto cuando nos detenemos junto a uno de mis barcos.

Gran parte de los que están atracados en esta zona me pertenecen. Solo un par de ellos son de paseo, los demás los usa mi gente para acceder a las bateas y transportar el mejillón a tierra.

—Sí, creo que un paseo por el mar te hará bien. ¿Te gusta este? —señala una lancha de recreo que suelo utilizar para mi uso personal. Asiento. Gael salta a bordo y me tiende su mano para ayudarme a subir.

—Sabes que necesitas una llave para arrancarla, ¿no? —se encoge de hombros y veo como se dirige al motor fueraborda y abre uno de los paneles eléctricos—. Ni de coña vas a hacerle un puente.

—¿Por qué? Solo me llevará unos minutos —alzo la mano para llamar a uno de los vigilantes del embarcadero y Gael me fulmina con la mirada—. ¿Estás loca? ¿Quieres que llamen a la Policía? —sisea.

—A la Policía voy a llamar yo como no saques tus jodidas manos del motor de mi barco.

—¿Tu barco? —afirmo y miro hacia el vigilante.

—Señorita Novoa, ¿va a salir a navegar? —me pregunta.

—Sí. ¿Podrías traerme la copia de la llave? He dejado la mía en casa.

—Sí, por supuesto —el chico se marcha y vuelve un par de minutos después con lo que le he pedido.

No tardamos ni cinco minutos en soltar los amarres y salir del puerto en dirección a mar abierto. Gael dirige la lancha bordeando la costa hasta llegar a una pequeña cala de arena que es inaccesible desde tierra. Detiene el motor antes de llegar a la orilla, tira el ancla y empieza a quitarse la ropa.

—¿Qué haces? —inquiero mirándolo extrañada.

—No voy a meterme en el agua con la ropa. La dejamos en la lancha para que esté seca al volver de la playa.

—¿Y piensas estar desnudo todo el tiempo que estemos allí?

—Sí, ¿tienes algún problema con eso? Tampoco es que vayas a durar demasiado tiempo vestida desde que lleguemos a tierra —sonrío y sacudo la cabeza dándolo por imposible.

Aunque a veces me desquicie, me encanta su buen humor y despreocupación por todo. Desearía poder ser así. No sé qué estoy haciendo. Hace solo unos días lo odiaba con todas mis fuerzas y ahora parce como si mi cerebro hubiese sido secuestrado por mi yo de quince años. Vuelvo a babear por él. Es patético.

—Entonces vamos en plan Adán y Eva, ¿no? —indago deshaciéndome también de la ropa.

—Adán y Eva —repite sonriendo—. Pues no te imagino pariendo críos como una coneja para poblar la tierra —hago una mueca con la boca y él ríe a carcajadas—. Lo dicho, nada de Eva. Solos tú y yo. No tenemos una isla, pero sí una pequeña playa privada.

Cuando ya estamos desnudos, nos lanzamos al mar y nadamos hasta la cala de arena. Ni siquiera llegamos a tierra, en cuanto podemos caminar en el agua, nos lanzamos el uno en los brazos del otro y hacemos el amor arrullados por las olas del mar.

Pasamos la tarde entre besos, caricias y risas. Sí, risas. Me río más de lo que recuerdo haberlo hecho en los últimos diez años. Gael siempre tiene una tontería que decir o una broma que gastar, y yo lo disfruto, porque estos momentos, quizás sean los últimos que pasemos juntos. Esas son las consecuencias de vivir la vida como lo hacemos nosotros.

—¿Qué pasó en ese internado? —me pregunta en un momento en el que estamos tirados boca arriba sobre la arena tras haber disfrutado de una intensa sesión de sexo—. Algo en ti ha cambiado, Princesa. Siempre has sido bastante rebelde, pero la forma en la que te vuelves fría y calculadora por algunos momentos… Eso no se aprende a controlar. Algo tuvo que pasar para que cambiaras.

—Si esperas que te cuente que me maltrataron o abusaron de mí en el internado, te vas a quedar con las ganas. No sucedió nada de eso —suspiro y me giro tumbándome de costado, usando mi brazo derecho a modo de almohada y apoyando el izquierdo sobre su cintura—. Solo me sentía sola. Yo tenía una familia, un padre, muchos tíos que, aunque no eran de mi sangre, los quería como tal, amigos, un hermanastro al que deseaba en secreto… —Gael sonríe y deposita un beso rápido sobre mis labios—. Pero de pronto ya no quedaba nadie, y yo estaba encerrada en un colegio en el culo del mundo, rodeada de un montón de niños pijos que lo único que sabían de mí era que mi padre era un narcotraficante condenado a pasar el resto de sus días en la cárcel. Como podrás adivinar, no era muy popular. Los chavales de esa edad pueden llegar a ser muy crueles.

—¿No había nadie a quien quejarse? No sé, el director del centro, por ejemplo.

—Gael, no tenía a nadie que me defendiera. Al principio eran solo burlas y comentarios maliciosos. Yo no quería problemas así que no hice nada. Intentaba evitar cualquier contacto con los demás alumnos. Iba a clases y después me encerraba en mi habitación. Pero al no hacer nada, ellos se envalentonaron, en especial un grupo de niños de papá con demasiado tiempo libre. Tomaron el joderme la vida como un pasatiempo divertido.

—Hijos de puta —sisea en voz baja—. ¿Alguna vez se lo contaste a alguien? —asiento y me encojo de hombros.

—Las bromas fueron subiendo el nivel de maldad. Una vez colocaron un gato ahorcado en el interior de mi armario. No sé si lo mataron ellos o se lo encontraron muerto, pero imagínate el susto que me llevé. Hablé con la jefa de estudios y con el director, pero ambos me dijeron que lo que tenía que hacer era concentrarme en mis estudios. Que esos alumnos llevaban años allí y nunca habían tenido problemas con ellos. Vamos, que les daba absolutamente igual lo que le pasara a la hija de un narcotraficante que estaba en la cárcel. Yo no tenía a nadie que diera la cara por mí, pero a ellos los respaldaban sus papás ricos y famosos. Algunos eran hijos de políticos y gente muy influyente.

—Debió ser un infierno —susurra acariciando mi rostro.

—Lo fue. Sobre todo, recuerdo lo sola que me sentía. La soledad es un sentimiento muy destructivo. Ni siquiera me importaba lo que dijeran o pensaran esos capullos. Solo quería que me dejaran en paz. Intenté seguir evitándoles, pero el acoso fue a más. Una noche me despertó un ruido y alcancé a ver como uno de ellos me tapaba la cabeza con un saco negro. Batallé para librarme, pero eran cuatro o cinco y me pillaron desprevenida. Me llevaron al sótano del colegio, al cuarto de las calderas, me desnudaron y se dedicaron a sacarme fotos y a pajearse mientras me miraban.

—Te... Joder, dime que no...

—Tranquilo —digo poniendo mi mano sobre su pecho desnudo—. No pasó nada más, pero en ese justo momento supe que, si no hacía nada para evitarlo, tarde o temprano ocurriría. Es como un ladrón que roba por primera vez, empieza con algo insignificante, pero si no lo pillan, si se cree intocable, lo volverá a hacer, y esa vez cogerá más dinero, y la próxima más, y más... Tenía que plantarme y decir basta, así que lo hice.

—¿Qué hiciste exactamente? —pregunta con cautela.

—Les devolví golpe por golpe todas las que me habían hecho. A partir de esa noche yo me convertí en la cazadora y ellos en las presas, y no al revés. Mis bromas eran el doble de pesadas que las suyas, creé bulos sobre ellos y los esparcí por todo el colegio, les amargué la existencia.

—¿Y ellos no hicieron nada?

—Por supuesto que lo hicieron. Volvieron a intentar pillarme desprevenida, pero esa noche yo les esperaba con un bate de béisbol junto a mi cama. El resultado fue, uno con los dientes rotos, otro con conmoción cerebral, y muchos, muchos, muchos hematomas.

—Esa es mi Princesa —comenta sonriendo.

—Yo estuve limpiando cuadras y fregando baños el resto del curso, pero ellos no volvieron a molestarme nunca, nadie lo hizo. Incluso los profesores me temían. Acababan de conocer a una Novoa, y no era alguien a quien se pudiera mangonear.

—Lo siento, Vero. Tendría que haber ido a por ti. Creí que estarías más segura si no tenías contacto conmigo, pero nunca pensé... No tenía ni idea de lo que estabas viviendo.

—No lo sientas. Vivir eso me hizo más fuerte, más independiente. Me di cuenta de que nunca nadie va a hacer nada por mí. Si quiero algo, tengo que lograrlo por mí misma, y no importa lo que tenga que hacer para conseguirlo.

—No tendría por qué ser así —murmura jugando con un mechón de mi pelo entre sus dedos—. Podrías dejar todo esto atrás y... —alzo una ceja en su dirección y él sonríe—. ¿Qué? ¿Por qué no? Podemos tener una vida maravillosa lejos de todo esto.

—¿Podemos? Gael, ¿me estás pidiendo que deje toda mi vida y me fugue contigo o algo así?

—Algo así. No sería una fuga. Nosotros somos dueños de nuestras vidas. Solo nos iríamos y listo. ¿No estás cansada de vivir siempre al límite? —me encojo de hombros y su sonrisa ladeada vuelve a aparecer—. No, claro que no. Esa es la diferencia entre nosotros. Yo soy de los que se conforma con una vida tranquila, sin sobresaltos, junto a la mujer que amo y en un futuro un par de chiquillos, una casa en la playa, un perro... No pido más que eso, pero tú necesitas la adrenalina y el poder que te da esta forma de vida, ¿verdad?

—No se trata de adrenalina o de poder. Se trata de no fallarle a mi gente. ¿Sabes cuántas personas viven de este negocio? ¿Te haces una idea de las bocas que alimenta?

—Vero, sabes que podrías seguir con el negocio del mejillón y el trabajo se mantendría en la ciudad.

—No de la misma forma. Meiral de Gredos ha mejorado su economía en un trescientos por ciento desde que yo volví a casa y al negocio familiar. Nunca habría logrado algo así con la cría de mejillón.

—Sí, tienes razón, pero ahora no lo necesitas. Puedes dejarlo, Princesa. Sabes que solo es cuestión de tiempo. Tarde o temprano vas a tener que hacerlo. ¿Por qué no ahora? Quizás después sea demasiado tarde.

—Un delincuente está intentando convencerme para que deje de delinquir. Eso no es algo que se escuche todos los días —comento divertida.

—Yo he pasado por eso. He visto como toda mi familia ha terminado muerta o en la cárcel. No quiero que a ti te ocurra lo mismo. Si… —deja la frase a medias y frunce el ceño.

—¿Qué pasa?

—Shhh —pone un dedo sobre mis labios pidiéndome silencio—. Acabo de escuchar un motor.

—Será algún barco de pesca que andará cerca de aquí —deduzco mirando hacia la orilla.

—No parecía un barco de pesca. Hay algo raro —afirma muy serio.

—¿Has traído un arma? —pregunto poniéndome en pie de un salto.

—En la lancha —responde haciendo una mueca con los labios.

—Qué bien. En la lancha también tengo yo una. Vamos cuanto antes. Aquí somos un blanco fácil y estamos indefensos.

Nos lanzamos al agua y nadamos a toda prisa hasta llegar al barco. Gael sube a bordo y estira su mano para ayudarme, pero antes de que pueda agarrarla, siento como alguien me agarra el tobillo tira de mí hacia abajo. Ni siquiera tengo tiempo a reaccionar cuando me veo sumergida por completo bajo el agua. Pataleo para liberarme de mi captor, pero no lo consigo. Al mirar hacia abajo, compruebo que un hombre vestido con un buzo negro es el que está intentando ahogarme. Grito con fuerza, pero el agua salada entrando por mi garganta amortigua mi voz y me deja exhausta.

«Necesito respirar». Me arden los pulmones y siento que estoy a punto de perder la consciencia. «Un esfuerzo más». Apunto como puedo y lanzo la pierna que tengo libre hacia la cara de mi enemigo arrancándole el respirador de oxígeno de la boca. Eso provoca que me suelte un segundo, justo el tiempo que necesito para nadar hacia el exterior y coger una gran bocanada de aire. Busco a Gael, pero no lo encuentro por ningún lado y mi respiración agitada no me permite llamarle. Entonces siento como esa mano sujeta de nuevo mi pie. Intento coger todo el aire que me cabe en el pecho antes de sumergirme. Otra vez vuelvo a luchar, pero en esa ocasión con más ganas. «Este hijo de puta quiere matarme, pero hace falta más que quererlo para conseguirlo». Estoy a punto de ir hacia él, cuando veo como el agua se vuelve roja frente a mí. Es sangre, estoy segura. Palpo mi cuerpo buscando una herida, algún lugar de donde pueda salir toda esa sangre, pero no encuentro nada y vuelvo a estar sin aire. Entonces la mano que rodea mi tobillo se afloja y puedo salir al exterior.

En cuanto me sujeto al borde de la lancha, no tarda ni dos segundos en que Gael salga a la superficie, y también el cuerpo del hijo de puta que ha intentado asesinarme.

—¿Estás bien? —pregunta Gael tras nadar hacia mí más veloz que un atleta olímpico—. Verónica, ¿estás herida? —sujeta mi cara con sus manos y yo niego con la cabeza mientras intento recuperar el aliento.

Miro hacia el cadáver que flota a nuestro lado y me doy cuenta de que la sangre proviene de él.

—Lo has matado —susurro con voz ronca.

—Tú me has salvado la vida dos veces, aún te debo otra —señala con un amago de sonrisa—. Vamos, te ayudo a subir y nos largamos de aquí.

Tras comprobar que no conocemos a nuestro agresor, nos vestimos y volvemos al puerto a toda velocidad. No tardamos en llegar a casa, agotados y con mil dudas en nuestras cabezas. ¿Quién demonios está intentando matarnos? ¿Iban a por mí o a por Gael? Y, ¿por qué? ¿Quién quiere vernos muertos?

Ana es la primera persona con la que me topo al entrar en la cocina. Nos cruzamos y ella agacha la mirada con gesto de culpabilidad.

—¿Qué tal el paseo? —pregunta con cautela.

—Bien —abro la nevera y saco un botellín de agua que me bebo en dos tragos. Tras tirar el recipiente de plástico al contenedor de basura, me giro hacia ella—. Han intentado matarnos, otra vez, pero el paseo ha ido genial.

—Espera… ¡¿Mataros?! ¿Qué ha pasado? —inquiere mi amiga.

—No lo sé, pero nos estaban vigilando, y eso no me cuadra. Hay alguien que intenta librarse de mí, o de Gael, o quizá de ambos, aún no estoy muy segura. ¿Puedes acceder al teléfono móvil cifrado que conseguiste para Roi?

—¿Crees que él tuvo algo que ver en todo esto?

—No tengo ni idea, pero hay algo aquí que no me gusta nada. Primero el asedio a la casa y ahora nos vigilan e intentan matarnos. No sé si es Roi quien está dando las órdenes, pero prefiero mantenerlo vigilado.

—Sí, claro. Echaré un vistazo a su lista de llamadas y te informo con lo que sea. Te prometo que no volverá a suceder lo del inspector Velázquez.

Resoplo y me acerco a mi amiga, agarro su mano y la miro a los ojos.

—Siento mucho lo que pasó antes, Ana. Perdí la cabeza y me arrepiento de haberte tratado tan mal. Me alegra muchísimo que Juanillo y tú finalmente os estéis entendiendo. Yo solo quiero…

—Mantenernos a salvo —termina por mí—. Lo sé, Vero. Si pensaste que yo te iba a reprochar algo por la que montaste hace unas horas, te equivocas. Sé que solo te preocupas por nosotros. Hemos perdido a Damián y eso te asusta, porque te has dado cuenta de que el siguiente podría ser Juanillo, César, yo o tú misma.

—Me conoces demasiado bien, y eso es una putada —comento con media sonrisa.

—Verónica, ¿estás bien? —pregunta Juan entrando en la cocina como un vendaval—. Gael me acaba de contar lo que ha pasado.

Miro hacia la puerta y veo a mi chico apoyado contra el marco con las manos metidas en los bolsillos delanteros del pantalón.

—Estoy bien. Gael estuvo ágil en reflejos y me salvó la vida —contesto.

—Por primera vez, me alegro de que haya vuelto —masculla mi amigo mirando hacia Gael de reojo.

—Pues ve haciéndote a la idea, hermano, porque va a quedarse aquí con nosotros —Juan frunce el ceño y va a replicar, pero alzo una mano para acallarlo y continúo hablando—. No necesito tu permiso. Sé que tienes tus motivos para dudar de él, y lo entiendo, pero a partir de mañana Gael va a trabajar con nosotros. Lo pondremos al día de todo lo referente a la próxima recogida y tomaremos en cuenta sus sugerencias. Me da igual si no te gusta. Yo confío en él.

Mi amigo asiente de mala gana y miro hacia Gael, él me dedica una amplia sonrisa. Quizás me esté equivocando, pero necesito hacer esto. Tengo que comprobar si Gael es o no uno de los nuestros.

TRAICIÓN

Han pasado dos semanas desde que asediaron la casa y asesinaron a Damián. Desde entonces, he reforzado la seguridad. Nadie entra ni sale solo de la casa. Tampoco es que eso fuese a ocurrir, Juanillo y Ana están en plena luna de miel, y Gael y yo… Bueno, no nos va mal. Pasamos todo el día juntos, planeando la forma más fácil y segura de meter en el país el cargamento que vamos a recibir. Ha sido de mucha ayuda, es un gran estratega y le sobra experiencia en estas transacciones. Cambiamos por completo el plan inicial. La droga será descargada en una de las playas de Meiral de Gredos en vez del pueblo vecino, que era como íbamos a actuar inicialmente. También hemos retrasado el desembarco una semana. Para los marineros que transportan la mercancía en los cuatro barcos de pesca, fue algo complicado, ya que tuvieron que permanecer en el mar más tiempo de lo esperado, pero necesitábamos despistar a Roi. Aún no sé si puedo confiar en él.

—Repasémoslo todo una última vez —ordeno.

Estamos reunidos Gael, Ana, Juan, César y yo en mi despacho desde primera hora de la tarde. Ya ha anochecido hace un par de horas, así que casi ha llegado el momento de ponerse a trabajar de verdad.

—Yo me encargo de vigilar los canales de Policía y avisaros si hay algo extraño —señala Ana.

—César y yo nos vamos a la playa, supervisamos el desembarco y nos encargamos de dirigir los camiones hacia el puerto —continúa Juanillo.

—Verónica y yo estaremos allí esperando. Supervisaremos la descarga de los camiones y que las lanchas repartan la mercancía por las bateas para su almacenaje —concluye Gael.

—Tendréis vía libre con la Policía, chicos. Los municipales estarán ocupados. Nuestro amigo, el alcalde Rivera, se ha ocupado de ello. La guardia civil también está controlada. Nuestro único problema es la Policía Nacional. Si veis luces azules, dejáis todo y os largáis de ese lugar cagando leches. No quiero que nadie se quede atrás. Puedo asumir que perdamos la mercancía, pero no quiero bajas humanas, ¿estamos? —todos asienten—. Bien, salimos en diez minutos.

Mis compañeros se marchan dejándonos solos a Gael y a mí. Él se sienta en el borde de mi mesa y clava su mirada en la mía.

—¿Qué te pasa? —pregunta cruzándose de brazos—. Llevas muy seria todo el día.

—Nada. Solo estoy intentando concentrarme en nuestra tarea de hoy. Esto es muy importante, y todo tiene que salir según lo planeado —contesto y aparto la mirada.

—¿Estás segura de que es solo eso? Esta mañana, cuando me desperté, ya no estabas en la cama, y has estado rehuyendo mi mirada todo el día.

—Ya te he dicho que no pasa nada, Gael. Solo estoy preocupada por lo de esta noche.

Sus dedos sujetan mi barbilla y la alzan para que lo mire.

—Vero, si quieres decirme algo, este es el momento. No quiero que salgamos ahí fuera ocultándonos cosas. Tiene que haber confianza entre nosotros para que esto salga bien.

—No tengo nada que decir. ¿¡Y tú? ¿Hay algo que quieras contarme? Como has dicho, este es el momento indicado para ser sinceros.

Resopla y niega con la cabeza.

—No, ya lo sabes todo sobre mí.

—Bien, en ese caso, vámonos ya —señalo poniéndome en pie, pero antes de que pueda empezar a caminar hacia la salida, sus manos se aferran a mi cintura y me abraza hundiendo el rostro en mi cuello.

—Estas dos semanas, contigo, han sido las mejores de mi vida, Princesa —susurra—. Te quiero más de lo que nunca podrías llegar a imaginar.

—Eso suena a despedida —murmuro apartándolo de mí para mirarle de frente.

—Porque lo es. Ya sabes cómo son estas operaciones. Pueden ocurrir imprevistos y… Por si acaso, quiero que sepas lo importante que eres para mí.

Esbozo una sonrisa triste y coloco mi mano en su mejilla. Acaricio su barba corta y respiro hondo.

—Tú también eres importante para mí, Gael. Te quie…

—No lo digas —pide poniendo su dedo índice sobre mis labios—. Sé lo que sientes por mí, siempre lo he sabido, pero no quiero que lo digas, no ahora. Cuando todo esto pase, tú y yo hablaremos y nos lo diremos todo.

—¿Cuándo todo esto acabe? ¿Hablas de lo de esta noche? — asiente—. Esto nunca se acaba, Gael. Después de esta operación vendrá otra. Así es la vida del narcotraficante.

—Aún estamos a tiempo de fugarnos juntos —dice sonriendo de medio lado—. Nos largamos y punto.

—Va a ser que no —acerco mi cara a la suya y lo beso. Un beso rápido, pero cargado de sentimientos—. Vamos o llegaremos tarde.

—Sí, vámonos —repite.

Nos despedimos frente a la puerta deseándonos suerte los unos a los otros. Ana se quedará en casa, César y Juanillo se montan en uno de los todoterrenos negros y Gael y yo en el otro.

Durante el trayecto ninguno de los dos habla. Yo conduzco siguiendo el coche en el que van mis amigos hasta que nuestros caminos se separan, ellos siguen la carretera hacia la playa, y yo me desvío por una carretera secundaria.

—Por aquí no vamos hacia el puerto —señala Gael.

—Vamos a dar un rodeo primero. Aún tenemos tiempo antes de que la mercancía llegue allí —contesto.

—Creí que querías organizar a los hombres con tiempo para la descarga.

—Hay tiempo —repito mirándole de reojo.

Según vamos subiendo la montaña, puedo notar como Gael se va poniendo cada vez más nervioso. Esto no es lo que habíamos planeado, pero sí lo que yo necesito hacer. Aparco frente al mirador y tras respirar hondo apago el motor.

—¿Qué hacemos aquí? —inquiere.

—He pensado que nos vendría bien coger un poco de aire fresco antes de que todo empiece, y qué mejor lugar que este. Los dos adoramos este sitio.

—Cierto. Vamos, salgamos un rato —propone.

Nos sentamos en una de las rocas que hay ante el precipicio. Desde aquí podemos ver el paisaje nocturno de toda la ciudad. Miles de luces, algunas de hogares, otras de los faros de los coches, y más allá, en una pequeña playa, unas luces intermitentes que podrían pasar desapercibidas para cualquiera, pero yo sé de qué se trata. Son mis hombres esperando a los barcos que están a punto de atracar. No puedo verlos porque navegan en total oscuridad, pero yo sé que están ahí.

—Ya ha empezado —murmuro mirando fijamente hacia ese punto en concreto.

—Lo sé. Te diría que tenemos que darnos prisa en llegar al puerto, pero no vamos a ir allí, ¿verdad?

Lo miro y sonrío negando con la cabeza.

—Eso solo depende de ti, Gael. Mientras veníamos de camino, estaba rezando, pidiéndole a un dios en el que ni siquiera creo, estar equivocada. Aún tengo la esperanza de que podamos salir de aquí e irnos a casa, juntos —en ese preciso instante, por el rabillo del ojo, veo como la playa en la que antes había solo un par de pequeñas luces blancas, es iluminada completamente por luces azules intermitentes. Cierro los ojos con fuerza cuando el sonido metálico que emite mi pistola cuando le quito el seguro, resuena en el silencio de la noche—. Supongo que mis esperanzas acaban de ser pisoteadas por tu traición.

Gael mira hacia la playa y exhala con fuerza.

—¿Vas a matarme? Creí que ya habíamos superado eso. ¿Ni siquiera vas a preguntarme por qué lo he hecho?

—¿Me dirás la verdad? —me mira y esboza una sonrisa que no le llega a los ojos.

—Sí, toda la verdad.

—Muy bien —me levanto y le apunto a la cabeza—. Empieza diciéndome por qué coño has vuelto. ¿Te envió la Policía? Ni siquiera intentes soltarme otra vez el rollo de la *bratva* porque ambos sabemos que eso es una sarta de mentiras. No hay nadie buscándote, Gael.

—Lo has comprobado —afirma poniéndose en pie.

—Por supuesto que lo he comprobado. Si la *bratva* estuviera buscándote, habría una recompensa por tu cabeza en la web oscura, pero Ana no ha encontrado ni rastro de ti. Además, me aseguré de ello hablando con un amigo que tiene influencias entre la mafia rusa. Nadie te conoce ni ha escuchado hablar de ti.

—¿Un amigo? —afirmo—. ¿El mismo con el que Ana concertó la cita justo antes de la cena con tu amigo italiano cuando fuimos a Palermo? ¿El mismo con el que comiste al día siguiente? —alzo una ceja en su dirección y él suelta una carcajada macabra—. ¡¿Crees que soy imbécil, Verónica?! ¡Me pusiste delante una puta cortina de humo! Mientras me presentabas al puto italiano que te follabas, haciéndome creer que era tu contacto, te veías a escondidas con el ruso al que le compraste el submarino que probablemente esté ahora mismo siendo descargado en cualquier playa cercana. ¡¿De verdad pensaste que me la estabas colando?!

—¡¿Cómo mierda sabes lo del submarino?! —grito pegando el cañón de la pistola a su sien.

—Porque yo habría hecho exactamente lo mismo.

—¡Hijo de puta, mentiroso! —exclamo.

—¿Mentiroso yo? ¡¿Tú no lo eres?! ¡Mira toda la pantomima que has montado! Y sabes lo peor… Que cada mentira que me contaste, yo la sabía. Me llamas mentiroso a mí mientras tú te la das de muy digna, pero eres tú la que comparte cama conmigo todas las noches solo para hacerme pensar que confías en mí. ¿En qué te convierte eso? —toma una respiración profunda y niega con la cabeza—. En estas semanas he guardado silencio mientras sabía que cada uno de tus besos, de tus caricias… que cada maldita vez que hacíamos el amor estabas fingiendo.

—Muy bien. Yo sabía que tú estabas mintiendo y tú que yo lo hacía. ¡Eso no explica por qué demonios te metiste en mi casa!

—¡Ya lo sabes, joder! ¡Sabes que trabajo con la Policía! ¡¿Era eso lo que querías escuchar?! ¡No he estado en Rusia y no me persigue ningún mafioso! ¡Volví a casa siguiendo órdenes de la Policía!

—Te voy a matar, maldito cabrón. Lo de mi padre también es mentira, ¿verdad? ¡Fuiste tú quien los traicionó!

Resopla y mira el reloj en su pulsera con gesto nervioso y enfadado.

—Verónica, tenemos que irnos de aquí.

—Tú no vas a ir a ningún lado. Tu próximo destino es el fondo del mar.

—¡Vero, baja la puta pistola! Tenemos que marcharnos ahora mismo.

—¡¿Por qué?! ¡¿Por qué coño tienes tanta prisa en que nos vayamos?!

—¡Porque seguramente ya se habrán dado cuenta de que esos barcos están vacíos y saben que los he traicionado!

—¡¿De qué mierda estás hablando?!

—¡Piensa un poco, joder! ¡Estás tan cegada por la rabia que no te das cuenta de que a pesar de que yo sabía que la mercancía no estaba en esos barcos, les aseguré que era así! ¡Les he dado información falsa intencionalmente! Ahora ellos han quedado al descubierto y ya saben que no estoy de su lado.

—¿Ah, no? ¿Del lado de quién estás, entonces?!

—¡Del tuyo! ¡¿Por qué crees que acepté trabajar para ellos?! ¡Solo intento protegerte!

—¡Y una mierda! Acabas de verte descubierto y ahora te inventas eso para intentar salvarte.

—¿Salvarme? ¡¿De verdad crees que puedes matarme?! —sujeta el cañón de la pistola contra su frente y clava sus ojos en los míos—. ¡Hazlo! ¡Vamos, Verónica! ¡Joder, aprieta el puto gatillo! —mis ojos se inundan de lágrimas sin que pueda hacer nada para evitarlo. Lo odio. Lo odio por su traición, por su engaño, por todas sus mentiras. Sin embargo, también lo amo, aunque sé que no debería y que ese amor me va a llevar a la tumba. Acaricio el gatillo con el dedo, intentando reunir el valor para hacer lo que debo. No es tan difícil, lo he hecho cientos de veces, solo tengo que presionar esa pequeña palanca y todo habrá acabado. Cierro los ojos, respiro hondo y me preparo. Me ha traicionado, a mí y a toda mi gente—. Verónica, abre los ojos —ordena—. Si vas a matarme, hazlo de frente. Quiero que tus ojos sean lo último que vea antes de morir —hago lo que me pide, lo miro y él sonríe de esa forma que tanto me gusta—. No pasa nada, Princesa —susurra. Vuelvo a cerrar los ojos y presiono el gatillo.

Las lágrimas corren por mis mejillas mientras intento recuperar el control de mi respiración. Un segundo, un maldito instante, solo he tardado ese tiempo en desviar la pistola de su cabeza antes de disparar. Lo he intentado, pero una vez más no he sido capaz de matarle, y no creo que lo sea jamás.

Me agacho llorando y siento las manos de Gael sobre mis brazos, pero lo aparto de un empujón.

—Vero, tenemos que irnos —dice. Entonces escucho unas sirenas de Policía muy cerca—. ¡Mierda, ya vienen! ¡Tenemos que marcharnos ahora mismo! —intenta agarrarme de nuevo, pero vuelvo a apartarlo—. Escúchame, Princesa. Te lo explicaré todo, pero tenemos que salir de aquí. Si nos pillan, los dos acabaremos en prisión.

—¡No me toques! —bramo cuando vuelve a tocarme.

—¡Verónica! —me sujeta con fuerza por los hombros y me zarandea—. ¡Están llegando! ¡Van a meternos en la cárcel! —sus gritos provocan que algo se encienda en mi cabeza, una señal de alarma que activa todos mis sentidos de nuevo—. ¡Levántate, vamos! —hago lo que me ordena y empiezo a correr hacia el coche, pero Gael me detiene tirando mi brazo —. ¡No! ¡Es demasiado tarde! Solo hay una carretera para subir y para bajar. No podemos escapar sin cruzarnos con la Policía.

—Entonces, ¡¿qué coño hacemos?!

—¡Vamos! —empieza a correr monte adentro arrastrándome por el brazo.

Tropiezo con varias ramas hasta que consigo accionar el modo huida en mi cerebro. A partir de ese momento, me suelto del agarre de Gael y corro tras él escuchando los pasos y gritos de los policías pisándonos los talones. Echo varias veces la vista hacia atrás, y consigo ver las luces de las linternas alumbrando la vegetación. Corremos aún más rápido, hasta que siento como me queman los pulmones y mi corazón late con tanta fuerza que parece querer atravesar mi caja torácica.

—¿Por qué no conseguimos librarnos de ellos? —pregunto en susurros cuando nos detenemos a coger aire.

Nos escondemos tras el enorme tronco de un árbol escuchando a lo lejos como los policías se gritan órdenes y directrices.

—Llevo un localizador GPS subcutáneo —contesta señalando su espalda.

—Maldito hijo de puta —siseo mirándolo con odio.

—Ya, cariño. Después ya tendrás tiempo de insultarme todo lo que quieras, pero ahora necesito librarme de este chisme o no conseguiremos darles esquinazo —saca una navaja de su bolsillo y me la tiende—. Sácamelo, está justo sobre el omoplato izquierdo —se gira y se quita la camiseta por la cabeza.

—¿Cómo coño pretendes que vea algo en mitad de la noche, Gael?

—No necesitas verlo. Toca mi espalda, donde yo te he dicho, vas a notar un pequeño bulto. Solo tienes que hacer un corte y sacar el localizador.

—Sí, muy sencillo —murmuro en tono irónico.

—Date prisa, Verónica. Ya están llegando —susurra cuando escuchamos de nuevo las pisadas, esta vez mucho más cerca de nuestra posición.

Pongo mi mano sobre su espalda y tanteo con los dedos la piel que cubre su omoplato izquierdo. No puedo evitar pensar que justo anoche recorrí esta y gran parte de su cuerpo con mis manos en un contexto muy distinto. Ayer aún tenía la esperanza de que mis sospechas fuesen infundadas. Pero no ha resultado ser así. Yo estaba en lo cierto, y Gael es un traidor que nos ha vendido a la Policía.

Noto la pequeña rugosidad bajo mi dedo índice y no tardo en clavar la punta de la navaja en la carne para abrir un pequeño hueco. Gael suelta un gemido de dolor y yo chisteo para hacerle callar. «¿Le duele? Bien. ¡Que se joda!».

—Ya está —digo cuando consigo extraer el localizador. Siento la humedad y el calor de su sangre en mis manos.

—Lo has disfrutado, ¿verdad? —pregunta poniéndose la camiseta de nuevo.

—Disfrutaría más si pudiera hacerlo cien o doscientas veces —replico guardando la navaja en el bolsillo trasero de mi pantalón.

—Cielo, creo que tenemos un grave problema de comunicación. Si salimos vivos de esta, tendremos que ir a terapia de pareja o algo así.

—Gael, ¿sabes por donde te puedes meter tus bromitas? —siseo con rabia.

—Vale, no estás de humor. Entendido —lanza el localizador al suelo y resopla—. Vamos, conozco un lugar donde podremos escondernos hasta que se vayan.

Volvemos a correr a través de la maleza, pero ahora conseguimos coger más distancia de nuestros perseguidores. Ya no tienen cómo seguirnos en mitad del monte, y esta zona Gael se la conoce muy bien, incluso por la noche. Estamos en nuestro terreno y eso nos da ventaja. Al menos hasta que ellos se reagrupen y decidan crear partidas de búsqueda para peinar el monte dándonos caza. Para entonces, tenemos que haber conseguido salir de aquí o estaremos muy jodidos.

REDENCIÓN

—¿Sabes hacia dónde vamos o estamos perdidos? —pregunto tras varias horas caminando.

—Sé perfectamente a dónde me dirijo. Estamos llegando — responde.

Estoy empapada en sudor y casi no siento los pies, pero al menos hemos conseguido despistar a la Policía.

—No tendrás un teléfono móvil, ¿no?

—Lo dejé en el coche, igual que tú.

—¡De puta madre! —mascullo—. ¿Cómo se supone que vamos a salir de aquí?

—De noche no, eso seguro —se detiene y mira hacia ambos lados—. Ven, es aquí —señala una gran roca cubierta de maleza.

—Qué bien, has encontrado justo la piedra que había perdido —comento en tono sarcástico—. Ha sido un detalle por tu parte traerme hasta aquí para buscarla.

Gael resopla y empieza a retirar la maleza que hay en un lateral de la roca.

—Si me ayudaras, en vez de quejarte tanto, acabaríamos antes, Princesa —a pesar de la oscuridad, puedo ver como un pequeño hueco en la roca empieza a aparecer—. Vamos, creo que ya podemos entrar.

—¿Eso es una cueva? ¿Qué te hace pensar que voy a meterme en una cueva contigo? Es más, ni siquiera sé qué demonios hago aquí. ¿Por qué me has hecho huir? En ese barco no había nada. No pueden acusarme de ningún crimen. Has sido tú el que les ha dado información falsa, así que yo me vuelvo a casa.

—Tú no te vas a ningún lado. Aún no lo has entendido, ¿verdad? No estamos aquí por mí. Como mucho he perdido la credibilidad con la Policía, pero no pueden acusarme de nada. Eres tú quién está muy jodida.

—¿De qué mierda estás hablando? No tienen nada en mi contra.

—Te equivocas, Verónica. Tienen pruebas suficientes para enviarte a la cárcel el resto de tu vida —lo miro sin entender de qué está hablando—. Hay grabaciones, documentos, audios, fotografías… Solo estaban esperando para conseguir pruebas incriminatorias contra las personas que trabajan para ti, y sobre todo, de tu proveedor.

—No puede ser —susurro llevándome las manos a la cabeza.

—¿Por qué demonios crees que me ofrecí para ayudarles?

—No sé. ¡¿Porque eres un cabronazo de mierda?!

—Velázquez vino a hablar conmigo a Berlín. Allí fue donde estuve estos diez años. No le fue difícil encontrarme, ya que no me estaba escondiendo. He mantenido una vida legal desde que detuvieron a tu padre. Él me ofreció infiltrarme en la nueva organización e informarles desde dentro.

—¿Y tú qué ganabas a cambio? ¿Qué trato hiciste con ellos?

—Me permitirían acceder a todos los bienes incautados de los Novoa. Todo el dinero, las cuentas, todo… Solo tenía que darles los nombres de tus trabajadores y de tus proveedores, y a ser posible, informarles de cuándo y dónde se produciría una entrega de droga importante.

—Vamos, que te vendiste como el puto perro usurero que eres, ¿no? —escupo con rabia—. Primero traicionaste a mi padre y ahora a mí.

—¡Joder, no has entendido una mierda! ¡Yo no traicioné a tu padre! Lo que te conté sobre él es verdad. Xacinto Novoa hizo un trato con la Policía. Yo también lo hice, pero no fue ni por dinero ni por traicionarte.

—¡Entonces, ¿por qué mierda lo hiciste?!

—¡¿Por qué hago todo lo que hago, Vero?! ¡Por ti! —grita perdiendo los nervios—. Desde que he vuelto, no hago otra cosa que intentar convencerte de que lo dejes todo y nos larguemos de aquí. ¿Cómo puedes creer, aunque sea por un segundo, que yo te delataría? ¡Solo intento cuidar de ti!

—Muy buena, Gael. Ahora pretendes ser una hermanita de la caridad —. Sonrío negando con la cabeza—. Solo le hiciste creer a la Policía que estabas de su lado para ayudarme, ¿es eso? —asiente—. Entonces, ¿por qué no me lo dijiste? ¿Por qué no me advertiste de lo que estaba pasando?

—¡¿Me hubieses creído?! ¡Ni siquiera me estás creyendo ahora, después de lo que hemos vivido juntos! Nada más verme, me pegaste un jodido tiro en la pierna. ¿Qué habrías hecho de saber que fue la Policía quien me envió a tu casa?

—Matarte, eso es lo que tendría que haber hecho ese día. O mejor, dejar que Roi te despedazara vivo en aquel cuchitril, en vez de salvarte la vida.

—Pero no lo hiciste, porque me quieres, y porque sabes que yo le era leal a tu padre y te soy leal a ti.

—¿Qué se supone que quieres ahora? ¿Qué buscas? ¿Redención?

—No. Yo no tengo que redimirme, porque no he hecho nada malo. ¡Tienes que creerme, joder!

—Yo no tengo que hacer nada. Cuando salgamos de aquí…

—Cuando salgamos de aquí, vas a huir. Ahora que saben que los he traicionado, irán a por ti. No van a arriesgarse a que te largues del país. También a por Quiroga y Pazo.

—¡¿Qué?! ¡¿Cómo que irán a por ellos?! —inquiero.

—Vosotros sois los cabezas de familia, los líderes de los tres clanes. Os van a encerrar a los tres.

—¡Mierda! ¡Joder! —grito pateando una rama.

—¿Quieres dejar de gritar? Si te pillan aquí, te llevarán directa a un calabozo. Si conseguimos llegar a casa, puedes tener una oportunidad.

—Explícate —ordeno tras resoplar.

—Si quieren entrar en tu casa, necesitan una orden judicial, y tienen que lograr que un juez emita una orden de búsqueda y captura para detenerte. Eso no pueden conseguirlo tan fácil. El plan es salir de aquí en cuanto amanezca, llegar a casa y desde ahí vemos hacia donde nos vamos.

—Yo no pienso irme a ningún lado. No voy a abandonar a mi familia.

—Verónica, ¿no me has escuchado? No tienen pruebas sólidas contra ellos, pero sí en tu contra. Si no te vas, te encerrarán en una jodida prisión.

—¿Por qué debería creerte? ¿Cómo sé que esta no es otra de tus mentiras, Gael?

—Porque me conoces —se acerca a mí y antes de que pueda darme cuenta tiene mi rostro entre sus manos y su frente pegada a la mía—. Sabes que digo la verdad. Haría cualquier cosa por ti, Princesa. Solo quiero que nos larguemos juntos de una maldita vez. Siento mucho haberte engañado, pero no me arrepiento. Todo lo que he hecho, ha sido para evitar verte encerrada el resto de tu vida.

—Suéltame —ordeno empujándolo—. Ya no sé ni qué pensar ni qué creer. Todo lo que sale de ti son mentiras y engaños.

—Vamos, Vero. Tú sabías que yo estaba jugando a dos bandas, y yo sabía que lo sabías. Esto no es algo nuevo para ti. Intentaste hacerme pensar que confiabas en mí, pero yo era muy consciente de que jugabas sucio.

—Te equivocas —susurro intentando retener las lágrimas que pugnan por salir de mis ojos—. Yo no fingí confiar en ti, quería hacerlo. Te juro que hubiese dado cualquier cosa por haber estado equivocada.

—Vero —Gael da un paso hacia mí, pero lo detengo alzando una mano entre los dos.

—En un par de horas amanecerá. Descansemos un rato en tu dichosa cueva. Necesito llegar a casa para encontrar una puta solución a este problema.

—Solo hay dos opciones, huyes o vas a la cárcel.

—En ese caso, creo que debería tomar una decisión cuanto antes —murmuro entrando en la cueva.

Durante las siguientes dos horas, ninguno de los dos habla. No puedo dejar de pensar en el cambio radical que ha dado mi vida en apenas unas horas. La Policía está buscándome y es probable que pase el resto de mi vida en prisión, pero ¿qué otra opción tengo? ¿Escapar? Eso sería dejar a mi familia vendida, a mi gente, a esos que siempre han estado a mi lado, dando la cara por mí.

—¿Estás lista? —pregunta Gael cuando empieza a amanecer. Asiento y emprendemos la marcha montaña abajo.

Tardamos otras dos horas en llegar al núcleo urbano, no podemos acercarnos a la carretera por si la Policía sigue buscándonos. Al encontrar la primera casa, toco al timbre y le pido a la amable señora que abre la puerta que nos permita usar su teléfono. Diez minutos después, Juanillo nos recoge en la cuneta de una de las carreteras secundarias de acceso a Meiral de Gredos.

—¿Qué ha pasado? Hemos estado buscándoos toda la noche —pregunta en cuanto montamos en el todoterreno. Mira a Gael de reojo y frunce el ceño—. ¿Qué haces con él, Vero? Nos ha vendido. La Policía estaba esperando en la playa, tal como tú predijiste.

—Es una larga historia, Juanillo. Llévanos a casa. Hay que darse prisa, la Policía no tardará en ir allí a buscarme.

—¡¿A buscarte?! ¡Qué coño ocurre?!

Pasamos el resto de trayecto en coche explicándole la situación a mi amigo. Él maldice, golpea el volante con fuerza y amenaza de muerte a Gael en cuanto se entera de la verdad. También le cuento lo que hizo mi padre en el pasado. Él tiene todo el derecho de saberlo. Su padre murió a manos de la Policía intentando defender al mío, el día que lo detuvieron.

Al llegar a casa, nos metemos en el despacho y continuamos con las explicaciones, esta vez, poniendo al tanto de todo a Ana y a César también.

—Tu padre hizo un trato con la Policía —murmura mi amiga en tono incrédulo—. Joder, Vero, mi padre lleva en la cárcel diez años.

—Lo sé, y lo siento, Ana. Por eso he tomado la decisión de entregarme.

—Espera… ¡¿Qué?! —exclama Gael—. ¡No puedes hacer eso!

—¿Qué otra opción me queda? Avisaré a Quiroga y a Pazo para que se larguen y yo asumiré todos los cargos que tengan en mi contra. Necesitan un culpable, y no pararán hasta tenerlo. Si yo huyo, irán a por vosotros y a por el resto de trabajadores.

—¡Escúchame bien, Verónica! ¡Yo no he venido hasta aquí para ver como tú te conviertes en mártir! —grita Gael, resopla y niega con la cabeza—. No voy a permitir que lo hagas.

—No es tu decisión. Creo que ya has hecho suficiente. Es más, ni siquiera sé qué demonios estás haciendo aquí. Se supone que te metiste en mi vida para ayudarme, ¿no? Pues muy bien, ya me has ayudado. Me has avisado de lo que está pasando, y ahora puedes largarte por dónde has venido.

—No voy a ningún lado —afirma.

—Vale, chicos, dejad ya de discutir. Ahora es el momento para buscar soluciones a este problema —señala Ana—. ¿Cuánto tiempo tenemos hasta que la Policía irrumpa en la casa?

—Horas, minutos quizás —contesta Gael.

—Bien, pues aprovechemos ese tiempo —mi amiga empieza a caminar de un lado a otro de la habitación con aire pensativo—. Has dicho que la Policía quiere un culpable, ¿no?

—Claro, llevan meses investigando. Necesitan resultados, algo que justifique todos los medios que han usado para conseguir pillarnos —contesta Juan.

—Vale, pero si no habían actuado hasta ahora, era básicamente porque no se conformaban con deteneros a Sergio, a Roi y a ti.

—No. Os quieren a todos, desde el que da las órdenes hasta el que descarga la mercancía o los que la transportan. Es más, si pueden saber a quién se la suministráis, será un enorme logro para la Policía.

—¿Y si les damos un culpable? —sugiere Ana.

—Explícate —ordeno.

—He estado investigando lo que me pediste. Repasé todas las llamadas que hizo Roi, tanto desde el móvil cifrado que le proporcionamos como desde otro que descubrí. La mayoría de ellas son internacionales, precisamente al país de donde viene nuestra mercancía.

—¡Hijo de puta! —siseo—. Nos la está jugando. Se ha aliado con el Colombiano para sacarnos del medio.

—¿Crees que el asedio a la casa fue cosa suya? —inquiere Gael.

—Sí, y probablemente el buzo que intentó matarnos también trabajaba para él. ¿Qué propones, Ana? ¿Crees que podríamos cargarle a él todas la mierda?

—Eso es imposible —dice Gael—. Tienen pruebas en contra de los tres. No se van a conformar solo con uno de vosotros.

—¿Y si Verónica hace un acuerdo con la Policía? —sugiere mi amiga—. No solo le entrega a Roi, también tres toneladas de cocaína que van a estar en su poder y toda la información que tenemos sobre eel Colombiano.

—¿Dónde está esa mercancía? Si ni siquiera tendréis tiempo para descargarla del submarino —replica Gael.

—Ese cargamento lleva casi una semana almacenado —informo sorprendiéndolo—. No tardaríamos demasiado en cargarlos en camiones y dejarlos en una de las naves de los astilleros de los Pazo. No es una mala idea, pero, aun así, no van a dejarme libre sin más, como mucho me reducirán la condena.

—Seis años por tráfico de drogas, otros cuatro por pertenecer a una banda criminal —enumera Juan—. Eso si no te caen unos cuantos más por asesinato. No sabemos qué clase de información tienen. Pero como mínimo, yo le calculo unos quince años fácil.

—Otra opción es largarnos ahora mismo de aquí —insiste Gael.

—Olvídalo, no voy a hacerlo.

—Vale, piénsalo un momento, Verónica —respira profundo y se acerca a mí—. Aunque quieras hacer un trato, ahora ya es demasiado tarde. Probablemente la Policía ya esté de camino.

—Juan, ¿en cuánto tiempo crees que puede estar la mercancía en el territorio de los Pazo? —demando.

—Calculo que esta misma noche podría estar en Camariñas.

—Vale, entonces Sergio y yo solo tendríamos que escondernos hasta entonces, buscar un lugar seguro y hacer un trato con la Policía.

—Eso considerando que Quiroga esté de acuerdo con todo esto —señala César.

—Sí, y dudo que la Policía lo incluya en el acuerdo —secunda Gael.

—Si alguno de vosotros está sugiriendo que traicione a Quiroga, la respuesta es no —informo—. Puede que Sergio no sea el más simpático y amable de los hombres, pero siempre me ha cubierto las espaldas y no voy a traicionarlo ahora.

—Sea lo que sea que quieras hacer, tiene que ser ya —insiste Gael—. Nos quedamos sin tiempo.

—Vale, Juan, encárgate de transportar toda la mercancía, y por Dios, que nadie os pille o estaremos cubiertos de mierda hasta las orejas. Ana, tú consígueme un transporte y reúne toda la información que tenemos de el Colombiano. Llamaré ahora mismo a Sergio para ponerlo al corriente. Creo que él tiene una casa en Burela. Podemos escondernos allí hasta que lleguemos a un acuerdo con la Policía —veo como César coge su móvil y se lo lleva a la oreja a toda prisa—. ¿Qué haces? —pregunto sorprendida.

—Ganar algo de tiempo. Conseguiré mantener a la Policía alejada para que tú puedas marcharte —sale del despacho dejándonos a todos desconcertados.

—Bien, chicos. Gracias por todo —susurro.

—Eres consciente de que vas a ir a la cárcel, ¿verdad? —pregunta Ana con lágrimas en los ojos.

—Sí, pero de esta forma todos vosotros estaréis a salvo —voy hacia mi caja fuerte y saco de su interior una carpeta repleta de documentos—. La empresa está a vuestro nombre —digo señalando a Juan y a Ana—. Dejad el negocio del polvo. No vale la pena. La empresa de mejillón es lo bastante rentable como para mantenerse a flote sin problemas y no tener que prescindir de ningún trabajador. Esta vez va a ser distinto. Esta ciudad y su gente, no tendrán que sufrir las consecuencias de mi encarcelamiento como pasó con mi padre. Todos mantendrán su trabajo porque vosotros no estabais enterados de que la empresa se usaba para una actividad ilegal, ¿entendido? Todo fue cosa mía.

—Nos estás pidiendo que declaremos en tu contra, que te hundamos aún más —señala Juanillo—. ¿Por qué crees que vamos a hacerte caso?

—Porque ya no importa lo que yo quiera, o lo que queráis vosotros. Ahora se trata de intentar salvar cientos de puestos de trabajo, de no dejar que este pueblo vuelva a hundirse en la miseria. Yo estaré bien, lo prometo —fuerzo una sonrisa y me encojo de hombros—. Soy una chica dura, ¿recuerdas?

—No lo suficiente como para sobrevivir en la cárcel después de haber delatado a un tipo como el Colombiano. Sabes que no durarás ni una semana, Verónica.

—Tu fe en mí resulta abrumadora, hermano —murmuro en tono sarcástico—. Estaré bien, de verdad. Él tendrá muchos contactos, pero yo también. Soy una Novoa, no olvides eso.

—No lo hago —contesta sonriendo—. Eso es lo que más me preocupa. Los Novoa tenéis la mala costumbre de sacrificaros por los demás.

—Vamos, poneos a trabajar de una vez. Voy a darme una ducha rápida.

—Yo me voy contigo —informa Gael.

—No, tú te largas. Vuelve a Berlín, a tu dichosa isla en Costa Rica, o a dónde sea, pero te quiero a más de cien kilómetros de mí.

—Eso no va a pasar, Princesa —murmura con media sonrisa—. Has decidido sacrificarte por tu gente, y te juro que no podría estar más orgulloso de ti, pero yo voy a estar a tu lado, hasta el final, y eso no es algo discutible —cierro los ojos con fuerza y suspiro. No contesto, solo salgo del despacho y subo a mi habitación.

Durante los escasos diez minutos que tardo en ducharme y cambiarme de ropa, no puedo dejar de pensar que esta probablemente sea la última vez que vea mi casa, a mis amigos, y a Gael. No soy tan ilusa como para pensar que voy a convencerlo de que no me siga, lo hará, así tenga que venir corriendo tras el coche hasta Burela. Pero a Ana, a Juan y a César no volveré a verlos jamás. Mi amigo está en lo cierto, si entro en prisión tras haber delatado al Colombiano, estoy muerta. Pero no van a librarse de mí sin que presente batalla. Pienso luchar hasta que no me quede aliento en los pulmones.

FIDELIDAD

Gael

Bebo el resto del licor que queda en mi copa de un solo trago. Ni siquiera sé qué estoy haciendo. Yo no vine aquí para esto. Lo único que pretendía era salvar a Verónica, llevármela lejos de toda esta mierda, pero no he logrado mi cometido. Ahora ella va a entrar en la cárcel, y no podré hacer nada para evitarlo.

—No creo que emborracharse sea lo más sensato en estos momentos —señala Ana entrando en el salón.

—Solo me he tomado una copa para intentar asimilar todo lo que está pasando.

—Con que trabajabas con la Policía desde el principio. Debería sentirme ofendida porque no me lo contaras. Creí que éramos amigos.

—Y lo somos, Anita. Te juro que mi única intención era intentar ayudaros. Bueno… A Verónica.

—Ya, pensaste que conseguirías convencerla para que dejara atrás su carrera delictiva y se fugara contigo a algún remoto lugar, donde viviríais felices y comeríais perdices, ¿no?

—Sí, esencialmente, eso fue lo que pensé.

—Como si no la conocieras… Vero nunca haría eso. Para ella su gente es lo más importante, siempre —suspira y mueve su melena azul con un golpe de cabeza—. Te ama, Gael. Lleva enamorada de ti desde que era una cría, y está dispuesta a sacrificar una vida feliz a tu lado por proteger a los suyos. Así de buena persona es.

—No te ofendas, Ana, pero yo no soy tan bueno. Si de mí dependiera, la subiría ahora mismo a un avión, aunque fuese en contra de su voluntad.

—Ya, pero si haces eso, ella nunca te lo perdonará —asiento frotándome la cara con vigor.

—¿Por qué no subes a darte una ducha y a cambiarte de ropa? Quién sabe cuándo podrás volver a hacerlo. ¿Habéis comido algo desde ayer?

Estoy a punto de contestar cuando escucho a lo lejos las sirenas de la Policía. Ana y yo nos miramos abriendo los ojos como platos y salimos corriendo hacia la entrada. Justo cuando llegamos, Vero también alcanza el final de la escalera. Está guapísima a pesar de todo esto. Con solo un vaquero ajustado y una camiseta negra lisa de manga corta, lleva el pelo suelto y húmedo por la ducha y ni una pizca de maquillaje, pero no necesita más para estar deslumbrante, así de hermosa es.

—Ya han llegado —murmura guardando una pistola a su espalda—. Ana, ¿tienes lo que te he pedido?

—En este *pendrive* está toda la información que he recopilado del Colombiano —le tiende una memoria USB que Vero no tarda en guardar en el bolsillo de su pantalón—. Tu transporte estará a punto de llegar a la carretera secundaria que pasa tras la casa, así que ve por detrás.

—Eso si le da tiempo —señala Juan apareciendo—. Podemos intentar retenerlos, Vero.

—¡No! Quiero que los dejéis pasar y colaboréis en todo lo que os pidan. No ofrezcáis ningún tipo de resistencia. Recordad que esto no trata solo de vosotros. Necesito que estéis libre de cargos para dirigir el negocio. La vida de mucha gente depende de ello. ¿La mercancía?

—Ya están trabajando en ello. En unas cuantas horas estará en Camariñas —responde Juanillo.

—Bien, entonces nos vamos ya —me mira a mí y respira hondo—. ¿Lo has pensado mejor? Gael, tú estás limpio de todo esto. Puedes marcharte y seguir con tu vida como si nada.

—Me voy contigo —sentencio.

César entra corriendo en casa y cierra la puerta a su espalda.

—¿Qué hacéis aún aquí? ¡Largaos! —todos escuchamos un enorme jaleo aparte del sonido que emiten las sirenas.

—¿Qué está pasando? ¿Qué es todo eso? —inquiero.

—Eso es mi forma de ganar tiempo, aunque ha salido mucho mejor de lo que esperaba. La Policía no puede pasar del portón principal.

—¿Por qué? Pueden echarlo abajo y entrar sin más.

—No, sin más no. Hay una jodida muralla de gente impidiéndoles el paso.

—¿De qué hablas? ¿A qué te refieres con muralla de gente? —pregunta Vero.

—A tu gente, Princesa. Están haciendo una cadena humana frente a la casa para evitar que pase la Policía. Hay cientos de personas ahí fuera.

—Pero… ¿Qué…? César, no debiste haberles obligado a hacer algo así. Están poniéndose en peligro por mí.

—¿Obligarlos? —César ríe y niega con la cabeza—. Yo no he obligado a nadie. Solo pedí unos pocos voluntarios y la gente empezó a pelearse por venir. Hombres, mujeres… Todos han querido ayudarte.

Verónica abre la boca asombrada.

—Pero… ¿Por qué? ¿Por qué hacen esto por mí?

—Se llama fidelidad, Princesa. Tú siempre le has sido fiel a tu gente y ellos ahora están demostrando que pueden hacer lo mismo por ti —murmuro sonriendo.

—¡Marchaos ya! No sé cuánto tiempo podrán retenerlos.

—Cuidad los unos de los otros, ¿vale? —dice Vero abrazando a Ana, después de se despide de Juan y de César.

Ana se acerca a mí y me abraza con fuerza.

—No dejes que haga ninguna locura —susurra en mi oído.

Asiento y tras despedirme de César con un par de palmadas en la espalda, veo como Juanillo se acerca con gesto serio.

—Cuida de ella, Gael, esta vez de verdad —me ordena. Asiento y recibo un manotazo en el hombro por su parte.

—Salid por detrás —dice Ana.

Cojo a Vero de la mano y tiro de ella hacia la salida. Mientras corremos atravesando la parte trasera de la finca, no puedo dejar de pensar en las similitudes de este día con el de hace diez años. Una vez más la Policía irrumpe en la casa de los Novoa, pero en esta ocasión sé que estoy haciendo lo correcto. Estoy con

Verónica, con la mujer que he amado y amaré el resto de mi vida, y eso es lo único que me importa.

Seguimos corriendo hasta llegar al punto de encuentro, allí nos espera un coche azul marino estacionado a un lado de la carretera. Nos metemos en su interior y ambos nos sorprendemos al ver a Laura al volante.

—¿Qué haces tú aquí? —pregunta Vero.

—Necesitabais un transporte y yo estaba cerca. ¿A dónde vamos?

—A Burela —contesto.

—Acabo de hablar con Sergio por teléfono —añade Vero—, nos está esperando en la casa que tiene en las afueras. Tienes que ir por...

—Sé dónde queda —le interrumpe Laura—. He estado allí en un par de ocasiones —arranca el vehículo y se incorpora a la carretera a toda velocidad.

No nos topamos con ninguna patrulla en el trayecto, y Verónica aprovecha para ponernos al tanto de lo que ha hablado con Sergio Quiroga. Obviamente, no se ha tomado nada bien la noticia de los últimos acontecimientos, pero ha accedido a vernos en una de sus propiedades para poder discutir el asunto.

Desde el asiento trasero, no puedo dejar de mirar a mi Princesa, con la cabeza apoyada en la ventanilla del pasajero, parece estar perdida en un mundo de pensamientos. Necesito hablar con ella, intentar convencerla, aunque solo sea una vez más para que acabe con toda esta locura y nos vayamos juntos a cualquier remoto lugar donde nadie pueda encontrarnos.

Al llegar a la casa, Sergio nos recibe con su gesto serio habitual. Hubo una época en la que fuimos buenos amigos. Entonces él era el mano derecha de su padre y yo del mío, Xacinto Novoa, el hombre que me crio y me enseñó todo lo que sé, el mismo que se sacrificó para que yo fuese libre.

—¿De verdad piensas hacer un trato con la Policía? —le pregunta a Verónica tras los saludos de cortesía. Ni siquiera hemos pasado del *hall* principal de la casa de campo.

—Es la única opción que me queda, Sergio —contesta ella—. Te lo expliqué por teléfono. Si no hago algo, todos caeremos, y no estoy dispuesta a que mi gente pague por mis delitos.

—¿Qué te hace pensar que el policía ese, Velázquez, quiera hacer un trato contigo? ¿Qué puedes ofrecerle?

—Puedo darle las tres toneladas de cocaína que acabamos de recibir, a Roi y al Colombiano.

—Vale, en lo de Roi te apoyo. Si ese hijo de puta nos la ha jugado, se lo merece, pero... ¿El Colombiano? Ya sabes cómo se las gasta. Con ese tipo no se juega, Novoa. No llegarás viva al juicio.

—No te preocupes por eso. Puedo arreglármelas.

Sergio resopla y maldice en alto.

—Entonces, ¿se acabó? Todo el negocio, la sociedad... ¿Todo ha terminado?

—Quiroga, tarde o temprano esto tenía que suceder. Solo era cuestión de tiempo. Nuestros padres cayeron y ahora nosotros también.

Sergio me mira frunciendo el ceño.

—¿Es verdad lo que me contó Verónica? ¿Fue su padre quién delató al mío y a todos los demás? ¿Él fue el traidor?

—asiento y su mirada se dirige hacia Vero—. ¿Tú le crees? ¿Confías en él?

Vero me mira y una pequeña sonrisa tira de sus labios.

—Sí, confío en él —afirma.

—Bien. Ya hace bastante tiempo que estaba pensando dejar toda esta mierda —murmura Quiroga mirando a Laura—. Supongo que tendré que hacerlo después de pasar unos añitos a la sombra. ¿Cuál es el plan? Le ofrecemos a Velázquez el trato y después, ¿qué?

—Le ofrecemos no —lo corrige Verónica—. A duras penas voy a poder conseguir un trato, mucho menos dos. Tú te vas ya mismo. Haces una maleta, obligas aquí a la pelirroja a subirse a un avión y os largáis del país.

—Eh, bonita. A mí nadie me obliga a hacer nada —se queja Laura.

Vero suelta un amago de sonrisa, pero de pronto veo como cierra los ojos con fuerza y se tambalea. No tardo ni una milésima de segundo en sujetarla.

—¿Estás bien? —pregunto buscando su mirada. Está blanca como la cal y muy fría—. Verónica, ¿qué te pasa?

—Estoy bien —susurra frotándose los ojos con la mano—. Solo ha sido un pequeño mareo, pero ya se me está pasando.

—A ver, déjame echarte un vistazo —dice Laura sujetándole la muñeca para tomarle el pulso—. ¿Has comido algo hoy? ¿Has dormido mal?

—Lleva sin comer nada desde ayer a mediodía y esta noche no hemos pegado ojo —contesto yo.

—Verónica, necesitas descansar y comer algo —señala la doctora.

—No, tengo que llamar a Velázquez y…

Sujeto su rostro y la obligo a mirarme a los ojos.

—Princesa, hasta dentro de unas horas no llegará la droga al territorio de los Pazo. Come algo y descansa. Tienes tiempo y lo necesitas. Estás dispuesta a ofrecerte como sacrificio y eso significa que los próximos días van a ser muy duros. Al contrario de lo que tú puedas pensar, no eres invencible.

—Hazle caso al guapo de tu hermanito —secunda Laura ganándose una mirada reprobatoria de Sergio—. Vamos, te acompaño a una de las habitaciones, te tomaré la tensión y después podrás descansar.

—Yo te conseguiré algo de comer —afirmo.

Al ver que no nos vamos a dar por vencidos, Vero accede a irse con Laura dejándonos a Sergio y a mí a solas.

—Vamos, la cocina está por aquí —masculla caminando a largas zancadas hacia el interior de la casa.

Paso los siguientes veinte minutos preparando un par de bocadillos mientras Quiroga me mira fijamente sin decir ni una sola palabra. Al terminar, suspiro fuerte y lo miro de vuelta.

—Tío, me estás poniendo de los nervios —señalo—. ¿Vas a seguir mirándome así?

—Solo intento averiguar si puedo confiar en ti. Te creía un traidor, y ahora resulta que eres un aliado. No me acabas de convencer del todo.

—Antes de creerme un traidor, me considerabas un amigo, ¿no? —asiente con la cabeza—. Entiendo que dudes de mí, y esto no lo hago por limpiar mi nombre, ni por ganarme el perdón de nadie, solo lo hago...

—Por Verónica —dice interrumpiéndome—. No soy imbécil, Gael. Hace diez años me di cuenta de que no la mirabas como un hermano debe mirar a su hermana pequeña, y ahora... Joder, salta a la vista que ahí hay algo.

—Bueno, míralo de este modo. Yo voy a serle fiel a Verónica, siempre. Voy a hacer lo que sea por ayudarla y mantenerla a salvo, y ella va a hacer lo mismo por ti y por los suyos. Eso nos hace aliados —me encojo de hombros—. No necesitas confiar en mí.

—Cierto. Yo solo me fío de ella. Se lo ha ganado, ¿sabes? —esboza una sonrisita y sacude la cabeza de un lado a otro—. El día que vino a hablar conmigo y me propuso recuperar el negocio de nuestros padres, me reí en su cara. Se veía tan... Inofensiva. Con su sonrisa dulce que al final aprendí a temer... Esa sonrisa nunca trae nada bueno —sonrío y asiento. Es cierto, cuando Vero pone su sonrisa de niña buena nunca sabes por dónde va a salir, pero no pinta bien—. Se ganó mi respeto y mi lealtad a base de trabajo duro. Me ha demostrado en más de una ocasión que es una mujer honorable en la que se puede confiar. Así que, si ella se fía de ti, yo también voy a hacerlo —extiende su mano y yo la sujeto de inmediato para darle un apretón—. Ve a llevarle la comida y aprovecha para descansar tú también. Me encargaré de que todo vaya según lo planeado.

Suelto su mano y le sonrío una última vez, antes de ir hacia la habitación. De camino me cruzo con Laura y esta me indica donde está Vero.

Entro en el dormitorio sin llamar a la puerta y veo cómo Verónica sentada a los pies de la cama, cierra su portátil a toda prisa, como si intentara esconderme algo. No debería extrañarme que no confíe en mí por completo, al fin y al cabo, no he hecho otra cosa más que mentirle y engañarla.

—Te he traído algo de comer. ¿Te encuentras mejor? —pregunto dejando la bandeja con la comida sobre la cómoda.

La habitación no es muy grande, pero es muy acogedora. Tan solo tiene una cama de matrimonio, un par de mesitas de noche, y una cómoda alta a los pies de la cama.

—No es que tenga demasiada hambre, pero supongo que necesito comer si no quiero volver a marearme —contesta con una sonrisa triste.

—No me has contestado, Princesa. ¿Te encuentras mejor?

—Sí —suspira y deja el portátil a un lado—. Solo estoy algo cansada.

—¿Tengo alguna posibilidad de convencerte de que detengas esta locura? Aún estamos a tiempo, Vero. Larguémonos..

Niega con la cabeza y vuelve a sonreír igual que antes.

—Acércate —susurra palmeando el colchón a su lado.

Me siento donde me indica y respiro hondo.

—¿Ya no estás cabreada conmigo? —inquiero.

—Oh, muchacho, créeme, estoy muy cabreada, pero no voy a pasar las últimas horas que me quedan a tu lado, gritando y peleando contigo. Además, aparte de enfadada, también estoy agradecida.

—¿Por qué? —mi cara de sorpresa la hace sonreír de nuevo, esta vez una sonrisa sincera.

—Bueno… Has dejado tu maravillosa vida en Berlín para venir a rescatarme, eso tiene su mérito.

—No, no lo tiene. Vas a ir a la cárcel de todos modos. No he conseguido salvarte.

—Pero sí has salvado a nuestra gente, a nuestro pueblo. Has hecho mucho, Gael —bufo alzando la mirada hacia el techo para intentar retener las lágrimas. Me estoy viniendo abajo y esto es último que ella necesita—. Mírame —susurra y sujeta mi cara con sus manos—. No hagas esto, por favor. ¿Prefieres que te grite y te insulte? Puedo sacar la pistola si quieres —bromea.

Limpio la humedad de mis mejillas e inspiro hondo por la nariz para intentar controlar el llanto.

—Iré a verte siempre que me lo permitan, te lo prometo.

—No lo harás —dice, y no sé si es una afirmación o una orden.

—Por supuesto que lo haré —insisto.

—¿Qué es lo que pretendes, una visita a la semana separados por un cristal y un vis a vis cada mes? —se muerde el labio inferior y niega con la cabeza—. Yo no quiero eso, Gael.

Sorbo por la nariz limpiando el rastro que dejan las lágrimas que soy incapaz de contener.

—Entonces, ¿qué es lo que quieres, Princesa? —pregunto con un hilo de voz.

Verónica sonríe de oreja a oreja y coloca su mano sobre mi mejilla.

—Quiero que cuando todo esto acabe, vayas a la isla esa de Costa Rica.

—Isla de Chira —digo.

—Eso. Quiero que vayas allí, te sientes en la playa mirando el mar y bebas una cerveza bien fría a mi salud.

—Estás loca si crees que no voy a esperarte. Llevo haciéndolo más de diez años.

—¿Esperándome? Claro, porque estos últimos años hiciste un voto de castidad por mí, ¿verdad? ¿Las alemanas no son tu tipo? —pregunta arqueando una ceja.

—No, no hice ningún voto de castidad, pero tampoco dejé de pensar en ti ni un solo día. Acabo de recuperarte y ya voy a perderte de nuevo —susurro con un hilo de voz.

Vero suspira, se levanta de su lugar y se sienta a horcajadas sobre mis piernas, rodeando mi cuello con los brazos.

—Escúchame bien, tarde o temprano volveremos a estar juntos, sea en esta vida o en otra —me mira a los ojos reteniendo ella también el llanto—. Te quiero más que a nada en el mundo, y no puedo ni quiero renunciar a ti. Llámame masoquista, pero quiero seguir comprobando cuántas veces más puedes intentar engañarme.

—Ninguna más, te lo juro —pego mi frente a la suya y la estrecho contra mi cuerpo—. Te prometo que nunca volveré a mentirte, y cuando salgas de la cárcel, yo estaré ahí, esperándote. Nos largaremos juntos a esa isla.

—Eres un cabezota —susurra contra mis labios.

—Eso ya lo sabías cuando me compraste —bromeo.

—¿Comprarte? Creí que era solo un alquiler temporal.

—Pues lo siento mucho, pero no se admiten devoluciones. Vas a tener que soportarme el resto de tu vida, ya que no pienso apartarme de ti, aunque me apuntes con una pistola.

—Eso ya ha quedado claro. Dispararte no sirvió de nada.

—La próxima vez apunta más arriba —digo rozando mis labios contra los suyos.

Su mano se posa en mi muslo y va deslizándola lentamente hasta llegar a mi entrepierna.

—¿Aquí arriba? —pregunta en tono seductor acariciando mi miembro con suavidad por encima del pantalón.

—Vero, tienes que comer algo y descansar —murmuro intentando apártala, pero un nuevo apretón de su mano, esta vez con más firmeza, provoca que un jadeo involuntario salga de mi boca—. Me estás matando, Princesa —exhalo.

—Aún no, pero dame unos minutos —contesta sonriendo.

ADMIRACIÓN

Gael

Sujeto su cintura con firmeza mientras Verónica se contonea sobre mí. Su piel cubierta por una capa fina de sudor, resbala contra la mía. Tengo que contenerme para no tumbarla sobre su espalda y abalanzarme sobre ella para conseguir la liberación que tanto ansío, pero entonces todo terminaría, y no estoy dispuesto a que eso suceda aún. Necesito seguir escuchando esos gemiditos de placer que salen desde el fondo de su garganta, sintiendo como el calor y la humedad de su sexo rodea el mío, succionándolo, estimulándolo, y volviéndome completamente loco de placer en el proceso.

Vero mueve su cadera en círculos largos y lentos. Resoplo y sigo intentando contener mis impulsos, pero esta vez no lo logro, hago el amago de incorporarme para tomar el control, pero sus manos sujetan las mías y las fijan al colchón, justo sobre mi cabeza.

—Ya deberías saber que yo soy quien manda —susurra manteniendo el lánguido ritmo de sus caderas.

Deposita un beso en mis labios y los muerde, mandando al infierno cualquier autocontrol que pudiera tener hasta el momento. Sonrío de medio lado y golpeo mi pelvis hacia arriba, sorprendiéndola y arrancándole un jadeo.

—No te equivoques, Princesa —digo en su mismo tono de voz—. Puede que fuera de la cama seas tú la jefa, pero aquí el que manda soy yo.

Con un movimiento rápido y preciso nos giro a ambos, quedo sobre ella, y esta vez soy yo quien retiene sus manos sobre su cabeza.

—Eres un aguafiestas —protesta sin aliento.

—¿Aguafiestas? Te voy a follar tan duro que se te van a quitar las ganas de jugar conmigo.

Una sonrisa tira de una de sus comisuras y enrosca las piernas alrededor de mi cintura aprisionándome.

—Promesas y más promesas —murmura volviendo a morder mi labio inferior.

Muevo mi cadera y salgo de su interior despacio y cuando menos se lo espera, me hundo de nuevo en ella con un golpe certero que la hace aullar de placer.

—No grites —ordeno tras repetir el mismo movimiento.

La beso para acallar sus gemidos y sigo haciéndolo una y otra vez, con más fuerza y rapidez en cada ocasión, hasta que los dos llegamos al orgasmo.

Tras recuperar un poco el aliento, salgo de su interior y me tumbo boca arriba sobre el colchón arrastrándola hacia mí para poder abrazarla.

—Promesa cumplida —murmura besando mi pecho.

Sonrío y niego con la cabeza dándola por imposible. ¿A quién quiero engañar? Me encanta que siempre esté dispuesta a desafiarme y llevarme la contraria.

—Se supone que deberías estar descansando —digo y beso su pelo.

—Ahora mismo me siento muy descansada —replica.

—Verónica, hablo en serio. Tienes que reponer fuerzas para lo que está por venir. Aún no has comido nada.

—Ya voy. Solo deja que disfrute de esto un ratito más —pide abrazando mi cintura con su brazo y entrelazando nuestras piernas desnudas.

—Creo que el ordenador portátil que tenías sobre la cama, ha terminado en el suelo.

—Da igual, no es mío. Me lo ha prestado Laura. Si se ha roto se lo pagaré —contesta.

—Ya, bueno... Eh... ¿Para qué se lo has pedido? —pregunto intentando sonar lo más casual posible.

Vero alza la cabeza para mirarme y sonríe.

—Ya estabas tardando.

—¿Qué quieres decir con eso? —inquiero entrecerrando los ojos.

—Pues que llevas conteniendo esa pregunta desde que entraste en la habitación y me viste con el portátil.

—Ya. Si no quieres decírmelo está bien, pero como antes afirmaste que confiabas en mí, pensé que... Bueno, pues eso, que creí que era cierto.

—¿En serio piensas que con ese tonito vas a conseguir darme pena para que te cuente qué es lo que hacía? —no puedo verla, pero sé que está sonriendo, puedo intuirlo en su tono—. Me conoces, Gael, ya deberías saber que no soy tan manipulable.

—¿Me lo vas a decir o no?

—Solo me estaba despidiendo de un amigo —responde encogiéndose de hombros.

—¿Un amigo? Dime que ese amigo tuyo no habla italiano.

—Franco es un gran tipo —señala.

Resoplo y me llevo las manos a la cabeza,

—Un gran tipo al que te tirabas —refunfuño.

—¿En serio? ¿Ahora vas a ponerte celoso por esta tontería?

—¿Qué pasa? Tengo a derecho a ponerme celoso por lo que yo considere oportuno. Te has acostado con el espagueti ese, y me jode.

—No sabes lo ridículo que acabas de sonar ahora mismo —comenta tras soltar una carcajada—. Te enfurruñas como un niño pequeño porque yo me haya acostado con otro. Te advierto que no ha sido el único.

—Tú sigue pinchando —aprieto su costado con los dedos haciéndole cosquillas y ella empieza a reír—. Ahora en serio, tienes que comer algo y descansar. Te he traído un bocadillo.

—Está bien. Después de comer, llamo a Velázquez y duermo un rato, pero con una condición —alzo una ceja de manera interrogativa—. Tú te vas antes de que llegue la Policía.

—Olvídalo. Necesitas mi ayuda. Sabes que en cuanto te vean te detendrán. No puedes darles ninguna información antes de firmar el acuerdo.

—Gael, yo puedo…

—¡No! Eso no es negociable, Verónica. Yo me quedo contigo, y se acabó la discusión —me levanto de la cama completamente desnudo y resoplo con fuerza.

—Aunque me pones de los nervios cuando eres tan tozudo, también resulta muy *sexy* —susurra alzando ambas cejas de manera sugerente.

—No vas a convencerme, Princesa —dejo la bandeja con la comida sobre la cama—. Voy a ducharme, cuando vuelva quiero que no quede ni una migaja, ¿entendido?

—¿Tú desde cuando eres tan mandón?

—Estoy aprendiendo de ti —contesto encogiéndome de hombros. Le guiño un ojo y veo como rueda los ojos antes de que me gire para caminar hacia el baño.

—¡Bonito culo! —Escucho su grito cuando ya he cerrado la puerta y no puedo evitar soltar una carcajada.

Esta podría haber sido nuestra vida si todo no se hubiese torcido tanto, y sería una vida feliz, pero esto está a punto de cambiar. En tan solo unas horas, volveré a perderla, aunque en esta ocasión no pienso irme a ningún lado. Voy a esperarla toda la vida si es necesario.

Tras tomar una ducha rápida, vuelvo a la habitación vestido con tan solo una toalla alrededor de mi cintura. Encuentro a Verónica en el mismo lugar en el que la dejé, pero ahora lleva puesta mi camiseta como pijama.

—¿Has comido todo? —pregunto sentándome a su lado.

—Sí, papá —contesta en tono hastiado—. Voy a llamar a Velázquez.

—¿Quieres que te deje sola?

—Gael, ya te he dicho que confío en ti. No me hagas repetirlo más, ¿vale? —asiento y ella suspira antes de coger el teléfono móvil, tras marcar el número, activa el altavoz y deja el aparato sobre la cama—. Hola, Matías —saluda en tono neutro.

La observo y compruebo que su postura es rígida, pero confiada. En cuestión de segundos, ha pasado de ser Vero, la chica divertida y juguetona, a la Princesa de polvo y sangre, así es como la conocen en el mundo del narcotráfico.

—Verónica Novoa, me sorprende que me llames —comenta el inspector, su tono de voz también transmite confianza en sí mismo—. Supongo que no lo haces para decirme dónde estás, ¿cierto?

—En realidad, eso depende de ti. Quiero proponerte un trato.

—¿Un trato? No creo que estés en posición de algo así. Tengo una orden de búsqueda y captura con tu nombre. Sabes que tarde o temprano te pillaré. Mientras tanto, puedo dedicarme a recopilar pruebas en contra de tus amigos. Por cierto, no sabrás dónde están Roi Pazos y Sergio Quiroga, ¿no? Ellos también tienen un papelito con su nombre escrito.

—Es posible. Eso es parte del trato —contesta Vero.

—Ya veo. Quieres seguir los pasos de tu padre también en esto. ¿Qué es lo que sugieres? ¿Te detengo a ti y dejo a todos los demás libres? Esto no funciona así, Novoa. No hay nada que tú puedas ofrecerme que pueda ser de mi interés.

—Te equivocas. Además, los términos del trato no son exactamente esos.

—Lo siento, pero no me interesa. Nos vemos pronto.

Miro a Verónica abriendo los ojos como platos. Va a colgar, estoy seguro.

—Si quieres colgar, adelante, pero estás a punto de perder la oportunidad de llevarte el mérito por desmantelar la mayor red de narcotráfico que alguna vez haya visto este país, y me atrevo a decir que el continente.

Durante unos segundos, el inspector se queda callado. Tengo que admitir que el temple y la calma que demuestra Verónica en este tipo de situaciones es digna de admiración. Actúa como si en realidad no se estuviese jugando su vida al todo o nada.

—Te escucho —susurra Velázquez.

—Bien, este es el trato. Te ofrezco a dos de los narcotraficantes más poderosos de Europa y…

—Tengo órdenes de detención para tres —replica el policía.

—Matías, no me interrumpas, ¿quieres? Como iba diciendo, te ofrezco a dos narcos, además de tres toneladas de cocaína y un *narcosubmarino* nuevecito.

—Espera, creo que te he entendido mal. ¿Has dicho *narcosubmarino*?

—Sí, eso es lo que he dicho. Puedo darte su localización exacta, además de una buena incautación de droga, y lo mejor de todo el negocio… Te entregaré un informe exhaustivo con todo lo que necesitas saber para pillar a uno de los proveedores de cocaína más importantes de Sudamérica.

—¿El Colombiano? ¿Crees que no seremos capaces de pillarlo? Mis compañeros de la DEA y de la Interpol llevan mucho tiempo siguiéndole el rastro. Colombia no es un país lo suficientemente grande como para esconderse de ellos.

Vero suelta una carcajada, que me pone los pelos de punta. No consigo acostumbrarme a esta faceta suya de mafiosa.

—Eso demuestra lo perdidos que estáis todos con relación al Colombiano.

—¿Por qué? ¿Crees que tú puedes decirnos algo que no sepamos ya? Creo que te das demasiada importancia, Novoa.

—Eso no te lo voy a negar, me doy mucha importancia, pero lo hago porque realmente soy importante. Para empezar, no es que estéis buscando en una ciudad equivocada, es que no habéis acertado ni en el país. El Colombiano solo es un apodo, pero el tío ni es de Colombia, ni vive allí, y mucho menos opera en ese país.

Tras unos cuantos segundos de silencio, escuchamos como resopla al otro lado de la línea. Vero cierra los ojos y sonríe de oreja a oreja haciendo un gesto de victoria con su puño.

—¿Qué quieres a cambio? No voy a dejarte libre. Si eso lo que pretendes, puedes colgar el teléfono, porque no pasará.

—Te dije que te daría a dos narcotraficantes a parte del Colombiano, y yo soy uno de ellos. Roi Pazo y yo, ese es el trato. A cambio quiero una reducción de mi condena y que no se remueva más la mierda. Cerrarás el caso con nuestras detenciones, la incautación de la mercancía y del submarino, y toda la información que vas a obtener de nuestro proveedor.

—Te sacrificas por los tuyos. Eso es muy honorable por tu parte y digno de admiración, pero Quiroga tiene muchos cargos sobre su espalda. No puedo solo hacer un tachón y listo. Las cosas no funcionan así.

—Lo sé, pero si está en paradero desconocido, puedes no gastar energías ni recursos de la Policía en buscarlo demasiado.

—¿Se ha ido del país? —inquiere.

—Sí, probablemente ahora este en cualquier rincón del mundo, tumbado en una playa, bajo una sombrilla y con un coco en la mano —miente.

—¿Qué más quieres?

—Mi gente seguirá trabajando en las bateas, criando, depurando y comercializando el mejillón que sale de ellas. Se acabaron las actividades delictivas, pero nadie va a ser imputado aparte de Roi y yo misma.

—Vas a vender a tu socio. ¿Qué te hace pensar que él no vaya a denunciar a toda tu gente? Si lo hace, no voy a poder omitirlo. Si Pazo empieza a cantar, tendré que detener a todos los sospechosos.

—Roi no hablará —afirma Verónica.

—¿Cómo estás tan segura? —inquiere.

—Porque lo estoy. Tú no tienes que preocuparte por eso. Roi no dirá ni una sola palabra.

—Bien, entonces creo que tenemos un trato. ¿Dónde estás?

—No tan rápido, Velázquez. ¿A cuánto será reducida mi condena?

—Lo mínimo que puede ofrecerte el juez con los cargos que hay ahora mismo sobre ti, son diez años. Por buen comportamiento, estarás fuera a los ocho como muy tarde.

Vero me mira y sonríe de manera triste. Ocho años, ese es el tiempo que vamos a pasar separados. Asiento y sujeto su mano para darle ánimos.

—Está bien. Dime dónde estás y te diré lugar y hora. No pienso darte nada sin firmar antes el trato. No intentes engañarme, Matías.

Sabes que no soy tonta. Lo que más te interesa es la información sobre el Colombiano, y esa no la tendrás en tus manos hasta que ese papel esté firmado por ambos.

—Supongo que esa información la tendrá alguien de tu confianza mientras firmas, ¿no? A ver si lo adivino... ¿Tu hermanito Gael? —Vero vuelve a dirigir su mirada hacia mí—. ¿Está ahora mismo contigo? ¿Nos está escuchando?

—Hola, Velázquez —digo ganándome una mirada asesina de mi chica.

—Gael Novoa, me tienes muy desconcertado, chico. Nos la has jugado, pero bien. Tengo una duda, ¿decidiste cambiarte de bando sobre la marcha, o nunca estuviste en el nuestro?

—¿De verdad pensaste que podrías comprarme con dinero y propiedades? La familia es mucho más importante que todo eso, Velázquez.

—¿Por qué lo hiciste? Podrías haberte negado a ayudarnos. No tenías ninguna obligación. ¿Por qué aceptaste trabajar para nosotros en vez de mantenerte al margen sin meterte en problemas con la ley?

—El amor a veces te obliga a hacer locuras —murmuro clavando mis ojos en los de Vero. Ella me sonríe y niega con la cabeza.

—Gael también va en el trato —añade Verónica—. No va a tener ningún tipo de problema legal por lo que ha hecho.

—Tranquila por eso. Que nosotros sepamos, no ha hecho nada ilegal, pero repito, si Pazo abre la boca, tendremos que investigarlo todo. Asegúrate de que no sea así o el trato quedará anulado. Estoy en Santiago de Compostela.

—Perfecto. En cinco minutos te envío un mensaje con la dirección, en tres horas nos vemos, firmamos el trato, te entrego el dosier, la localización exacta del submarino y la droga, y yo misma te llevo al lugar donde está escondido Pazo.

—Prefiero que me des su localización. En cuanto firmemos el trato, tu detención será inmediata.

—Puedes detenerme si quieres, pero voy con vosotros. El lugar donde se encuentra es de difícil acceso. Podéis buscarlo durante meses y no lo encontraríais.

—Está bien, pero no quiero jueguecitos, Novoa. Si intentas huir o jugármela, adiós al trato. Iré a por todas. Lo siento por tu pueblo. Entiendo que haces todo esto por salvarlos, pero yo no voy a hacer el papel de gilipollas, ni por ti ni por nadie. ¿Ha quedado claro?

—Cristalino. En cinco minutos te mando la localización.

Verónica cuelga la llamada y exhala con fuerza. Por el momento todo va según lo planeado, aunque no estoy seguro de que eso sea algo bueno.

RESPETO

Gael

Tras descansar un par de horas, nos vestimos y salimos de la habitación para encontrarnos con Sergio y Laura. Ellos ya están listos para marcharse, antes de que llegue la Policía.

—No me parece bien largarme y dejarte a ti con toda esta mierda encima —comenta Sergio ya junto a la puerta.

Vero sonríe de manera incrédula.

—¿En serio, Quiroga? Nunca te imaginé siendo un sentimental.

—No se trata de sentimentalismos, sino de respeto. Te has ganado el mío y el de cualquiera que te conozca, Novoa.

—No te preocupes, ¿vale? Tú procura que no te pillen —Vero mira hacia Laura alzando una ceja—. ¿Te vas con él?

—Aún me lo estoy pensando —contesta mirando de reojo a Quiroga.

—Ni caso. Se viene conmigo, por las buenas o por las malas.

—No empieces que la liamos —refunfuña la doctora.

—Vale, podéis decidiros en el coche —señalo—. En menos de una hora esto estará hasta arriba de policías. Tenéis que marcharos ya mismo.

—¿Tú te quedas? —le pregunta Sergio a Gael. Asiente con la cabeza—. Verónica, si necesitas algo, solo dilo. Y ten cuidado con Roi. Ya sabes que es muy traicionero.

—Lo sé. Te aseguro que puedo con él.

Nos despedimos de la pareja y vamos hacia el salón, Verónica se sienta en uno de los sofás y enciende un cigarrillo con la mirada perdida en ninguna parte.

—¿Tienes uno para mí? —pregunto sentándome a su lado.

Me tiende el paquete, pero cuando quiero devolvérselo niega con la cabeza.

—Este es mi último cigarrillo —señala.

—¿Crees que es un buen momento para dejarlo? La cárcel es muy aburrida y estresante, eso he oído. Si quieres puedo llevarte tabaco todas las semanas.

—No. Este es el último que voy a fumar —repite.

—Me alegra escuchar eso. Ya tienes suficientes malos vicios.

—¿Cómo cuáles? —alza una ceja inquisitoria en mi dirección y yo sonrío.

—Las actividades delictivas, el chocolate, yo…

—¿Tú? —sonríe y niega con la cabeza. Beso su cuello y soy recompensado con una caricia fugaz en mi mejilla—. Creo que ese va a ser el que peor voy a llevar. ¿Cómo me hago una desintoxicación de ti?

Suelto una carcajada y voy a contestar cuando escuchamos el sonido de unos motores acercándose. Vero mira su reloj y le da una última calada al cigarrillo antes de aplastarlo en el cenicero.

—Llegan demasiado pronto —farfullo—. ¿Crees que se habrán cruzado con Quiroga?

—¿Alguna vez has ido en un coche con Sergio Quiroga al volante? —niego con la cabeza—. Es un kamikaze. A estas alturas ya estarán a varias decenas de kilómetros —respira hondo y me mira—. ¿Estás listo? —asiento—. ¿Sabes lo que tienes que hacer?

—Me quedo escondido hasta que me des la señal. Lo tengo controlado —susurro abrazándola por la cintura—. Ven aquí —poso mis labios sobre los suyos y la beso. Es probable que esta sea la última vez que pueda besarla en libertad—. Te quiero, no lo olvides, ¿vale?

—Y yo a ti —contesta dándome un último beso.

El timbre suena y nos separamos con pesar. Me escondo en el guardarropa de la entrada mientras Vero se prepara para abrir la puerta. Escucho un par de saludos y sus pisadas de vuelta hacia el salón. No sé cuántos son, ya que no puedo verlos, pero como mínimo distingo cinco pisadas distintas aparte de las de Verónica. Me mantengo en total silencio y agudizo el oído para intentar escuchar la conversación entre Vero y Velázquez.

—Ahí tienes lo que habíamos acordado —dice él—. Solo tienes que firmarlo y se hará oficial.

Tras un par de minutos sin decir nada, escucho la voz de mi chica. Supongo que estará leyendo el documento.

—Todo correcto —un nuevo silencio se crea en la sala, a excepción del sonido de la radio que proviene de alguno de los policías—. Aquí tienes.

—Yo ya he cumplido. Te toca a ti, Novoa.

—El submarino podéis encontrarlo fondeado en estas coordenadas, también he apuntado la dirección donde están los cuatro camiones cargados con la droga, como te dije por teléfono, son tres toneladas de cocaína, de noventa por ciento de pureza. Yo misma te llevaré al lugar donde se esconde Pazo. Estoy segura que ya habéis irrumpido en su casa, pero no estaba allí.

—¿Y el informe? —inquiere el policía—. ¿Dónde está tu hermano con la información sobre el Colombiano?

—Gael —llama Vero.

Atendiendo a su señal, salgo del armario con la carpeta con los documentos que hemos sacado del *pendrive* en la mano. Tres de los seis policías de paisano que hay en el interior de la casa, me apuntan con sus armas, pero Velázquez no tarda en ordenarles que las bajen. Me acerco a Vero y con un gesto de su cabeza, me indica que le entregue la carpeta al inspector.

—Velázquez —le saludo tendiéndole los papeles.

—Novoa, me alegra verte. Es una pena que decidieras traicionarnos.

—Yo no pienso igual —replico rodeando con mi brazo la cintura de Verónica y atrayéndola a mi costado.

Velázquez nos observa un segundo y sonríe antes de abrir la carpeta y empezar a leer los documentos.

—¿Ecuador? ¿La droga viene de Ecuador? —pregunta extrañado. Sigue ojeando los papeles un par de minutos y cuando parece satisfecho, cierra la carpeta y suspira—. Esta es mucha información —señala.

—Te dije que valdría la pena —dice Vero.

—Sabes que vas a tener problemas, ¿verdad? Puede que tú te hayas ganado el respeto de la mayoría de los delincuentes y mafiosos importantes de Europa, pero el Colombiano es otra cosa. ¿Eres consciente de que va a ir a por ti? Ya sabes cómo funciona esto, Verónica, siempre hay fugas de información, y ese tipo es demasiado peligroso.

—Voy a confiar en que la justicia española sabrá cómo protegerme. Además, yo he cumplido mi parte del trato, espero que tú hagas lo mismo, aunque algo me pase.

—Lo único que se me ocurre es una prisión de máxima seguridad y que estés en aislamiento el máximo tiempo posible, pero eso será muy duro para ti. Por el trato no te preocupes, aparte de ese documento, tienes mi palabra.

—Gracias por tu preocupación, Matías, pero me las arreglaré. Ahora vamos a por Roi. No tardará en anochecer y aún nos quedan unos kilómetros.

—¿Por qué no me dices dónde está y acabamos antes? Tú te vas al calabozo y nosotros lo detenemos.

—No lo encontraréis sin mí. Ese cabronazo sabe esconderse.

—Está bien. Date la vuelta, tengo que esposarte.

—¿Eso es necesario? —pregunto tensándome de pies a cabeza—. Se está entregando y no opone ninguna resistencia.

—Está detenida, Novoa. Lo siento, pero es el protocolo.

—Está bien, no pasa nada —dice Vero. Me sonríe de manera tranquilizadora y se gira poniendo las manos a la espalda.

Cuando termina de colocarle las esposas, Velázquez tira de su brazo para que camine hacia la salida.

—Yo también voy —informo.

—No digas gilipolleces, Novoa. Eres un civil. Esto es una operación policial, no una puta excursión de *boy scouts* —objeta.

—Podéis llevarme con vosotros desarmado, o puedo seguiros con una pistola en la espalda. Tú decides, Velázquez —apunto.

—Joder, esto es una puta locura —farfulla tras resoplar con fuerza—. Entrega tu pistola. Solo por esta vez, voy a hacer la vista gorda. Podría meterte un paquete por tenencia ilegal de armas, ¿sabes? —les hace un gesto con la cabeza a sus hombres y estos se dirigen hacia mí—. Coged su arma y metedle en uno de los coches. Si da problemas, lo esposáis.

Sale de la casa tirando de Verónica y la mete en la parte trasera de un todoterreno, después se sube al asiento del conductor y espera a que los demás estén listos para salir. A mí me indican que suba a otro coche, con tres policías sin uniforme. En realidad, ninguno de ellos lo lleva.

Durante el trayecto, no dejo de mirar hacia el coche en el que va Vero. No lo pierdo de vista ni un segundo. Son dos horas y media de viaje por carretera hasta llegar a Laxe, el pueblo donde se esconde Pazo.

Empezamos a circular por carreteras secundarias, algunas de difícil acceso. Finalmente, nos detenemos en mitad de la nada. La carretera es tan estrecha, que a duras penas pueden cruzarse dos coches en distinto sentido. Vero tenía razón, la Policía nunca encontraría a Roi en este remoto lugar sin su ayuda.

Ha anochecido y apenas se ve nada, así que los policías empiezan a salir de los vehículos armados con linternas para alumbrar el lugar. Yo también salgo, y enseguida busco a Vero con la mirada. La veo salir de la parte trasera del coche del inspector con las manos esposadas al frente. Al menos Velázquez ha tenido el detalle de prestarle una chaqueta. Al caer la noche ha refrescado bastante y ella vestía solo con un vaquero y una camiseta de manga corta.

Los policías no me quitan la vista de encima, pero eso no me impide ir hacia mi chica para comprobar cómo se encuentra.

—¿Estás bien? —pregunto colocándome a su lado—. ¿Tienes frío?

—Estoy bien, Gael —contesta con media sonrisa—. Matías ha sido tan amable de prestarme su chaqueta. Ya ves, yo vestida de poli. ¿A que nunca en tu vida pensaste que llegarías a ver algo así? —bromea.

Tiene razón. La chaqueta, que por cierto le queda enorme, lleva las siglas CNP en la espalda y el escudo de la Policía Nacional. Le queda bien, aunque tiene razón, nunca imaginé que la vería vestida de esa forma.

—Si empiezas a canturrear lo de viva España, viva el rey, viva el orden y la ley, te encierro en un centro psiquiátrico para que te hagan una lobotomía —cuchicheo para seguir con la broma.

Vero sonríe, pero puedo notar que no lo hace de manera sincera. Está esposada y a punto de ingresar en prisión durante casi una década, cualquiera en su lugar estaría aterrado, pero mi chica está hecha de una pasta especial, aunque esté muerta de miedo, no va a dar ningún signo de debilidad. Así somos los Novoa, llevamos la cabeza bien alta hasta la hora de nuestra muerte.

—¿Estás segura de que se esconde aquí? —inquiere Velázquez acercándose a nosotros.

—Completamente. Subiendo por ese camino de tierra —señala con las manos esposadas un sendero que se pierde entre la maleza a un lado de la carretera—. A doscientos metros hay una cabaña de caza, Roi Pazo está ahí dentro, probablemente acompañado por cuatro o cinco de sus hombres. Todos estarán armados y no se van a rendir sin luchar, así que preparaos para disparar unas cuantas veces.

—¿Crees que pueden tener ahí dentro a algún rehén? —sigue interrogando el inspector.

—No. Esta es solo una parada momentánea. Lo más seguro es que piense marcharse a primera hora. Se está escondiendo mientras lleva a cabo su plan de fuga.

—Bien, vosotros conmigo —ordena a varios de sus hombres—. Vosotros tres os quedáis con los Novoa —tres policías nos rodean de inmediato siguiendo las órdenes de su jefe—. Más te vale que no me estés mintiendo, Verónica. Te juro que, si esto es una trampa, no quedará ni uno solo de tus trabajadores en libertad. Los encerraré a todos.

Se marchan por el sendero y Vero y yo nos quedamos junto a uno de los coches sin decir nada. Los tres policías encargados de vigilarnos, no pierden de vista el lugar por donde han entrado sus compañeros.

—¿Cómo estás tan segura de que Roi no va a hablar? —pregunto en un susurro.

—Estoy segura —contesta sin mirarme. Esboza una sonrisa burlona y alza la barbilla—. Está a punto de comenzar la fiesta.

En cuanto termina la frase, escuchamos varios disparos. Los policías se ponen en guardia y levantan sus armas hacia el lugar de donde provienen los estruendosos sonidos provocados por las armas. Durante varios minutos seguimos escuchándolos, pero Verónica ni se inmuta. Parece muy relajada, con la parte trasera de la cabeza apoyada en la ventanilla del todoterreno y los ojos cerrados, como si en vez de estar escuchando un tiroteo, fuese un concierto de su grupo musical favorito.

Cuando los disparos cesan, suspira y abre los ojos enderezándose y apartándose del vehículo.

—¿Crees que Roi ha sobrevivido? —inquiero.

—Sí. Es demasiado importante para Velázquez como para pegarle un tiro sin más. Gana más llevándolo a juicio y colgándose unas cuantas medallitas —suspira de nuevo y me mira fijamente a los ojos—. Gael, sabes que te quiero, ¿verdad?

—Claro que lo sé. ¿Por qué me preguntas eso? —inquiero extrañado.

—Por nada. Solo quiero que te quede claro —Se acerca más a mí y besa mis labios de manera fugaz.

—Separaos —ordena uno de los policías.

Le envío una mirada asesina y veo como empiezan a aparecer entre la maleza el resto de policías. Con ellos también vienen los hombres de Pazo esposados. Alguno está herido. El último en llegar es Velázquez, él mismo trae a Roi casi a rastras. Pazo se revuelve e intenta liberarse como el jodido desquiciado que es, pero el inspector le da un empujón que provoca que se estrelle de lleno contra el capó del coche. Entonces alza la cabeza y nos ve a Vero y a mí, la rabia emana de su mirada al darse cuenta de que ha sido delatado. Se fija en las esposas de Vero y después vuelve a mirarme a mí.

—¡Hijo de puta! —brama forcejeando con todas sus fuerzas. Toma por sorpresa a Velázquez y consigue empujarlo, entonces se abalanza sobre mí, pero dos policías lo interceptan —¡Traidor! ¡Te voy a matar! —grita desgañitado.

Velázquez se pone frente a nosotros mientras sus hombres intentan controlar a Roi. Todo sucede tan rápido que apenas puedo verlo, Pazo consigue quitarle la pistola a uno de los policías de su cartuchera, levanta el arma y apunta hacia mí, en ese mismo instante, veo como Verónica hace lo mismo, pero quitándole la pistola a Velázquez y apuntando a Roi.

—¡Baja el arma! —ordena ella.

Todos los policías desenfundan sus pistolas y apuntan a uno y después a otro sin saber cuál de los dos es el enemigo. Velázquez les ordena a gritos que no abran fuego.

—¡Tu hermano nos ha traicionado, Verónica! —grita Pazo—. ¡Primero lo hizo con nuestros padres y ahora con nosotros! ¡Mi padre murió por su culpa!

—Tu padre no murió por su culpa. Fui yo quien lo mató —anuncia. Roi abre los ojos como platos y dirige la pistola hacia ella—. ¿Buscas un culpable? Aquí me tienes. Antón Pazo era un hijo de puta desquiciado, igual que tú. Yo le volé la cabeza hace diez años, y como no bajes ahora mismo esa pistola, haré lo mismo contigo. ¡Baja la puta arma! ¡Ahora, joder! —brama en tono autoritario.

Velázquez ve la duda en la mirada de Pazo y no se lo piensa, le arrebata la pistola y sus hombres consiguen reducir a Roi de inmediato. Cuando se gira hacia Vero, veo como frunce el ceño. Es a él a quien está apuntando ahora.

—¿Qué haces, Verónica? —pregunto intentando acercarme a ella.

—No voy a pasar diez putos años en la cárcel —advierte amartillando el arma para sin dejar de apuntar al inspector.

—Novoa, tenemos un trato —señala Velázquez apuntándola a ella también. Todos los policías la tienen en su punto de mira en estos momentos.

—Puedes meterte el trato por el culo, Matías. No voy a ir a la cárcel —insiste.

—Vero, no hagas esto —suplico. No tiene escapatoria, yo lo sé y ella también. Estamos rodeados por policías armados, cualquiera de ellos puede matarla.

Me mira, durante solo una milésima de segundo, y puedo ver un amago de sonrisa en sus labios. Sé lo que pretende. Una vez más va a sacrificarse. Si Roi abre la boca, toda su gente estará en problemas. Por eso estaba tan segura de que él no iba a hablar. Su plan siempre fue matarlo.

Intento llegar hasta ella, pero antes de que pueda mover un solo musculo, su pistola resuena, la bala alcanza a Roi justo en la cabeza y este se desploma. Aún no ha tocado el suelo cuando se escucha el estruendo de otros dos disparos.

Un grito desgarrador sale de mi garganta al ver a Verónica caer al suelo. Los disparos de Velázquez le han dado en el pecho.

—¡Verónica! —grito su nombre e intento correr hacia ella, pero varios brazos me sujetan y me apartan cada vez más de su cuerpo que yace inerte en el suelo.

No puedo verle la cara. Sigo intentando librarme de mis captores y grito a todo pulmón su nombre una y otra vez, pero no se mueve. Es el propio Velázquez el que se arrodilla junto a ella y le toma el pulso. Me detengo durante un segundo, incluso mi corazón deja de latir, esperando el veredicto. Necesito que esté viva. ¡Tiene que estar viva!

El inspector levanta la cabeza y dirige su mirada hacia mí. Solo un movimiento, casi imperceptible, pero puedo ver como su cabeza se mueve de un lado a otro en un gesto inequívoco de negación. No respira. Mi Princesa está muerta.

RABIA

Gael

En las películas, los funerales siempre se celebran en días lluviosos. La gente se refugia bajo los paraguas en un ambiente triste y lúgubre. La música de los violines de la banda sonora se mezcla con el repiqueteo del agua cayendo sobre las lápidas y el suelo embarrado, pero hoy no llueve. Al contrario, el sol brilla en lo alto del cielo y se escucha el canto de los pájaros, el murmullo de las ramas de los árboles al ser azotadas por la brisa. Este podría ser un día cualquiera. En realidad, es un día muy común para el resto del mundo, menos para nosotros.

Meiral de Gredos ha declarado tres días de luto oficial por la muerte de Verónica. Todos están aquí, mostrando su respeto ante el ataúd de la mujer que sacrificó su propia vida por ellos.

Siento la mano de Ana sobre mi hombro y cierro los ojos con fuerza para no ver como introducen el ataúd en ese estrecho lugar. El padre Sandro habla sin parar recitando pasajes de la biblia, sin embargo, yo soy incapaz de prestar atención a lo que dice. Solo quiero salir de aquí, quiero volver a esa habitación en la casa de Quiroga, ese lugar en el que Vero estaba viva y a mi lado. Necesito despertar de esta maldita pesadilla y encontrarla a mi lado, con sus ojos grises abiertos y brillantes de felicidad.

—Gael, vámonos —susurra Juanillo palmeando mi espalda. Miro a mi alrededor y compruebo que la gente ya se está dispersando. Todos caminan hacia la salida del cementerio cabizbajos y decaídos—. Ya no hacemos nada aquí, hermano. Tenemos que marcharnos —insiste.

Niego con la cabeza y cierro los ojos de nuevo. No voy a irme. Necesito despedirme de ella, pero ¿cómo lo hago? ¿Cómo le dices adiós para siempre a tu alma gemela? Vero era mi hermana, mi amiga, mi amante, el amor de mi vida… Ella lo era todo para mí, y ahora ya no está. Todos nuestros planes, mi sueño de llevármela lejos… Todo se ha esfumado en tan solo un parpadeo.

Me acerco a su lápida y rozo con mis dedos la inscripción con su nombre. *Verónica Novoa. Princesa de polvo y sangre.* Las lágrimas se deslizan en cascada por mis mejillas cuando me arrodillo frente a su tumba. Esto no tendría que haber terminado así. Debí haber hecho más.

—¿Cómo pudiste? —susurro sorbiendo por la nariz—. ¡Me has dejado solo, joder! —grito empezando a sollozar.

Cubro mi cara con las manos y dejo salir toda la rabia y tristeza que oprime mi pecho en forma de llanto. No sé cuánto tiempo paso así, pero cuando creo haberme quedado sin lágrimas que derramar, vuelvo a sentir una mano sobre mi hombro. No necesito girarme para saber que Juan, Ana y César están detrás de mí. No me han dejado solo en ningún momento desde esa maldita noche.

Desde entonces no he sido capaz de cerrar los ojos más de cinco minutos seguidos. Cada vez que lo hago, puedo verla, su sonrisa ladeada al disparar a Roi y cómo todo su cuerpo se sacudió cuando las balas impactaron en su pecho. Esa es una imagen que jamás podré olvidar, porque justo en ese momento, perdí lo que más quería en el mundo.

—Vamos, Gael —dice Ana—. Volvamos a casa.

Asiento y me seco el rostro con la manga de mi chaqueta antes de ponerme en pie. Ana entrelaza su brazo con el mío y caminamos entre las tumbas para salir de este lugar. No me giro, no echo un último vistazo a su lápida, porque si lo hago sé que no podré marcharme.

Ya ha anochecido cuando traspasamos la puerta de salida del cementerio, pero la multitud de gente sigue aquí, todos vestidos de riguroso negro y con gesto serio, esperándonos. Miro a mi alrededor sin entender qué es lo que están esperando, cuando las primeras notas de la canción *Cuando suba la marea* del grupo Amaral comienza a sonar a todo volumen desde uno de los coches que hay estacionados junto a nosotros. La gente agacha la cabeza en señal de respeto y se mantiene en silencio.

Estaríamos juntos todo el tiempo

Hasta quedarnos sin aliento

Y comernos el mundo, vaya ilusos

Y volver a casa en año nuevo.

Pero todo acabó y lo de menos

Es buscar una forma de entenderlo

Yo solía pensar que la vida es un juego

Y la pura verdad es que aún lo creo.

Y ahora sé que nunca he sido tu princesa

Que no es azul la sangre de mis venas

Y ahora sé que el día que yo me muera

Me tumbaré sobre la arena

Y que me lleve lejos cuando suba, la marea.

Por encima del mar de los deseos

Han venido a buscarme hoy los recuerdos

De los días salvajes, apurando

El futuro en la palma de nuestras manos

Y ahora sé que nunca he sido tu princesa

Que no es azul la sangre de mis venas.

Y ahora sé que el día que yo me muera

Me tumbaré sobre la arena

Y que me lleve lejos cuando suba, la marea

Y ahora sé que el día que yo me muera

Me tumbaré sobre la arena

Y que me lleve lejos cuando suba

Y que me lleve lejos cuando suba, la marea.

La canción termina y todos aplauden. Una enorme ovación resuena en todo el lugar, mezclada con el llanto de algunos y un sentimiento de profunda tristeza que emana de cada uno de ellos.

Esta es su gente, su pueblo, aquellos por los que ella se sacrificó. Verónica Novoa vivió como una heroína, y también murió como tal, y ahora se convertirá en una leyenda.

—Vas a terminar con las reservas de alcohol de toda la comarca —señala Ana al verme coger una botella de licor del despacho.

Eso es lo único que hago desde hace más de un mes, encerrarme en la habitación de Verónica y beber hasta caer dormido. Solo salgo de allí para reponer mi *stock* de botellas.

—No te metas donde no te llaman, Anita —mascullo saliendo del despacho, pero antes de que pueda llegar a la puerta, me sujeta por el brazo deteniendo mi huida.

—Gael, tienes que salir de ahí. Sé que la echas de menos, pero te estás dejando morir. Casi no comes, ni duermes, y créeme te hace falta una buena ducha y un afeitado.

—Ana, de verdad que no necesito tu maldita compasión —replico de mala leche—. Metete en tus jodidos asuntos.

—¡Tú eres mi asunto! Eres mi amigo, Gael. ¿De verdad crees que a ella le gustaría verte así?

Resoplo, cierro los ojos con fuerza y estampo mi puño contra la pared.

—¡Déjame en paz! —grito—. ¡¿Yo me meto en tus asuntos y en los de tu novio?! No, ¿verdad? Entonces dejad vosotros de decirme lo que tengo que hacer a cada momento —Ana retrocede un par de pasos con cara de espanto—. Mierda, lo siento. No quería hablarte así —susurro.

—Gael, de verdad tienes que hacer algo con todo eso que estás sintiendo. Ve al monte y pega cuatro gritos, destroza algo si quieres, pero no puedes dejar que te consuma. Va a matarte, hermano.

—Quizás eso sea precisamente lo que necesito —balbuceo antes de salir del despacho con mis ojos bañados en lágrimas.

Subo a la habitación y cierro la puerta de un golpe que retumba en toda la estancia. Grito con fuerza y estampo la botella contra la pared. Me da igual lo que piense Ana o el resto del mundo. Todos quieren que siga con mi vida como si nada hubiese pasado, pero no puedo hacerlo. ¿Cómo demonios arranco el dolor que siento en mi pecho cada vez que pienso en ella? No puedo y tampoco quiero. Necesito seguir sintiéndome así para recordarla. ¿La rabia? Esa sé exactamente cómo manejarla. Solo tengo que acabar con la vida del hombre que me la robó, y voy a hacerlo, solo estoy esperando el momento indicado.

Doy un último trago a la botella y salgo del coche. No debería conducir con todo el alcohol que corre por mis venas en este momento, pero tampoco me importa. Llevo casi tres meses esperando este momento, el día en el que al fin haré justicia. Saco mi pistola de la parte trasera de mi pantalón y atravieso un salto la valla de la propiedad. Las luces de la casa están encendidas.

El cabronazo de Velázquez lleva desaparecido desde la noche en la que asesinó a Verónica, pero ha vuelto, justo a tiempo para que yo acabe con su vida.

Busco un acceso a la casa por la parte trasera. Ya son pasadas las doce de la noche y no veo a nadie a través de las ventanas, pero hay luz, así que alguien tiene que estar despierto. Espero que sea él. Con un pequeño golpe de la culata de mi arma, rompo una de las ventanas y entro en la propiedad. Agudizo el oído, pero no escucho nada. Camino de puntillas y con la pistola en la mano, listo para acabar con cualquiera que se interponga en mi camino. Entonces lo veo, justo frente a mí, en pijama y con un vaso de agua en la mano.

—Gael, ¿qué coño crees que estás haciendo? —me mira sorprendido y también asustado.

Levanto mi mano y le apunto a la cabeza.

—Voy a matarte, hijo de puta —escupo.

—Vamos, baja esa pistola —pide dejando el vaso sobre la encimera y alzando las manos a modo de rendición—. Sabes que solo hice mi trabajo.

—¡La mataste! —bramo dando un paso amenazante hacia él.

—Ella quiso que la matara. Escúchame bien, Gael. Sabes perfectamente que lo planeó todo. Prefirió eso a que el Colombiano la tuviese indefensa en la cárcel. Tenía una pistola, mató a Pazo sin pestañear y estaba apuntándome a mí. No pude hacer otra cosa.

—¡El Colombiano está en la cárcel! Ha salido en todos los periódicos.

—Sí, pero tiene amigos, aliados, y muchos de ellos aquí en España. Verónica sabía que tras delatarlo no podría volver a vivir tranquila, ni en la cárcel ni fuera de ella. Fue su decisión, Gael.

—¡Cállate! —ordeno sintiendo como las lágrimas bañan mis mejillas.

—¿Papi?

Escucho una voz a mi espalda y me giro apuntando hacia ese lugar. Solo es una niña pequeña, me mira aterrada y empieza a llorar.

—Tranquila, tesoro —dice Velázquez—. Vuelve a la cama. Yo iré enseguida a arroparte.

Bajo la pistola al ver que la pequeña no deja de mirar con auténtico pánico y Matías aprovecha el momento para cogerla en brazos.

—Papi, ¿quién es ese hombre malo? ¿Por qué grita? —pregunta la niña hipando.

—Es un amigo de papá. Vete a la cama, cariño —le pide. En cuanto la deja en el suelo, la niña sale corriendo y Velázquez se gira hacia mí frunciendo el ceño—. ¿Vas a matarme delante de mi hija? Si quieres puedo llamar a mi mujer también.

Me llevo las manos a la cabeza y maldigo en voz alta. Esto no me va a devolver a mi Princesa. Solo conseguiré causar aún más daño, pero ¿qué otra cosa puedo hacer?

—No voy a disculparme —afirmo limpiándome las mejillas de un manotazo. Respiro encaro y encaro al inspector.

—No esperaba que lo hicieras. ¿Quieres un café? Se nota que has bebido. No deberías irte en este estado. Hablemos un rato y después…

—Yo no voy a hablar una puta mierda contigo —rebato.

Me doy media vuelta y salgo de la casa corriendo mientras escucho como Velázquez me llama a gritos.

Ni siquiera me subo al coche. Comienzo a caminar sin saber muy bien a dónde dirigirme. El único plan que tenía era matar a Velázquez, y ahora, sin eso, no sé qué hacer ni a dónde ir. Doy vueltas por toda la ciudad durante horas. Ya está amaneciendo cuando llego a la iglesia. Ni siquiera sé qué hago aquí, pero algo me dice que estoy en el lugar correcto. Pruebo a abrir la puerta, pero está cerrada con llave, aún es muy temprano.

—¿Puedo ayudarte, muchacho? —me giro y veo al padre Sandro observándome con gesto reprobatorio—. Benditos los ojos que te ven. He ido a tu casa una docena de veces y no has querido recibirme.

—Lo siento, padre —murmuro y me siento en uno de los escalones que hay frente a la puerta de la iglesia. Resoplo y me froto la cara con las manos—. Ahora mismo no estoy pasando por mi mejor momento.

—Me lo imagino, hijo —El sacerdote se sienta a mi lado acomodando su sotana para no pisarla—. Pareces un mendigo con esas pintas. ¿Estás bien?

—No —exhalo con fuerza y me muerdo el labio inferior para evitar llorar de nuevo—. La echo tanto de menos… He esperado toda mi vida para poder estar con ella, y justo cuando la tenía, me la arrebataron de las manos. No sé qué hacer, padre. Me siento solo y perdido. Ni siquiera sé qué hacer con mi vida. Nosotros teníamos planes, aunque tuviésemos que esperar una década para poder cumplirlos, pero existía esa posibilidad. Ahora ya no tengo nada.

—Por supuesto que tienes algo —dice poniendo su mano sobre mi rodilla—. Tienes salud, juventud, y deberías tener muchas ganas de vivir.

—Créame, padre, ganas de vivir es lo que menos tengo ahora mismo.

—¿Por qué no haces realidad esos planes? Puede que Verónica no esté contigo, pero la llevas aquí —coloca su mano en el centro de mi pecho y sonríe—. Ella te quería mucho, hijo. No le hubiese gustado verte así.

—Lo sé. Todo el mundo me lo dice.

—Quizás es que tenemos razón. Sé que perder a un ser querido es muy duro, pero la mejor manera de honrar a los muertos es viviendo nuestras vidas con intensidad y sin miedo. Tienes que hacerlo por ti y por ella.

***

Camino por la playa de pequeñas piedras con una botella de cerveza en la mano. El paisaje que tengo ante mí dista mucho de ser paradisiaco. No hay tumbonas ni sombrillas por ningún lado, pero eso no lo hace menos bonito. Estoy en la Isla de Chira, en Costa Rica, el lugar donde Vero y yo planeábamos venir cuando todo acabara.

Ha pasado una semana desde que hablé con el padre Sandro aquella mañana. Sigo igual de perdido, pero al menos ahora tengo una misión. Voy a vivir cada día intentando honrar su memoria, recordándola, hasta que volvamos a encontrarnos en el cielo o en el infierno.

Abro mi cerveza y tras darle un trago largo, cierro los ojos y evoco su imagen en mi mente mientras inspiro el aire salado del mar. Veo su sonrisa nítida, sus labios, sus ojos despiertos y de un gris brillante. Si agudizo el oído incluso puedo escuchar su voz, como un murmullo en el viento, «Una isla, tú y yo». Sonrío sin abrir los ojos y puedo sentir sus brazos rodeando mi cuerpo, su aliento en mi oído, como si realmente estuviese aquí conmigo.

—¿Por qué has tardado tanto?

Abro los ojos de golpe y me tenso de pies a cabeza. Su voz ha sido tan real… Y sigo sintiendo sus manos en mi pecho. Aún puedo notar el calor que emana su cuerpo pegado a mi espalda. Creo que me estoy volviendo completamente loco, pero me alegra estarlo. Me atrevo a mirar hacia mi pecho y veo unas manos posadas sobre él.

No estoy loco. Alguien me está abrazando por la espalda, alguien que suena como ella, que huele como ella, y mierda... alguien que se siente como ella.

Me giro despacio y con la respiración acelerada. ¿Cómo es posible? La estoy viendo, aquí frente a mí, con una enorme sonrisa instalada en su rostro. Necesito saber si es real. Estiro mi mano y la toco con suavidad. Es de carne y hueso. Sus dedos se entrelazan con los míos en su mejilla y vuelve a sonreír.

—¿De verdad estás aquí? —pregunto con un hilo de voz. Ella asiente y coloca una de sus manos sobre mi pecho—. ¿Cómo? Te vi morir, te enterré. Yo... —sacudo la cabeza y una vez más mis ojos se inundan de lágrimas.

—Mírame, Gael —susurra sujetando mi cara con ambas manos—. Lo siento mucho. No tenía otra opción. Sé que te he dado un susto enorme, pero...

Antes de que pueda terminar la frase ya la estoy abrazando, con tanta fuerza que escucho un gemido de dolor por su parte, pero no intenta apartarme. Sollozo contra su cuello, la huelo, me aparto para tocar su rostro y vuelvo a abrazarla llorando como un jodido chiquillo.

—No tienes ni idea del infierno que me has hecho pasar —digo entre sollozos. Me aparto y clavo mis ojos en los suyos—. Nunca más vuelvas a hacerme algo así, ¡¿entendido?! —grito.

—Lo siento, lo siento mucho —susurra hundiendo sus manos en mi pelo y echándolo hacia atrás—. No había otra opción. La Policía, el Colombiano... Estaba de mierda hasta arriba, y te juro que hubiese seguido el plan de no ser por… —suspira y sujeta mis manos, las coloca sobre su vientre y sonríe—. Una vez me preguntaste si esa vida sería algo que yo querría para mi hijo. Solo tuve la respuesta a esa pregunta en el momento en que supe que iba a ser madre.

Abro los ojos como platos y palpo su vientre notando una pequeña curva.

—¿Estás…? —carraspeo para aflojar el nudo de emociones que tengo en la garganta y trago saliva con fuerza—. ¿Estás embarazada? —Verónica asiente y su sonrisa se ensancha—. ¿Por qué no me lo dijiste? ¿Por qué no me contaste lo que pensabas hacer? Podría haberte ayudado.

—¿Me habrías dejado recibir dos balazos estando embarazada? —pregunta arqueando una ceja—. Por mucho chaleco antibalas que llevara, dudo que hubieses estado de acuerdo con mi plan.

—Habríamos encontrado otra manera.

—Nola había. Mi plan inicial era ir a la cárcel e intentar sobrevivir, pero todo cambió ese día en la casa de Quiroga, cuando Laura me dijo que estaba embarazada. Ya no se trataba solo de mí —hace una mueca con los labios—, así que busqué otra alternativa.

—¿Cómo? ¿De dónde sacaste el chaleco antibalas? —resoplo con fuerza y niego—. No entiendo nada, Verónica. Yo te vi morir. Enterramos tu cuerpo.

—En realidad solo me viste tirada en el suelo. Velázquez dijo que yo estaba muerta y se encargó de llevarme él mismo a la morgue saltándose todos los protocolos, allí le dio el cambiazo a mi ficha por la de un cadáver sin identificar. No sé cómo se las arregló, pero todo salió bien.

—¿Velázquez? ¿Él te ayudó? ¿Por qué?

—Ya te lo dije una vez, todos tenemos un precio, solo hay que saber cuánto o qué pagar. En este caso, la hija de Matías tiene una de esas enfermedades raras que en España no saben ni cómo se pronuncia.

—Le prometiste pagar el tratamiento —murmuro empezando a atar cabos.

—Los mejores médicos de Suiza se han encargado de la pequeña y se está recuperando. Creo que ya han vuelto a España.

—Pero, ¿cuándo le ofreciste ese trato? Yo estuve contigo todo el tiempo, Y ¿cómo saliste del país sin más?

—Cuando nos trasladaron al escondite de Roi. Tuve dos horas y media de trayecto en coche a solas con Velázquez para convencerlo de que me ayudara. Él mismo me dio el chaleco antibalas que llevaba bajo la chaqueta. Y salir del país… —esboza una sonrisa socarrona—. Eso fue sencillo. Tengo un amigo italiano que hace unos pasaportes falsos increíblemente buenos. Desde que lo llamé, en menos de cinco minutos tenía un *mail* con la dirección en la que un coche me recogería al día siguiente para llevarme al aeropuerto, y el conductor tendría mi pasaporte con una nueva identidad. Ahora soy Verónica Almansa.

—Dios, esto es tan surrealista… —susurro tocando de nuevo su rostro para asegurarme de que es real—. Estás aquí, y estás viva. Eso es lo único que me importa.

—¿Y que vayamos a tener un hijo no te importa? —inquiere alzando una ceja.

Miro de nuevo su vientre y asiento. Sonrío como un puto imbécil. A decir verdad, ya no sé ni por qué estoy llorando, pero soy incapaz de detenerme.

—Vamos a tener un hijo —murmuro con la voz tomada por el llanto.

—Sí, y tú y yo vamos a tener una conversación muy seria también. Cuando te diga que hagas algo, no tardes tres jodidos meses en hacerlo. Creí que iba a parir antes de volver a verte, zoquete. ¿Qué demonios estuviste haciendo hasta ahora? No es tan difícil, ¿sabes? Solo tenías que coger un avión y…

Sonrío de oreja a oreja y niego con la cabeza de manera incrédula poniendo una mano sobre su boca para callarla.

—Aún no me has dejado ni besarte y ya me estás echando la bronca —me quejo.

Vero aparta mi mano de su boca y frunce el ceño.

—No, si por eso también te va a caer una buena. No sé qué coño estás esperando para...

Antes de que pueda seguir con su alegato, pego mi boca a la suya y la beso con fuerza. Un beso apasionado en el que pongo todos mis sentimientos. Un beso apasionado y demencial que despierta en mí cosas que creí que jamás volvería a sentir.

Cuando nos separamos ambos estamos jadeantes y con la respiración agitada. Pego mi frente a la suya y sigo sonriendo y llorando al mismo tiempo.

—Como vuelvas a hacer algo así, esta vez seré yo el que te pegue un tiro, ¿entendido, Princesa?

—Entendido. Ahora cállate y vuelve a besarme.

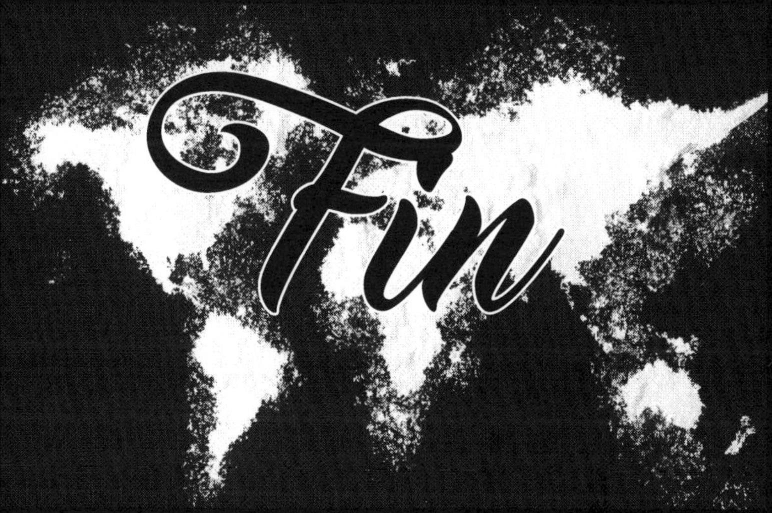
Fin

EPÍLOGO

Nada más despertar lo primero que veo son unos ojos grises que me miran con fijeza. Pego un brinco en la cama y me llevo una mano al pecho asustada.

—¡Anxo, por Dios! Tienes que dejar de despertarme de esta manera —mi hijo sonríe de manera pilla y niega con la cabeza.

—Estabas roncando y se te caía la baba —dice en tono de burla.

—Oye, eso es mentira —golpeo el colchón a mi lado y mi pequeño sube de un salto y se tumba apoyando su cabeza en mi abdomen—. ¿Has visto a papá?

—Sí, acaba de marcharse. Ha dejado café hecho y tostadas. Me dijo que te despertara y te diera esto —se pone de rodillas sobre la cama y tras abrazar mi cuello con sus pequeños brazos deposita un sonoro y baboso beso en mi cara.

Sonrío limpiándome y tiro de él para sentarlo sobre mi regazo. Es increíble que ya tenga cinco años, hace nada era un bebé.

—Recuérdame que le diga a tu padre que le quiero —susurro.

—Lo haré —contesta con su sonrisa pilla habitual, tan parecida a la de Gael.

—¿Has desayunado? —asiente—. Pues yo necesito un café. ¿Qué te parece si después nos vestimos y le hacemos una visita a papá en el taller?

Mi pequeño baja de un salto de la cama y sale corriendo hacia su habitación, pero unos segundos después, vuelve a entrar y se me queda mirando con gesto serio.

—Mamá, ¿dónde están mis pantalones azules?

—En el cesto de la ropa sucia. Ponte otros. ¿Quieres que te ayude? —me levanto de la cama intentando dar algo de forma con los dedos a mi pelo revuelto y bostezo. Sin siquiera contestarme, Anxo sale corriendo de nuevo—. No hace falta que respondas —murmuro para mí.

Siempre hace lo mismo. Tiene la mala costumbre de largarse sin más y dejar a los demás hablando solos. Este niño es un terremoto andante, incansable y con una energía inconmensurable, pero no lo cambiaría por nada en el mundo.

Tras desayunar y poner varias lavadoras, ordenar la casa y hacer cincuenta mil cosas más que ni sabía que tenía pendientes, al fin consigo ponerme a trabajar un rato. Me sumerjo en una tonelada de documentos repletos de cifras y más cifras. He pasado de ser una de las narcotraficantes más importantes de Europa a llevar la contabilidad de pequeños negocios en una isla en mitad de la nada. Esa es mi vida ahora, pero eso es otra cosa que tampoco cambiaría. Me gusta mi trabajo y me deja tiempo suficiente para cuidar del pequeño monstruito que tengo por hijo.

Cuando estoy a punto de avisar a Anxo para que deje la videoconsola y vayamos al taller a hacerle una pequeña visita a su padre, la puerta se abre y Gael entra en casa vestido con su mono azul de trabajo y cubierto de grasa de pies a cabeza.

—Hola, has llegado pronto. Ahora mismo íbamos a pasar por el taller.

—Hoy hubo poco trabajo —contesta acercándose a mí para darme un beso rápido.

—¿Te has mirado a un espejo? Tienes grasa hasta en las pestañas, muchacho —comento divertida.

—¿Muchacho? —alza una ceja en mi dirección y en sus labios aparece esa sonrisa pilla que tanto me gusta. Antes de que pueda pestañear, ya lo tengo frente a mí, pone sus manos sobre mi cara y vuelve a besarme, esta vez un beso de verdad, de esos que me dejan con las piernas temblando—. Ahora tú estás tan grasienta como yo, muchacha —dice con recochineo.

Me toco el rostro y resoplo al ver mis manos cubiertas de grasa negra y pegajosa.

—¿Esto era necesario? —inquiero haciendo una mueca de asco.

—Totalmente —responde muy pagado de sí mismo.

—Hace unos años te habría pegado un tiro por hacer algo así —susurro para que Anxo no me escuche.

—¿Tienes ganas de jugar con pistolas, Princesa? —sus manos sujetan mi cintura dejando mi camiseta blanca completamente perdida, pero ni siquiera me inmuto—. Yo tengo una pistola con la que puedes jugar —dice en tono sugerente. Muerde mi cuello y yo suelto una carcajada.

—¡Papá! —escuchamos el grito del pequeño y Gael suspira apartándose de mí—. Ayúdame a matar este zombi. Siempre me mata en este nivel.

—Salvada por el zombi —susurra antes de darme otro beso y marcharse hacia el salón.

Tras tomar una ducha, Gael se sienta a jugar al dichoso videojuego con nuestro hijo mientras yo preparo la comida. Después entre los dos ponen la mesa y nos sentamos a comer con tranquilidad. Bueno, todo lo tranquilos que podemos estar con el monstruillo moviéndose de un lado a otro y hablando sin parar en todo momento.

—Estás embobado con el dichoso juego de zombis, Anxo —comento cuando ya hemos terminado de comer—. ¿Sabes que puedes hacer otras cosas para divertirte?

—¿Cómo qué? —pregunta frunciendo el ceño.

—Pues no sé. Cuando yo era pequeña no jugaba a la videoconsola y lo pasaba bien haciendo otras cosas.

—¿Persiguiendo dinosaurios? —pregunta con una sonrisa pilla antes de salir corriendo hacia el salón.

Gael suelta una carcajada y yo lo fulmino con la mirada.

—¿Te ríes porque me llame vieja?

—Eres una vieja muy guapa —dice sin poder dejar de reír.

—Te recuerdo que eres ocho años mayor que yo. Si yo soy vieja, tú eres prehistórico.

—Un prehistórico muy cachondo —sigue bromeando.

Al final yo también acabo riendo y entre los dos recogemos la mesa. Gael se encarga de lavar los platos y después nos tiramos los tres en el sofá a ver una película, y digo ver porque escucharla resulta casi imposible con los constantes comentarios y burlas de Anxo. Al final acabo dándome por vencida y dejo que pasen el resto de la tarde con el jueguecito del demonio. Los dos se quedan embobados delante de la pantalla aporreando los mandos de la consola durante horas. Aprovecho para ducharme y cambiarme de ropa. Lo malo de vivir aquí, es que en verano hace un calor demencial.

—Chicos, ¿os apetece salir a dar un paseo después de cenar? Seguro que hace una noche muy buena —comento entrando en el salón.

Al levantar la vista, me quedo de piedra al ver a todos mis amigos frente a mí. Ana, Juanillo, César, Laura, Sergio y los mellizos de estos últimos que tienen solo un par de años.

—Sorpresa —dice Ana abriendo sus brazos en cruz.

La expresión estupefacta que tendré ahora mismo me recuerda al día en el que mis amigos descubrieron que yo seguía viva. Gael no tuvo una idea mejor que invitarlos a su boda cuando no había pasado ni seis meses desde mi supuesto fallecimiento. Mi mejor amiga llegó a la isla con ganas de darle una paliza. No entendía cómo es que, tras tanto sufrimiento por mi muerte, estaba a punto de casarse con una desconocida. Obviamente, le quedaron muy claras sus razones cuando descubrió quién era la novia, y más aún cuando le dijimos que esperábamos un hijo. Sergio y Laura también acudieron. Ellos ahora viven en México. No tienen problemas con la ley, ya que al igual que hice yo, Sergio cambió de identidad.

—¿Se puede saber que hacéis vosotros aquí? —pregunto boquiabierta.

Gael se acerca a mí y me abraza por la espalda apoyando su barbilla en mi hombro.

—Sé que los echas de menos, así que los he invitado a pasar unos días con nosotros —dice.

—Además, que hace mucho que no nos vemos y ya tenía ganas de cotillear un rato contigo —añade mi amiga de pelo azul.

Tras pasar un buen rato charlando en el salón, cenamos todos juntos entre risas y bromas. Los mellizos de Laura y Sergio son bastante tranquilos, pero Anxo no tarda en revolucionarlos. Estamos terminando el postre cuando mi pequeño se sube al regazo de su padre y empieza a explicarnos lo buen tirador que es jugando al bendito juego al que ya le estoy cogiendo manía.

—¿Qué vas a ser de mayor? —le pregunta Sergio—. ¿Asesino de zombis?

—No, voy a ser policía —responde mi pequeño.

Escupo el vino que acababa de beber y lo miro abriendo los ojos como platos.

—De eso nada, chico. Puedes ser lo que quieras menos policía.

—Vero, no le digas eso al crío —me regaña Juanillo.

—¿En serio quieres un poli en la familia? —alzo una ceja en su dirección y él suelta una carcajada.

—La verdad es que sería el colmo. Nos encerraría a todos —dice Sergio entre risas.

Así como vino, Anxo vuelve a marcharse corriendo y sin dar explicaciones mientras nosotros seguimos bromeando sobre la posibilidad de que algún día pueda llegar a ser policía.

—Aunque mirándolo por el lado bueno, es mi hijo. No creo que me mandara a prisión y sería un buen contacto —señalo entrecerrando los ojos.

—Sí, además nadie pensaría que somos nosotros —continúa Quiroga—. Yo estoy desaparecido y tú muerta. ¿Quién va a desconfiar de un muerto?

—La verdad es que no podría tener mejor coartada. Y la localización en la que estamos es la ideal, una isla con pocos habitantes y perdida en mitad de la nada.

Al alzar la mirada veo que los demás nos están observando fijamente, especialmente Laura y Gael.

—¿En serio? —pregunta mi marido—. No me puedo creer que estéis planeando un nuevo futuro delictivo sin ni siquiera haber acabado el postre. Lo vuestro no es normal.

Sergio y yo nos miramos y empezamos a reír con fuerza. Entrelazo mis dedos con los de Gael y tras guiñarle un ojo me encojo de hombros.

—Cariño, puedes sacar a la Princesa del negocio, pero nunca sacarás el negocio de la Princesa.

AGRADECIMIENTOS

Esta novela fue publicada hace ya cuatro años y ahora he decidido darle ese cariño que se merece. Quién haya leído solo mis últimos libros, estoy segura de que se ha dado cuenta de que mi forma de escribir ha cambiado mucho y eso no es malo. Han sido cuatro años de aprendizaje, cuatro años de trabajo duro para encontrar mi propia voz y aún no he terminado, sigo en ello. Todos los días me esfuerzo para hacerlo mejor que el anterior y todo eso os lo debo a vosotr@s.

Desde que escribí mi primera historia hasta ahora, son muchas las personas que me han ayudado. Algunas de esas relaciones fueron fugaces, cumplieron su cometido en mi vida y espero que yo también en las suyas, otras aún siguen a mi lado y espero que sea así siempre. No voy a nombrarlas, saben bien quienes son.

Como empecé diciendo, han pasado cuatro años desde que escribí esta historia. Gael y Vero ocupan un lugar muy especial de mi corazón que hasta ahora permanecía a buen recaudo, pero ha llegado el momento de que vuelvan a salir al mundo y que más gente se enamore de ellos.

Muchas gracias por hacer realidad mi sueño.

Princesa de polvo y sangre

Otros libros
de la autora:

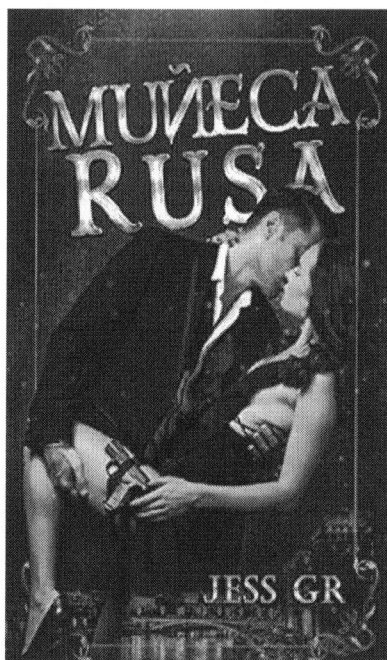

Veo la sangre escurrirse entre mis dedos mientras la vida abandona los ojos de Yuri Zakharov. Sé que su hijo y heredero Mijail querrá cobrar su venganza. **La traición se paga con muerte** y a ojos de todo el mundo ahora soy una traidora.

Los hombres como él te hacen pedazos. Aunque llega tarde, ya he sido el juguete de muchos. Por muy intensa que sea su mirada lo único que podrá ver en mí es que soy una muñeca rota y entenderá que la muerte no es un castigo, es mi salvación, quizás por eso no me la concede y haya decidido que ahora que es mi dueño quiere ser él quien juegue conmigo.

Consíguelo aquí:

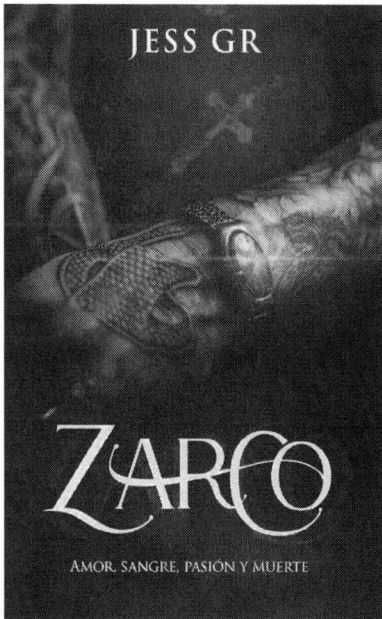

Si un negocio da beneficios es mío, no importa si es legal o no.

El clan Z controla el estado de Arizona y, como su líder, todos me respetan y temen.

Al menos era así hasta que mis hombres secuestran y meten en casa a una paramédico. Aparte de preciosa, también es valiente, y eso es lo primero que logra atraer mi atención.

Me mira como si fuese barro en sus zapatos. No parece sentir miedo.

¿Está loca? Es posible, pero me temo que yo también lo estoy porque he decidido quedármela.

Me pertenece, ha sido así desde que me apuntó a la cabeza con una pistola, pero ella aún lo sabe.

Consíguelo aquí:

Made in United States
Orlando, FL
13 June 2025